"Seus romances romanos, este inclusive, são cheios de personagens complexos vitais, escavados nos historiadores antigos e carregados de uma nova vida."

Sunday Times

"Em seu terceiro romance romano, a musa de Allan Massie entoa uma sedutora canção de César, sexo e guerra civil. Esta combinação produz uma leitura interessante."

Times Literary Supplement

Sobre o autor:

Allan Massie nasceu em Singapura, em 1938, cresceu em Aberdeenshire, na Inglaterra, estudando em Glenalmond e no Trinity College, em Cambridge, onde se formou, passando a lecionar História.

Dentre seus romances anteriores, figuram *The Last Peacock*, que recebeu o Prêmio Frederick Niven, em 1981, *The Death of Men, A Question of Loyalties*, ganhador do Prêmio Livro do Ano da Saltire Society/Scotsman Book, *Sins of the Father* e *These Enchanted Woods*. A *Augusto*, o primeiro da trilogia de romances "romanos", seguiram-se *Tibério* e *César*. Suas obras de não-ficção incluem *Byron's Travels* e uma biografia de Colette. É também autor de um trabalho histórico sobre os doze imperadores da Roma antiga, *Os Césares*, e do aclamado *Glasgow: Retratos de uma Cidade*.

Allan Massie também morou e lecionou na Itália durante muitos anos. É resenhista-chefe do *The Scotsman*, colunista e resenhista do *Daily Telegraph*, membro da Real Sociedade de Literatura, juiz de Booker Prize. Casado, tem três filhos e mora com sua esposa, Alison, na fronteira escocesa.

SUMÁRIO

Cronologia 11
Personagens Principais 14

Capítulo 1 17
Capítulo 2 27
Capítulo 3 43
Capítulo 4 65
Capítulo 5 80
Capítulo 6 94
Capítulo 7 110
Capítulo 8 125
Capítulo 9 136
Capítulo 10 146
Capítulo 11 156
Capítulo 12 167
Capítulo 13 173
Capítulo 14 178
Capítulo 15 193
Capítulo 16 203
Capítulo 17 217
Capítulo 18 230
Capítulo 19 235
Capítulo 20 253
Capítulo 21 259
Capítulo 22 266
Capítulo 23 278
Capítulo 24 292
Capítulo 25 299

CRONOLOGIA

a.C.

100 Nascimento de Caio Júlio César.

81 Início do regime ditatorial de Lúcio Cornélio Sila.

80 Campanha militar de Júlio César na Ásia Menor.

Propagação de rumores de um possível relacionamento homossexual entre Júlio César e o Rei Nicomedes IV da Abissínia.

67-66 Júlio César faz aliança política com Pompeu, o Grande, e com Marco Licínio Crasso.

63 Júlio César é eleito Pontífice Máximo do Império Romano.

Início do consulado de Marco Túlio Cícero.

Conspiração de Lúcio Sérgio Catilina contra Júlio César.

60 Primeiro Triunvirato de Pompeu, Marco Licínio Crasso e Júlio César.

59 Início do primeiro consulado de Júlio César.

Júlio César casa-se com Calpúrnia, filha de Lúcio Calpúrnio Piso.

58 Júlio César é eleito procônsul da Gália Cisalpina (atual região Norte da Itália), da Ilíria (Norte da Grécia) e da Gália Transalpina (atual França, regiões alemãs da margem esquerda do Reno, parte da Holanda, da Bélgica e quase toda a Suíça).

Início das campanhas militares contra a tribo dos helvéticos (ou helvécios) e contra o líder germânico Ariovisto, rei dos suevos.

57 Início da campanha contra os nérvios (belgas).

56 Início de campanhas na Britânia (Inglaterra) e na Normandia (França).

Renovação do Primeiro Triunvirato de Júlio César. Início da campanha contra os vênetos (tribo da Gália) e contra os aquitânios (tribo também da Gália, no Sul da França atual).

55 O proconsulado de Júlio César é renovado por mais cinco anos.

Júlio César atravessa o Reno.

Primeira invasão romana da Bretanha.

54 Segunda invasão romana da Bretanha.

53 Segunda travessia do Reno.

Marco Licínio Crasso é derrotado por César na campanha da Pártia (atual Harran), província oriental no Irã, e morto em Carrhae (ao Norte da Mesopotâmia).

52 Revolta do líder gaulês de Vercingétorix abafada pelos romanos na Fortaleza de Alésia, na Borgonha.

Ocorrência de tumultos político-sociais em Roma.

Cláudio é assassinado

Pompeu é eleito como único cônsul.

51 Cerco de Uxelodunum, atual cidade de Puy d'Issolu na Aquitânia (fronteira da Espanha com a França).

Término da Guerra na Gália.

Júlio César publica seu livro *Comentário sobre a Guerra das Gálias (Comentarii de Bello Gallico).*

Os *optimates* (membros da alta nobreza romana), oponentes políticos de Júlio César, tentam levá-lo a julgamento.

50 Os inimigos de Júlio César, derrotados, tentam mais uma vez levá-lo a julgamento.

49 Júlio César é pressionado a desmobilizar seu exército.

É dada concessão de autoridade ditatorial a Pompeu.

Em janeiro deste ano começa a Guerra Civil, a partir da travessia do Rubicão (fronteira entre o território de Roma e as regiões provinciais).

O exército de Pompeu é derrotado na Espanha por Júlio César.

Júlio César é eleito Grande Ditador.

48 Início do segundo consulado de Júlio César.

Júlio César é derrotado por Pompeu em Dirráchio (Durres), na Macedônia.

Posteriormente, Pompeu é derrotado por César na Farsália, na Grécia, fugindo para Alexandria, no Egito, onde é assassinado a mando de Ptolomeu Dionísio XIII.

Júlio César ocupa Alexandria.

47 Fim da Guerra de Alexandria.

Júlio César vence César Farnaces, filho do Rei Mitidrates, em Zela, na Capadócia (na Ásia Menor, ao sul do Mar Negro).

46 Júlio César é eleito cônsul pela terceira vez, também sendo confirmado como ditador por mais dez anos.

Júlio César vence o exército dos filhos de Pompeu no Norte da África.

Cícero publica seu *Cato*, e Júlio César, depois, seu *Anticato*.

45 O exército dos filhos de Pompeu é derrotado na Batalha de Munda (no sul da Espanha).

Fim da guerra civil.

Início do quarto consulado de Júlio César.

44 Júlio César torna-se Ditador Perpétuo e é eleito cônsul pela quinta vez.

São feitas tentativas de coroar Júlio César como rei em fevereiro deste ano.

São feitos preparativos para uma campanha contra os persas.

Júlio César é assassinado em 15 de março deste ano, no Senado romano.

(Caio) Júlio César General romano, grande estadista e historiador; Ditador Perpétuo após a derrota de Pompeu.

A família de César e suas relações com ele:

Calpúrnia Terceira esposa de Júlio César, filha de Lúcio Calpúrnio Piso (aliado de Pompeu).

Júlia (?) Filha de Júlio César e Calpúrnia. Tornou-se a quarta esposa de Pompeu

Júlia (?) Irmã de Júlio César, mãe de Otávio.

Caio Otávio Turino Sobrinho de Júlio César. Mais tarde foi registrado como filho, recebendo nome de Augusto (também título honorífico, concedido pelo Senado romano).

Círculo de relações de Júlio César:

Décimo Júnio Bruto Albino General e almirante romano; de melhor amigo e conselheiro de Júlio César tornou-se um dos seus assassinos.

Longina Esposa de Décimo Júnio Bruto Albino.

Caio Longino Cassio General e pretor romano. Um dos componentes do exército de Pompeu que se uniu a Júlio César depois da batalha de Farsália. Contudo, liderou posteriormente uma conspiração para assassiná-lo. Cunhado de Marco Júnio Bruto.

Marco Júnio Bruto Primo de Décimo Bruto e sobrinho de Marco Pórcio Cato (inimigo de César), com cuja filha se casa; aliado de Pompeu, depois da Batalha de Farsália se une a Júlio César, que o torna governador da Gália Cisalpina. Envolvido na conspiração de assassinato de Júlio César.

Servília Mãe de Marco Júnio Bruto, meia-irmã de Marco Pórcio Cato. Uma das amantes favorita de Júlio César.

Pórcia Segunda esposa de Marco Júnio Bruto. Cúmplice da conspiração de assassinato de Júlio César.

Jovem Cato Irmão de Pórcia e um dos assassinos de Júlio César.
Públio Servílio Casca Primo de Décimo Júnio Bruto Albino, tribuno leal a Júlio César. Contudo, posteriormente, tornou-se um dos assassinos de Júlio César.
Lúcio Cornélio Cina Esposo de uma das filhas de Pompeu. Um dos assassinos de Júlio César.
Metelo Zimbra Herói da Guerra Civil. Seu irmão, Lúcio Tílio Metelo Zimbra, exilado de Roma, também teve papel significativo no assassinato de Júlio César.
Caio Trebônio Político e tribuno romano que se destacou na Batalha de Alésia. Um dos assassinos de Júlio César.
Marco Antônio Grande general e cônsul romano, membro do Segundo Triunvirato.
Marco Túlio Cícero Cônsul, advogado, grande orador e escritor romano.
Cneu Calpúrnio Piso Filho de Lúcio Calpúrnio Piso (cunhado de Júlio César), cônsul e governador da Síria.

Rivais de Júlio César:

Sexto Pompeiano (Pompeu) Grande general e estadista romano, conhecido como Pompeu, o Grande. Membro do Triunvirato, inimigo de Júlio César durante a Guerra Civil. Assassinado em Alexandria, no Egito.
Cneu e Sexto Pompeiano Filhos de Pompeu e seus sucessores políticos.
Marco Licínio Crasso General romano, milionário, membro do Triunvirato. Rival de Júlio César, foi derrotado e morto na campanha contra a Partia.
Tito Ático Labineu General romano amigo de Júlio César; contudo, durante a Guerra Civil tornou-se seu inimigo. Derrotado e morto na Batalha de Munda.
Marco Pórcio Cato Grande estadista romano, general e filósofo estóico. Meio-irmão de Servília, a quem idolatrava. Arquiinimigo de Júlio César.
Cleópatra Filha do Rei Ptolomeu XII. Apesar de ser de origem Macedônia, tornou-se rainha do Egito com a morte do seu jovem marido e irmão Ptolomeu XIII.
Teodoto Sábio De origem grega, tutor e conselheiro de Ptolomeu XIV.

Públio Cláudio Pulcher Líder aristocrata e tribuno romano, amigo de Décimo Bruto, assassinado a mando de Pompeu.
Clódia Irmã e amante notória de Públio Clódio Albino.
Célio Rufo Amante rejeitado de Clódia, contra quem ela move uma ação judicial. Defendido por Cícero, Clódia tem sua reputação destruída.
Caio Valério Catulo Poeta lírico romano, amigo de Décimo Bruto, apaixonado em vão por Claudia.
Quinto Ligário Um dos assassinos de Júlio César. Contudo, foi bem defendido por Cícero quando antes foi processado por ter sido acusado de portar armas contra Júlio César.
Marco Emílio Lépido Amigo e principal defensor de Júlio César. Recebeu o título de Mestre de Cavalaria (chefe da cavalaria romana). Membro do Segundo Triunvirato. Casou-se com uma filha bastarda de Servília e Júlio César.
Caio Cílnio Mecenas Grande estadista romano e patrono de Horácio e Virgílio. Melhor amigo de Júlio César e, mais tarde, conselheiro de Otávio.
Marcos Vipsânio Agripa Amigo pessoal, confidente e o maior general de Otávio.
Públio Cornélio Dolabela Tribuno e cônsul, casado com Túlia, filha de Cícero.
C. Escribônio Cúrio Tribuno e agente de Júlio César, amigo de Décimo Bruto, assassinado a mando do Rei Juba, no Norte da África.
Vercingétorix Líder e herói gaulês que foi obrigado a se render a Júlio César depois da Batalha de Alésia. Mais tarde, na prisão, foi assassinado.
Artixes Guarda e companheiro de Décimo Bruto. Primo de Vercingétorix, foi adotado por Décimo Bruto.
Ápio Gabínio Um dos herdeiros e homem de confiança de Pompeu. Foi governador da Síria.
Ápio Cláudio Pulcher Filho de Públio Cláudio Pulcher. Teve um breve relacionamento amoroso com Longina, esposa de Dácimo Bruto.
Sérvio Sulpício Galba e *Lúcio Minúcio Basílio* Conspiradores, participaram do assassinato de Júlio César.
Diosipo e Nicander Catamitos gregos, amantes de Públio Servílio Casca.

Capítulo 1

O rio não era mais largo que o salto de um cavalo. Na outra margem, pastores, figuras angulosas vestindo túnicas de pele de carneiro, reuniam seus rebanhos. A neblina do anoitecer escondia as ovelhas da vista; apenas a parte de cima dos pastores era visível sobre o vapor róseo que se elevava do terreno pantanoso. Fazia frio. Começou a chover. Virei-me e, com o joelho direito latejando — legado de minha última campanha —, coxeei um quilômetro de volta ao acampamento.

Casca estava na sua tenda, bebendo vinho quente com canela e noz-moscada. De pé ao lado da mesa, sem armadura, sua barriga livre aparecia sob a túnica.

— Nada à vista. Nada a informar.

— Claro que não. Foi tudo arranjado — ele disse.

— Gostaria de ter tanta certeza assim. Ele já errou antes. Grandes erros! Labieno dizia que a "impetuosidade" era o maior defeito do general.

— Sim, e se ele não estivesse lá para contê-lo, estaríamos mal. Poupe-me essa cantilena, querido. O velho Labieno não está aqui, e tomara que ele desapareça!

Labieno, o mais experiente dentre os tenentes do general, seu companheiro desde os primeiros dias da Guerra da Gália, não gostava de Casca e chegava a desprezá-lo, pois deplorava sua predileção por rapazes e vinho. Muito justo, para quem invocava como refrão a "antiga virtude romana". Mas Casca era meu primo e meu melhor amigo. Eu conhecia suas fraquezas e sua força melhor que Labieno. Apesar de toda sua auto-indulgência e afetação, ele tinha raça. Os soldados o adoravam e se divertiam com a presença constante de Diosipo e Nicander, os gregos catamitos de efeminados cabelos encaracolados que Casca dizia adorar. Era mentira. Casca não se importava com ninguém, a não ser com ele mesmo, com a possível exceção de sua mãe. Éramos amigos, mas ele cortaria a minha garganta se a política ou os seus interesses pessoais o exigissem.

— Deixei-o à mesa. Fingia-se de bêbado para flertar com a jovem esposa de um cidadão de Ravena. Uma gracinha, certamente bem mais doce que Calpúrnia, mas ela vai se dar mal, coitadinha!

— Sim — eu disse. — As ordens foram dadas. Ele declarou que suas intenções são honrosas e que sua causa é justa.

— Poupe-me das baboseiras de Cícero. Quando lutarmos, será pela carreira de César, pela vida dele. E pelas nossas! Se eu pudesse matar alguns dos meus credores, Roma seria mais agradável! Sabe a quanto montam minhas dívidas? Nem eu, felizmente, mas na semana passada minha mãe me escreveu a respeito. Não que vá ter muita ação amanhã. Atravessar esse córrego, que por alguma razão você achou necessário inspecionar, terá sido apenas um ato simbólico. Ele já enviou um destacamento para ocupar Rimini. Antônio e Cúrio chegaram ontem, fugidos de Roma, disfarçados de escravos. Eu queria ter visto o belo Antônio nesta situação!

Casca me soprou um beijo.

— Acho que ele está esperando a chegada dos dois — eu disse. — Imagino que tenha sido esta a causa do adiamento.

— Você está enganado, como sempre, primo. Em parte, a razão é política, para levar a oposição a se precipitar tão publicamente na destruição e na desgraça que ele poderá alegar que foi forçado a agir em legítima defesa.

— E não foi?

— Não foi? Talvez sim. Em se tratando de César, quem pode adivinhar o momento em que o ator vai tirar a máscara? Mas ele adiou também porque sabe que está no momento decisivo de sua carreira. É um jogador e apostou alto. Não tem volta, o primeiro passo é que conta. Agora é ele que dá as cartas. Ainda hoje ele cochichou no meu ouvido: "Deixemos que voem alto".

— Você está nervoso? — perguntei. — Disseram-me que, na noite passada, César sonhou que dormiu com a mãe dele.

— César, o sonhador... — disse Casca.

— Tem notícias de Pompeu?

Casca riu. Ele considerava o grande general um grande pascácio, uma velhota, e riu de novo quando lembrei que certas velhotas, como sua própria mãe, eram muito valentes. Pompeu se gabava de que bastava bater o pé no solo da Itália e legiões brotavam do chão. A notícia desta bazófia, transmitida dias antes, perturbou César, até que Casca disse:

— Então tiraremos o chão debaixo dos pés de Pompeu e ele baterá os pés no ar.

— Os augúrios são favoráveis?

— Meu caro, os augúrios são favoráveis cumprindo as ordens de César.

Voltei para a minha tenda, ansioso, e me deitei na minha cama de campanha. Sabia-me incapaz da irreverência do meu primo. Casca tinha feito o papel de homem arruinado por tanto tempo que não sabia fazer outro, era incapaz de seriedade. Minha posição era diferente. Eu tinha espírito mais jovem, muito a perder, meu temor ao futuro era justificado. Em qualquer caso, uma guerra civil é sempre horrível. Pelo que eu sabia, Pompeu era capaz de tornar sua jactância realidade.

A noite se insinuava. Eu relutava em apagar a chama da lamparina. As histórias que o meu avô me contava sobre os proscritos nas guerras de

Mário e Sila se interpunham entre mim e o sono. O que o sonho de César pressagiava? A implicação era evidente, inquietante, agourenta. Se Roma era a Mãe, deitar com ela seria incesto! Eu havia embalado a cabeça quebrada de Cláudio, meu amigo assassinado por uma gangue a serviço de Pompeu. Cícero defendeu o assassino, com sua retórica desonesta de sempre. Eu concordava com o desprezo de Casca pelo grande orador, salvador maneirista de Roma das mãos de Catilina, que, por sua vez, era primo e talvez amante da minha mãe.

Acho que não dormi.

Antes do amanhecer havia mais que o movimento noturno — tinir de arreios, relinchar de cavalos, passadas fortes das sentinelas, o sussurro compacto de mil legionários. Depois, ao longe, ouvi a música de uma gaita fina, dançante. Pus-me de pé, tropeçando, enfiei-me nas roupas, afivelando o escudo e pegando a espada. A névoa era densa, a umidade grudava, mas a música me levava para o rio. Outros me empurravam, passando à frente e correndo na mesma direção, soldados se movendo de modo não costumeiro, sem ordens nem método. Não fosse a ansiedade, o sentimento de antecipação que nos envolvia, seria de pensar que eles estavam em fuga.

Ao ouvir um barulho de água espirrando, eu soube que a margem do rio estava próxima. Um cavaleiro a galope esbarrou em mim, e o encontrão com o cavalo me fez tropeçar. Mas abriu-se um caminho atrás dele, e lá havia luz. Como a música, vinha da outra margem um arco de luz sobrenatural, de outro mundo. Meu peito arfava. Olhei através daquele túnel de luz e, embora o contemplasse diretamente, não me ofuscava.

O gaiteiro estava na Itália, do outro lado do Rubicão*.

* Rio que faz fronteira entre o território de Roma e as regiões provinciais. (N. do R.)

A música silenciou os soldados. Todos pararam. Um centurião a meu lado berrou uma ordem de avançar para o riacho. Ninguém obedeceu. A música flutuava no ar, a névoa revoluteava em torno do gaiteiro. Um legionário gritou:

— É o deus Pã! — e o seu grito pegou, ecoando ao longo da linha irregular — Pã, Pã, Pã!

O primeiro a gritar o nome se atirou ao chão. Os outros imitaram a sua ação. Firmei o olhar no gaiteiro, que parecia se retirar, porém sem se mover, sumindo até a invisibilidade, enquanto eu tentava não perdê-lo de vista. A música desapareceu junto com ele. Houve um longo silêncio. Envergonhados do terror momentâneo, mas estranhamente exultantes, os homens se levantaram aos poucos, avançaram para o riacho e o cruzaram, entrando na Itália.

— Foi um truque do general, não há dúvida — disse Casca. Foi? Eu nunca soube. Ao ter notícia do incidente, César sorriu de um jeito evasivo, de falsa modéstia, típico dele, que nada diz mas sugere uma enormidade.

Lembro-me daquele jantar em Rimini. Recebemos a notícia de que as guarnições das vilas da região tinham se entregado e vinham a César com protestos de lealdade. César reuniu seu Estado-Maior e disse:

— Não é hora de festejar, mas ergo um copo de vinho em gratidão por seu apoio e como testemunho da minha determinação em vencer. Demos um passo irrevogável. Hoje, ao cruzar o rio, violamos as leis da República. Todos vocês sabem por quê. Meus inimigos estavam decididos a me destruir. Agi em defesa da minha dignidade, que para mim é mais cara que a própria vida. Não se deixem enganar por quem afirma se tratar de mera questão pessoal. Sei que não acreditam nisto. Mas sei também que, nos próximos dias, seus amigos, parentes e partidários tentarão por todos os meios convencê-los de que não passa disto. Assim, declaro que agi em defesa dos direitos constitucionais dos tribunos e da liberdade dos romanos, que os meus adversários tentam subverter. Lembro-lhes que propus depor as armas se Pompeu fizesse o mesmo. Lembro-lhes que ofereci a rendição de todas as minhas tropas, salvo a Gália Cisalpina e uma única legião. Lembro-lhes que usaram a força contra os tribunos que tentaram lançar um veto legítimo ao decreto do Senado que me obrigaria a dissolver meu exército sem me oferecer qualquer garantia de segurança pessoal. Não procurei esta guerra. Ela me foi imposta pelos meus inimigos. Eles queriam a guerra, eu não. Estou feliz por ter me proporcionado a oportunidade de saber quem são meus amigos. Vocês são os mais importantes dentre eles e agradeço de todo coração por sua coragem e lealdade. Nossa posição é periclitante, mas já enfrentei o perigo outras vezes. Confio na audácia, e confio na justiça da minha causa.

Marco Antônio liderou os vivas e todos aplaudimos. Era um alívio chegar ao término daquele período de incerteza, chegar ao momento em que tudo estava sendo posto à prova.

Confesso que os meus aplausos eram tanto mais altos devido ao medo que eu sentia. Será difícil para as novas gerações entender o temor e o respeito que Pompeu inspirava. Mas era natural. Durante toda a minha vida ele fora o grande homem de Roma. Suas conquistas na Ásia não tinham precedentes. Em comparação, mesmo a conquista da Gália, realizada por César, parecia pequena. Os gauleses não passavam de bárbaros corajosos, ignorantes da arte da guerra. Mas Pompeu havia derrotado grandes reinos, colocando-os sob o jugo de Roma. Nosso império era mais criação dele do que de qualquer outra pessoa. Por muitos anos ele obscurecera

César. A primeira vez que eles se encontraram, César era o menos importante no Triunvirato formado por Pompeu e Marco Crasso. César não tinha a fama de um nem a riqueza do outro.

Nosso partido não tinha nada comparável ao renome de Pompeu, nada de comparável à opulência de seus partidários. Em torno da mesa de jantar, havia poucos homens que o mundo aprendera a respeitar, e alguns — principalmente Casca e Marco Antônio — que o mundo estava acostumado a desprezar. Eu sabia que muitos dos adeptos de César eram tão inadimplentes quanto Casca, desesperados para reaver sua fortuna com o naufrágio do Estado.

Eu não estava entre estes. Nem era, como muitos outros, um aventureiro sem berço. Eu vinha de uma das melhores famílias de patrícios; podia me vangloriar de ter dezenas de cônsules como ancestrais. Eu era rico. Quando entrasse na posse da minha herança, as propriedades bastariam para me proporcionar uma vida luxuosa — e o meu pai era velho. Eu nada tinha a ganhar, pois não me faltava riqueza, reputação ou posição, e tinha muito a perder. No entanto, apoiei César.

Se perguntassem por quê, eu não saberia responder ao certo. Quando leio os escritos dos historiadores, me espanta a certeza com que eles afirmam o motivo das ações. É curioso que saibam coisas assim, quando poucos poderiam dizer com igual certeza por que se apaixonam por uma mulher ou por um rapaz. Reuni-me ao Estado-Maior de César como jovem oficial na Gália. É natural sugerir que isto determinou minha fidelidade. Mas Labieno, que era muito mais íntimo dele, abandonou sua causa, apesar de César sempre ter falado de Labieno com carinho. Alguns dizem que foi porque ele veio de Picenum, uma fortaleza de Pompeu, e portanto devia lealdade anterior. Não acredito nisto. Alguma coisa na maneira de César o ofendeu. Teria sido a mesma coisa que me prendeu ao general?

Estas perguntas me deixam perplexo até hoje, quando pouca importância têm, quando talvez nada mais tenha importância. Não acredito que a minha vida seja longa. Sou mantido aqui pelos gauleses como penhor, um poder de barganha. Antevejo um fim ignominioso. Hoje de manhã perguntei ao jovem designado para me acompanhar, e que fala um latim tolerável, se havia novidades. Deduzi o pior do seu silêncio. Mas pode ser apenas por ignorância dele. Afinal, por que ele estaria a par de negócios de Estado?

Sim, confesso, estou apreensivo. Não temo a morte. Nenhum nobre romano a teme. Gostaria apenas de ter a certeza de morrer de modo digno, como os meus ancestrais. Meu medo é de que isto não me seja permitido. O mais provável é eu receber uma facada no meio da noite; depois, minha cabeça enviada a meus inimigos como prova de boa vontade. Foi o destino de Pompeu. César fingiu repugnância; no íntimo, sentiu alívio! Ele não teria sabido o que fazer com Pompeu, um objeto não adequado para sua famosa clemência.

Aqui, onde me mantêm cativo, corro à frente de mim mesmo.

❊ ❊ ❊

O charme de César, o famoso charme de César... Ele tinha o hábito de passar o braço em torno da pessoa, pegar o lóbulo da orelha do seu interlocutor entre o polegar e o indicador e ficar brincando com o lóbulo enquanto confiava, ou parecia confiar, seus segredos. Eu não teria tolerado isto de qualquer outro homem. Mas quando César me abraçava, eu sentia um arrepio de prazer. Admitir isto me degrada?

Minha perplexidade é ainda maior porque, ao contrário de Marco Antônio, eu não tinha certeza da vitória.

Aquela noite, quando César se retirou, Antônio se reclinou num divã e mandou que os seus escravos lhe trouxessem outra ânfora de vinho.

Ele sorriu para mim.

— Ficará para beber? Você compartilhará esta noite de gáudio, não?

— O general sugeriu que nos recolhêssemos cedo. Temos uma guerra pela frente! — eu disse, tomando o divã mais próximo e pegando o vinho.

— A guerra vai demorar muito — disse Antônio. — Por enquanto é um piquenique, uma excursão de férias!

— Como você sabe?

Ele sorriu com aquele encanto que seduzia homens e mulheres; aquele sorriso que eu tanto invejava se espalhou pelo seu rosto. Havia momentos em que Antônio parecia o deus Apolo.

— Eles fugirão como lebres! — ele disse. — Você se esquece que acabo de chegar de Roma? Conheço o calibre dos nossos inimigos! É só vento! Soube que precisei me disfarçar de escravo? Isto significa que convivi dois dias com escravos. Os escravos conversam, entre eles, coisas que seus amos nem imaginam! Sabia disto?

Ele me serviu mais vinho e fez um gesto, dispensando os escravos.

— Sabe o que disseram? Disseram que os otimados*... você deve saber que Cícero usa esta expressão para se referir àquele grupo de anciãos idiotas unidos contra nós... Disseram que os otimados estão se borrando de medo. E eu acredito.

— Pompeu? — perguntei.

* De *Optimates*, membros da alta nobreza romana. (N. do R.)

— Pompeu acabou! Pode ter sido um grande homem, mas agora... — ele virou o polegar para baixo. — Você esteve na Gália. Tem visto Pompeu ultimamente?

— Estive em Roma no inverno passado. Vi Pompeu sendo carregado numa liteira através do Fórum.

— Numa liteira... O Grande Homem agora é um monte de banha! Ele nunca soube muita coisa, exceto... isto eu reconheço... organizar um Exército. Mas na política sempre foi um inocente. Foi manipulado pelos inimigos de César, que eram inimigos dele há não muito tempo... na verdade, durante a maior parte de sua vida. Eles prenderam Pompeu, e só restou sua celebridade. Celebridade. Não dou a mínima pela celebridade. Não, meu querido, a campanha que nos aguarda não será nada parecida com o que você viu na Gália. Lá, eles lutam. Desta vez será uma batalha de flores. E de palavras. Pode contar com as palavras de Cícero. Como serão as mulheres dessa cidade?

Então acompanhei Antônio a um bordel e fui dormir bêbado e saciado ao nascer do sol. Foi assim que comecei a grande campanha italiana.

Capítulo 2

Não tenho a intenção de descrever nossa campanha na Itália, nem a guerra civil que se seguiu. Primeiro porque não sei quanto tempo terei para escrever estas memórias; segundo, tenho lembranças muito dolorosas das guerras mais recentes, concluídas de maneira tão desastrosa. Isto é, concluídas no que me diz respeito.

Alguns verão minha detenção como justiça. Irônica, ou poética, talvez justa. Como a vejo?

Vou lhes dizer. César se gabava de sua clemência, mas a restringia aos cidadãos romanos. Quando se tratava de estrangeiros, ele esquecia a clemência.

Veja o caso do líder gaulês Vercingétorix, por exemplo. Ele era um homem de grande beleza, coragem e astúcia, chefe de Arverni. Tomei parte na terrível Campanha da Alésia. Foi a minha primeira experiência de guerra total. Eu me uni ao exército durante o cerco à fortaleza gaulesa de Avaricum. Era inverno. A neve atingia os joelhos nas estradas da montanha. Uma das minhas unhas caiu devido ao frio. Vercingétorix destruiu celeiros e armazéns na tentativa de nos privar de alimento. Nossos legionários estavam próximos do desespero. César os mantinha unidos com insultos e afeição. Num assalto direto, tomamos a cidade. César ordenou ou permitiu — eu nunca soube ao certo qual dos dois — um massacre geral.

— Por que não? — disse Casca. — Aqui há comida para um exército, mas não para a população civil.

Casca comandou um destacamento enviado para guardar os armazéns de trigo e impedir que eles fossem saqueados. Metade da cidade ardia em chamas. A confusão era terrível. Estupravam as mulheres e depois lhes cortavam a garganta. Umas poucas felizardas tinham conseguido se agregar às tropas. César contemplava este horror com equanimidade.

— Os homens sofreram muito para conseguir isso — ele dizia.

Os gauleses não se desesperaram. Vercingétorix se enclausurou em sua cidadela de Alésia. Fizemos o cerco. Logo depois, éramos nós os sitiados. Outro exército gaulês desceu sobre nós e investiu contra as nossas linhas, que, por sua vez, investiam contra a cidade. Apenas um comandante extremamente impetuoso poderia ter caído em tal armadilha; apenas um comandante de rara ousadia e audácia poderia ter-nos salvo.

César permaneceu calmo.

— O destino de César não é o de morrer em terras de bárbaros — ele disse, tocando a testa.

Um dia, para o nosso espanto, as portas da cidade se abriram. Ficamos a postos, esperando um ataque. Mas não foram soldados que vimos descendo o morro em nossa direção, e sim uma chusma de velhos, mulheres e crianças.

— Então — disse Casca — os suprimentos andam escasseando por lá também.

Eles estendiam as mãos para nós, apontando a boca e gritavam naquela algaravia esquisita, implorando por comida. César deu ordens para que não se desse nada a ninguém, e que nenhum deles fosse admitido em nossas linhas.

— Nem moças bonitas, nem rapazes bonitos — ele disse. — Não fará mal à guarnição ver seus entes queridos morrendo de fome diante de seus olhos!

Por três dias eles perseveraram em suas súplicas abjetas. Por três noites nosso sono foi perturbado por seus gritos dilacerantes. Muitos de nós ficaram indignados. Um soldado não deixa de ter sentimentos ternos. Mas

César foi inflexível. Quando descobriu que um centurião tivera o desplante de possuir uma bela moça, ordenou que ele fosse açoitado e rebaixado de posto. A moça foi enxotada a chicotadas de nossas linhas, para voltar a morrer de fome.

Aos poucos aquele povo desgraçado começou a sumir. Aonde foram, se algum escapou, nunca vim a saber. Dias depois, tinham simplesmente desaparecido. Certamente se meteram pelas florestas para morrer.

A esta altura o exército auxiliar tinha investido sobre nós. Mais tarde César declarou que eram oito mil na cavalaria e um quarto de milhão na infantaria. O relatório foi apresentado ao Senado, mas era pura fanfarronice. Não tínhamos meio de saber quantos eram.

Não vou descrever a batalha. Foi como todas as batalhas, só que pior. Para dizer a verdade, as narrativas de batalhas raramente fazem sentido. Não, não é verdade, fazem sentido demais. Os historiadores lhes dão uma forma que elas não possuem, atribuindo aos comandantes um grau de controle que não existe. Não aconselho ninguém a ler o relato de César da Batalha da Alésia; é melhor conversar com algum legionário que lutou na linha de frente. Quanto a mim, não me lembro de nada. Mais tarde Trebônio disse, brincando, que eu estava tão bêbado quanto Antônio, mas não é verdade. Hoje posso admitir que a minha memória foi obliterada pelo medo que senti. Eu havia sonhado que iria morrer, e por pouco não morri.

A certa altura Vercingétorix liderou um ataque vindo da cidade. Acho que ele calculou mal o momento. Meia hora antes, quando ainda não havíamos garantido nossa posição contra o exército auxiliar, ele poderia ter liquidado conosco. Mesmo depois teríamos perdido se a cavalaria, desprezando as ordens de César para que mantivessem a posição, não tivesse iniciado um movimento para cercá-los. Quando os gauleses viram o que estava acontecendo, muitos entraram em pânico e fugiram para a cidade. Foi este instante de terror que decidiu a batalha. Conseguimos avançar, uma massa de metal, espadas em riste; na escalada em perseguição aos que ainda lutavam recuados na cidadela, pisoteávamos os corpos dos inimigos. Quando as portas se fecharam diante de nós, eu soube que Vercingétorix estava condenado.

No dia seguinte ele enviou um mensageiro com os termos de um acordo. César respondeu que só falaria com o próprio Vercingétorix.

O chefe gaulês saiu da fortaleza que se tornara sua prisão. Montava um cavalo branco. Apesar de um talho aberto à espada sobre seu olho direito, ele cavalgava ainda ereto, altivo como um noivo. Quando desmontou, ainda ficou um palmo mais alto do que César, que estava à espera de que ele lhe jurasse obediência. Mas o gaulês se negou.

Falou em latim, não muito correto, contudo, mas latim mesmo assim. Concedeu a vitória e pediu misericórdia para as suas tropas e para o povo da sua tribo. O mau cheiro dos cadáveres e do sangue enchia o ar.

Sem se dirigir ao seu nobre inimigo, César chamou dois centuriões e ordenou que acorrentassem o chefe gaulês.

— César não discute com bárbaros! — ele disse, embora durante os anos que passou na Gália o tivesse feito em várias ocasiões.

César promulgou suas ordens. As tribos de Arverni e de Aedui seriam poupadas; deveriam reassumir a posição de amigos do povo romano. (Foi muita esperteza: Arverni era a tribo de Vercingétorix.)

— Foram desorientados por maus conselhos — disse César, sem sequer olhar diretamente para Vercingétorix, não se dignando a dirigir-lhe a palavra.

Todos os outros prisioneiros deveriam ser entregues aos legionários. Antes, porém, deveriam cavar uma vala para os mortos.

Disse, então, aos centuriões:

— Levem esse homem; ele deve ser mantido em vigilância constante!

E nunca mais falou com Vercingétorix. Mas tinha lhe reservado um papel: ele seria preservado para ser apresentado no Triunfo de César. Isto não aconteceria por muitos anos ainda. Depois, como todos sabem, o chefe gaulês foi estrangulado na prisão de Mamertine. Vercingétorix recebeu os insultos com absoluta serenidade. César foi o conquistador, mas quem ganhou o dia foi o inimigo derrotado. Aquela noite, senti vergonha por César.

(Mais tarde dei este relato ao jovem Artixes, filho do meu captor. Ele passou algum tempo em Roma e lê latim com facilidade. É um jovem gracioso, possui certo encanto e acredito que se condói sinceramente de mim. Por acaso é também primo de Vercingétorix, por parte de mãe. Interessou-me ver como meu relato o atinge.

Naturalmente, ao ler esta confissão, alguns dirão que eu a escrevi na tentativa de incorrer em seu favor. Esta opinião não seria destituída de inteligência, mas este não foi o meu propósito. Na verdade, enquanto escrevia, fiquei surpreso ao descobrir a força dos meus sentimentos. Eu já havia observado isto antes, e surge a questão filosófica quanto a esse tipo de escritos realmente alterar os sentimentos da pessoa, ou na verdade esses escritos serem ou não um subsídio para a insinceridade. Não sei responder à questão. A verdade é, como sempre, complicada: jamais podemos recapturar nossas emoções exatas e a evocação de eventos passados é sempre colorida pelo que aconteceu desde então.

— Como você foi capaz de seguir um homem desses? — ele disse.

Ele tem um rosto peculiarmente franco, bem quadrado, sob um tufo de cabelos louros.

— Você nunca sentiu o charme, a autoridade dele — respondi. — Diga-me, você se lembra do seu primo?

— Que lhe interessa saber? Você é romano e cúmplice no assassinato dele.

— Você leu o que eu escrevi — eu disse. — Isto explica minha pergunta.)

Depois da batalha, César elogiou Antônio e Trebônio. Não fez alusão à minha participação na ação, mas não me aborreci com isto. Para dizer a verdade, eu teria ficado envergonhado se ele dissesse alguma coisa em meu louvor. Mas vi a expressão carregada de Labieno. Ele odiava Antônio, achava que ele não passava de um depravado. Foi talvez nesse momento que ele começou a se separar de César.

Naquela noite Antônio veio até a minha tenda. Estava bêbado, como talvez tivesse o direito de estar. Eu gostaria de estar bêbado por outra razão. Prefiro não recordar esta visita, a não ser por algo que ele disse:

— César ainda não percebeu, mas agora Roma é dele!

Naquela ocasião, achei isto um absurdo.

Ele se deitou na minha cama, com a túnica arregaçada.

— Massacre me dá tesão... — ele disse.

Acho que sorri, como me inclino a fazer quando fico encabulado.

— Você é um ratinho branco — ele disse. — Um ratinho branco e tímido.

Sou naturalmente pálido, mas nessa época meus cabelos não eram brancos, e sim louro-palha. Antônio se divertia fazendo jogos de palavras com o meu cognome. Talvez um de meus ancestrais fosse mesmo albino. Não sei. Sempre tive traços marcados, nunca belos, e recebi na infância o apelido de "Ratinho", que me acompanha até hoje. César significa "peludo", mas César mesmo era calvo, o que muito o envergonhava.

— Não se preocupe — Antônio disse —, eu quero mesmo é uma mulher!

Levantou-se cambaleando e, apesar da embriaguez, movia-se com a graça langorosa de um felino. Pousou as mãos em meus ombros, para se equilibrar, e olhou-me firme no rosto. Seu hálito cheirava a vinho. Inclinou-se e beijou meus lábios.

— Ratinho... — ele disse. — Pequeno Décimo Júnio Bruto Albino Ratinho. Não precisa ter medo...

— Eu não estou com medo — eu disse. — Estou aborrecido e enojado.

— Comigo, Ratinho?

— Aborrecido com você e enojado com o que aconteceu hoje.

— Ora, Vercingétorix jogou e perdeu! Ele era um problema dos diabos para nós! Conhecia as regras do jogo... Não pode culpar César por ter vencido...

— Não o culpo — eu disse. — Eu o culpo de...

Interrompi-me.

— Cuidado, Ratinho... — Antônio disse. — Cuidado para não falar mal do general.

— É claro... — eu disse. — Não se deve fazer isso.

César: com todas as suas verrugas. Algum dia ele foi sincero? Teríamos morrido por ele, morrido pelo seu sorriso. Todos nós, seus generais e tenentes na Gália, sentimos seu toque mágico. Todos tínhamos medo dele também, até Antônio, que fingia não temer homem algum. Mas já o vi reduzido a gagueiras e rubores por um olhar frio de César. Até Casca ficava desconcertado diante dele.

A primeira vez que vi César, ele estava saindo do quarto da minha mãe. Eu era uma criança, tinha nove ou dez anos. Era uma manhã de verão, eu tinha acordado cedo e, sem conseguir voltar a dormir, fui buscar consolo em minha mãe. Quando cheguei ao seu quarto, a porta se abriu e apareceu um jovem usando uma túnica curta, mas eu não sabia que ele era César. Ele parou e sorriu, tocou minha bochecha com o indicador, pegou minha orelha entre o polegar e o indicador e segurou-me à distância de um braço.

— Então este é o Ratinho! — ele disse. — O Ratinho de quem ouvi falar tão bem! Ouvi dizer que você gosta de poesia grega...

Concordei com a cabeça.

— Eu também, menino! Vamos discorrer sobre isto numa ocasião futura e mais propícia!

Ele riu, uma risada de pura alegria, e foi embora. Eu o acompanhei até fora de casa, vi quando ele deu uma moeda ao porteiro e os meus olhos continuaram pousados nele enquanto se distanciava. Ao cruzar o pátio, jogou a toga drapeada por cima do ombro. Eu nunca tinha visto um nobre se mostrar em público em tal estado de pouca vestimenta. Hoje sei que ele se comprazia em alardear suas conquistas. Eu não sabia por que ele tinha ido à nossa casa, não entendi na ocasião que ele era amante da minha mãe.

É claro que ele nem ligava para ela. Mas ela o adorava! Quando entrei no quarto dela, foi como se eu olhasse para uma desconhecida.

Naquela época César ainda não tinha alcançado fama como militar. Era conhecido somente por sua depravação e por suas dívidas. Mas isto também eu só soube depois. Quando ouvi falarem de César nestes termos, não consegui associar o homem assim retratado à grandiosa descontração de suas maneiras. Aos dez anos tornei-me seu escravo, como minha mãe já era. A adoração a César foi um segredo que compartilhamos e conservamos escondido de todos, principalmente do meu pai.

Tempos depois, ouvi o meu tio perguntar a ele por que não tinha se divorciado de minha mãe.

— Por causa de César? — disse meu pai. — Meu caro, se todo homem chifrado por César se divorciasse, Roma ficaria despojada de pessoas casadas! Ela não me trairá com ninguém mais. Todos nós, maridos, abrimos exceção para César.

Talvez entendam por que seus soldados cantavam no Triunfo:

O careca mulherengo volta ao lar,
Romanos, trancai as esposas em casa.
Tributos e escravos lucrados na Gália
Ficaram com as putas de César por lá.

É fato notório que não foram só as putas da Gália. Em certa ocasião muito comentada, mas nunca bem explicada, César foi apanhado "do outro lado da cerca".

Quando jovem, servindo como ajudante-de-ordens de Marco Termo, então procônsul da Ásia, César foi enviado em missão diplomática ao Rei Nicomedes, da Bitínia. Ninguém sabe exatamente o que se passou ali, mas ouvi Cícero (fofoqueiro inveterado e não confiável) afirmar que "os criados de Nicomedes conduziram César aos aposentos reais, onde ele se deitou num colchão dourado, trajando uma túnica púrpura. Imaginem só, amigos! Pois foi assim que o descendente de Vênus perdeu a virgindade na Bitínia". Pode ser bobagem, e a história certamente é enfeitada, mas todo mundo acreditou. O versejador Licínio Calvo publicou um pequeno pasquim sobre

As riquezas do Rei da Bitínia
Que abusou de César no leito real.

E certa vez, quando César discursava no Senado em defesa de Nisa, filha de Nicomedes, enumerando suas próprias obrigações para com o rei, mais uma vez Cícero gritou, com sua animação provinciana: "Pare com isso, por favor! Todos sabemos o que ele lhe deu e o que você deu em troca".

É verdade que havia alguns mercadores romanos na Bitínia nessa ocasião, que devem ter contado o que aconteceu por lá. Não há um bom motivo para supor que a versão deles fosse totalmente mentirosa.

De qualquer jeito, estas histórias circulavam amplamente em Roma quando eu era menino, o que fazia César me aparecer de forma curiosa, ainda mais fascinante. Qualquer outro teria sido destruído pela vergonha. Qualquer outro teria se escondido e abandonado a vida pública. César, não. Ele lidava com aquilo com a mesma jactância com que se confrontava com o filho da mulher cuja cama ele acabara de deixar. Mas diversas vezes me perguntei se ele não decidiu criar a reputação que alcançou junto às mulheres precisamente por causa dessa mancha em sua honra. Afinal, ninguém faz objeção a um homem que decide fazer amor com rapazes, mas se submeter ao abraço de um homem mais velho é considerado desonroso para um adulto. Estes são os devassos, em geral desprezados. Isto se aplica até aos gregos, como se lê em Platão. A propósito, Bibulus, que dividiu o consulado com César em 59, descreveu-o num edito como "a rainha da Bitínia que um dia quis dormir com o monarca e que agora quer se tornar um".

Isto se aproxima mais da questão, é claro.

O que eu estou dizendo pode parecer evasivo ao leitor destas memórias — se eu sobreviver para terminá-las, e se elas sobreviverem para encontrar um leitor —, mas acho que os eventos em que fui envolvido não serão entendidos se o próprio César, em sua múltipla variedade, não for oferecido ao entendimento.

O que me deixa com a questão a que não sei responder: terá havido outra razão pela qual o infamante episódio com o Rei Nicomedes só lhe causou danos tão transitórios?

Anos depois, perguntei à minha mãe se ela acreditava que César realmente a tinha amado. Ela riu e disse:

— Claro que não, querido! Eu o adorava, mas isto era muito diferente! Mesmo na época, eu não podia me iludir. Eu sabia, por exemplo, que ele estava tendo um caso simultaneamente com Postúmia Sulpício... uma boba, por sinal. Não, César não era como Pompeu, que, talvez você se surpreenda ao saber, realmente adorava as mulheres com quem se envolvia. E havia outra diferença: quando jovem, Pompeu era lindo! Vendo-o hoje, você pode não acreditar, mas ele era tão belo que dizíamos que todas as mulheres tinham vontade de mordê-lo! César era bonito, de um modo frio e arrogante, mas não era pela beleza que fazia o sucesso que, aliás, fez também com Múcia, segunda mulher de Pompeu... ou foi a terceira, não me lembro... Mas como era mãe de três filhos, Pompeu achava que ela estava absolutamente segura. E estava, até César aparecer. Ele costumava chamar César de "Egisto", sabia?

— Egisto?

— Ah, você é tão lento, Ratinho! Egisto, amante de Clitemnestra. Mas veja bem, nada disto impediu que Pompeu se cassasse com a filha de César anos depois. Mas isto você sabe, é claro. Coitada!

— Coitada?

— Sim, Pompeu já era impotente, além de estar sempre bêbado na hora de dormir, segundo dizem. Não, eu diria que houve apenas uma mulher que

César chegou perto de amar, e nunca entendi por quê.

— Quem foi?

— Servília, mãe do seu primo Marco.

— Servília, aquela medonha?

— Pode lhe parecer medonha, Ratinho, mas é uma mulher muito inteligente. Sabia prender César. Ele sempre voltava para ela!

— Eu sabia que eles eram aliados e que tiveram um caso. Isto não era segredo. Quando crianças, fazíamos Marco chorar com esta história. Mas ainda assim ela era uma chata, com aquela eterna conversa de virtude e parentesco com os Gracos. Acha mesmo que ele a amava?

— Sim — disse minha mãe —, o que não a impediu de prostituir sua prima Tércia, para o deleite de César!

Tércia era uma gracinha, e em nada se parecia com a mãe. Deu para beber e morreu jovem. Talvez minha mãe tivesse razão.

Lembro-me de que Cícero não perdeu a ocasião para fazer um de seus *bons mots* sobre o caso. Quando César, dois ou três anos atrás, armou a venda de propriedades confiscadas a Servília por um preço irrisório, no que deveria ser um leilão público, Cícero disse:

— Foi ainda mais irrisório do que se pensa, porque já tinha descontado a terça (tércia) parte.

Corria o boato de que Marco Bruto era filho de César. Quando pequeno, esta acusação também lhe provocava lágrimas de fúria e de vergonha. Mais tarde passou a confirmar a suspeita, ao mesmo tempo em que professava ser impossível. Como todos os que alardeiam virtude, meu primo Marco é um falso, um Jano de duas caras.

O jovem Artixes me disse:

— Você fala de charme e autoridade, mas eu só vejo um canalha! Ainda me espanta que você tenha seguido esse homem! Para nós, gauleses, estava claro que ele era uma força destrutiva. Você não percebeu isto?

— Artixes — disse —, não sei se você ouviu o que Marco Cato disse.

— Nem sei quem foi Marco Cato.

— Sorte sua! Mas ele disse: "César foi o único homem sóbrio que tentou destruir a Constituição".

— Não entendo o que você quer dizer...

— Não faz mal!

— Vamos — eu disse a Artixes, vendo o desapontamento em seu rosto. — Vamos dar um passeio ao cair da tarde, e eu tentarei lhe explicar.

(Vejam que, no presente momento, as circunstâncias da minha prisão não são árduas nem opressivas. De fato, sou muito bem tratado e sou forçado a rever minhas idéias sobre a civilização gaulesa. É verdade que o vinho deles é abominável, mas eles se preocupam com o meu conforto e a comida é tolerável. O melhor de tudo é que eu tenho uma espécie de jardim selvagem onde me permitem caminhar — sob supervisão, é claro. Ele desce até um rio e há montanhas do outro lado da campina. Ao cair da tarde é agradável andar sob as castanheiras, com um aroma de azevinho no ar. E o jovem Artixes é uma companhia encantadora; realmente passei a gostar muito dele.)

O ar da tarde era cálido. Pássaros cantavam. Um cachorro latiu numa vila, lá embaixo. Uma risada de meninas chegou até nós. Artixes disse:

— O que quer dizer Constituição? Já ouvi os romanos falando esta palavra e sempre fico intrigado...

— Também fico intrigado — eu disse. — É parte do problema. Deve entender, Artixes, que anos atrás Roma era governada por reis, como as suas tribos.

— Isto é natural — ele disse. — É claro que todo mundo tem um rei!

— Não exatamente! Alguns Estados são o que chamamos de República. Não me peça para explicar. Quando eu tiver terminado, você entenderá o que é República, mas se for explicar cada palavra, não chegaremos a lugar nenhum. Pois bem, os romanos ficaram descontentes com os seus reis.

— Por quê?

— Primeiro porque eles eram estrangeiros.

— Para mim, ter um estrangeiro como rei é um sinal de fraqueza!

— Talvez fosse, não sei, foi há muito tempo. O filho do rei era mau.

— O que ele fez?

— Estuprou uma moça.

Ele me olhou com uma expressão que julguei ser de assombro, novamente perdido.

— Mas ele era filho do rei — ele disse. — Ela devia ficar honrada ao cumprir uma ordem dele.

— Você pode pensar assim, mas ela não ficou, e o pai e os irmãos dela ficaram muito bravos! Eles se revoltaram contra o rei e o expulsaram da cidade.

— Sim — ele disse. — Isto eu entendo! E se proclamaram reis?

— Não exatamente. Os romanos acharam que ter um rei não era uma boa idéia. Não me pergunte por quê. Foi o que acharam. Então resolveram ter uma nova forma de governo, diferente. Em vez de um homem ser rei a vida inteira, eles dividiram o governo entre dois homens, que teriam poder igual e só teriam este poder por um ano. Não eram chamados reis, mas cônsules.

— Eram mortos no fim do ano?

— Não.

— Então, como os convenciam a deixar o poder?

— Convenciam. Eram as regras!

— E isto ainda acontece?

— Ainda temos cônsules. Eu teria sido cônsul no próximo ano.

— Mas não será. Você está aqui.

— Sim. Só que atualmente os cônsules não têm muito poder.

— Entendo. Essa maneira de fazer as coisas não funciona.

— Funcionou bem por muito tempo. E muito bem! Talvez até bem demais! Roma se tornou grande e poderosa. Você sabe disto, sentiu o nosso poder. Conquistamos outras terras, outras tribos, e estendemos o nosso Império.

— Sim, vocês matam pessoas e chamam isto de paz.

— Como queira, mas não é assim que pensamos. O Império cresceu tanto que os generais tinham de comandar exércitos e províncias durante muito tempo. No fim, os generais ficaram mais poderosos que os cônsules.

— Então os generais se tornaram reis.

— Não exatamente.

Às vezes me pergunto se Artixes é tão ingênuo quanto aparenta. Afinal ele morou em Roma, numa espécie de detenção. Deve saber mais sobre política romana do que demonstra. Mas quando olha para mim com seus olhos azuis arregalados e sorri com franca admiração, só posso pensar que ele é inocente.

Contudo... passei o braço em torno do ombro dele.

— Artixes, acho que você sabe de tudo isto.

Ele sorriu de novo.

— Bem, um pouquinho... — ele disse.

— Então é um jogo!

— É interessante ouvir como você explica. E quero saber mais sobre César, e por que você o seguiu até... E aquelas mulheres. Ouvi falar da rainha do Egito. E os homens dizem que ela é de uma beleza deslumbrante!

— Cleópatra? Não... É mais interessante do que isto...

— Fale-me sobre ela!

CAPÍTULO 3

A maioria dos romanos detesta o Egito e os egípcios. Aquele lugar tem algo que nos incomoda. A meu ver, é por causa da presença maciça e assumida da magia. Tudo parece brotar da lama primeva do Egito. Os egípcios adoram deuses animais, e um dos cultos, segundo me disseram, venera um besouro que vive no esterco*. O país é perpassado por um ranço de corrupção e poucos romanos conseguem passar um dia inteiro sem olhar com nervosismo por cima do ombro ou tentando descobrir se não fizeram algum feitiço contra eles. É bobagem, mas é uma bobagem contagiosa. Até Marco Antônio foi afetado. Ele demonstrava uma ansiedade nervosa, estranha à sua natureza.

Tem algo a ver com a paisagem. Embora Roma seja uma grande cidade, nós, romanos, somos por instinto e por herança habitantes do campo. Encontramos consolo em árvores, montanhas, rios, lagos e no mar. Nossos rios são amigáveis em comparação com a presença taciturna do Nilo. Vivemos mais felizes, e muito mais à vontade, em nossos *villas* no campo. Nossos deuses campestres são seres amáveis; cada bosque, cada planta e cada fonte tem o seu espírito tutelar e é fácil viver em harmonia com tais seres: fácil e agradável. No Egito não há campos, não há paisagens: em vez disto, um deserto interrompido apenas por monumentos aos mortos. Nós, romanos, prestamos o respeito devido aos nossos ancestrais e ostentamos com orgulho as máscaras dos que alcançaram a glória a serviço da Repú-

---

* A certeza do renascimento ou da nova vida era especialmente enfatizada em crenças sobre um dos aspectos do Sol, Khepri, visto como um escaravelho. Esse besouro põe seus ovos numa bola de esterco e pode ser visto a empurrá-la, protegendo-a até a inclusão dos ovos. (N. do R.)

blica. Os egípcios, intoxicados com a idéia da morte, se prostram diante dos espíritos desconfiados dos mortos. Aquela terra vive na servidão à idéia da morte.

É claro que Alexandria é uma grande cidade, e a mais maravilhosa do mundo! Alexandria, sendo grega por fundação, não é característica do Egito: tem uma biblioteca, tribunais de justiça, quilômetros de armazéns, portos movimentados com naus de todas as nações do mundo civilizado, oferece muitos prazeres e poucos — aparentemente — inconvenientes ao visitante. Contudo, Alexandria foi infectada com o veneno do Egito. Havia uma mulher no mercado — diziam que ela tinha duzentos anos — que vendia poções mágicas para se adquirir longevidade. Meu primo Marco Bruto queria processá-la por charlatanice; César apenas riu. "Ela não faz mal algum", ele disse, erroneamente.

Nossa chegada foi horrenda.

Depois da vitória na Farsália, em que o principal exército de Pompeu foi dizimado, o Grande Homem fugiu para o Egito. O país é nominalmente independente, mas há muito tempo que a influência romana lá é considerável, e quando o Rei Ptolomeu foi expulso do país pelos rebeldes, Pompeu apoiou a sua causa. Ptolomeu veio para Roma, onde Pompeu discursou a seu favor no Senado, e o rei lançou mão de suborno descarado para obter ainda mais apoio. Chegou a tramar o assassinato de vários membros do partido egípcio de oposição, que também tinham vindo a Roma advogar seu lado da questão. Não há egípcio que condene o assassinato, e dizem que o sucesso do rei nessa empreitada reconquistou muito do respeito que ele havia perdido. Mesmo assim Ptolomeu não alcançou seu principal objetivo, pois, nessa época, os muitos inimigos de Pompeu no Senado temiam que a restauração de Ptolomeu através das armas romanas só aumentaria o poder de Pompeu, pois Ptolomeu, pouco conhecendo da Constituição, se sentiria mais em débito com o Grande Homem do que com o Senado. Assim nada se fez em seu favor até que, em conseqüência da famosa reunião de Pompeu com César e o milionário bobalhão Marco Crasso, em Luca, os três formaram o que Cícero (em particular) descreveu como uma "conspiração criminosa para compartilhar a soberania e dominar a República". Assim, devido à ascendência dos três, a política de Pompeu foi posta em prática e Gabínio recebeu ordens de deslocar seu exército da Síria para restaurar o Rei Ptolomeu. Foi o que ele fez, pois era um oficial eficiente, apesar de ser também um bêbado contumaz. De todo modo, o exército egípcio não era páreo para as legiões romanas. O Rei Ptolomeu já tinha morrido, mas foi sucedido por seus dois filhos, um menino também chamado Ptolomeu (Ptolomeu Dionísio) e uma filha chamada Cleópatra.

À moda egípcia, eles eram casados. É muito esquisito! Como você deve saber, a família real egípcia é de fato grega, pois o primeiro Ptolomeu era um general de Alexandre, o Grande, mas a realeza se adaptou aos desprezíveis costumes do país que governa, de modo que vivem felizes praticando o incesto. Os gregos, por mais degenerados que sejam, são normalmente avessos ao incesto, assim como nós, romanos. A proibição do incesto parece ser muito antiga; acho que é inata à humanidade. Mas os egípcios acham natural. Certamente não se incomodam.

Entretanto, o casamento não excluía a rivalidade esperada quando dois competem pelo trono — você sabe como esta rivalidade é comum aqui na Gália, Artixes —, e diziam que o relacionamento dos jovens Ptolomeu e Cleópatra andava tão mal (sem dúvida, fomentado por partidários) que havia boatos de uma guerra civil.

Mesmo assim Pompeu fugiu para o Egito certo de que a herdeira de Ptolomeu mostraria gratidão ao homem que havia devolvido o trono a seu pai. Talvez tivesse esquecido que os Ptolomeu agora eram orientais, e, portanto, não conheciam esse sentimento nobre.

César não teve pressa em persegui-lo, por razões que eu não fui capaz de imaginar e que ele não se deu ao trabalho de explicar. Em vez de ir diretamente em busca de Pompeu, ele se demorou num desvio por Tróia. Eu estava entre aqueles que lhe aprouve convidar para acompanhá-lo.

Naturalmente, embora alarmado por sua procrastinação, que eu temia que permitisse a Pompeu reorganizar um exército e prolongar, ou mesmo reverter, o curso da guerra civil (talvez César me negasse o acesso a informações que possuía), me senti honrado por ter sido escolhido e feliz com a oportunidade de conhecer Tróia. Minha mãe havia me inculcado o amor por Homero desde a primeira infância e, dentre os dois épicos, foi sempre a *Ilíada* que me despertou mais entusiasmo.

Meu primeiro sentimento foi de decepção. Pouco restava de suas torres altaneiras e dos poderosos baluartes. A cena era melancólica, o afamado Escamander jazia inerte. O Monte Ida estava invisível, envolto em brumas. Um vento frio soprava do mar. Onde fora o acampamento grego era hoje terra pantanosa coberta de juncos.

— Dez anos para capturar isso... — disse Trebônio. — Os gregos de Homero deviam ser homens de rara incompetência!

Trebônio tinha o hábito de olhar o mundo de cima para baixo. Continuou com o escárnio.

— E Agamenon, Ajax e Aquiles, homens de rara boçalidade.

— Você acha? — disse César.

— Não acha, general? Comparada às suas conquistas em Avaricum e na Alésia, Tróia é uma mixaria, um lugarejo miserável que não nos deteria sete dias!

— Tem razão — disse César, e percebi que ele estava aborrecido. Flexionava os dedos, como era seu hábito quando se esforçava para vencer a irritação. — Tendo o comando do mar, armas modernas para fazer o cerco e um exército bem treinado, teríamos acabado num instante com esses pobres troianos. Qual é a sua opinião, Ratinho?

Ao contrário de Trebônio, eu era sensível aos humores de César. Lembrei-me de que ele adorava se gabar de ser filho de Vênus, que ela se uniu a Anquises naqueles bosques de carvalhos e castanheiras acima de Tróia e deu à luz o herói Enéias, que mais tarde, guiado por sua mãe e por outros deuses, escapou da cidade em chamas e navegou em lentos e árduos estágios para a Itália, levando seu filho Íolo, de quem César se dizia descendente direto, embora todos os romanos sejam filhos de Enéias. Portanto, respondi:

— É um erro julgar a antiguidade pelos padrões do nosso tempo. Certamente não se pode acreditar que os gregos ou os troianos resistiriam por muito tempo às nossas legiões. No entanto, zombar deles é um ato de barbarismo. Se algum dia os homens não mais se comoverem com Homero, sobrevirá uma era de desespero da humanidade. Então será correto abandonar todos os sonhos de grandeza. Em Homero encontramos a grandeza atrelada a uma estranha enfermidade, a honra lutando com a desonra num único seio; encontramos tudo o que há de grandioso e nobre na guerra e tudo o que há de terrível e abominável. O fato de chorarmos tanto por Heitor quanto por Aquiles não é a marca do poder de transcendência de Homero? Não é uma verdade perpétua... a imagem que ele oferece... a luta infindável entre a vontade do homem e a pressão do peso da necessidade?

Sim, Trebônio tem razão: com um exército moderno, arrasaríamos Tróia num instante. Por outro lado, que poeta de hoje é capaz de nos comover como Homero? Por esta razão devemos venerar os tristes restos de Ílion. Por esta razão vimos aqui chorar os mortos, prestar homenagem aos que tombaram em glória.

— Bravo, Ratinho! — disse César, beliscando a minha orelha.

Mas embora eu soubesse que havia falado o que ele desejava que eu falasse, dito as palavras que ele desejava ouvir, não podia fugir à certeza de que ele ria de mim, mesmo enquanto me elogiava.

— Você está se tornando um mestre da retórica — disse Casca aquela noite.

Esparramado em sua tenda, com uma botija de vinho na mão, tinha o rosto rubro de bebida. Ajoelhado entre suas pernas abertas, Diosipo massageava-lhe as coxas grossas. Casca, com a mão esquerda, brincava com os cachos do cabelo do rapaz. Nicander, atrás do amo, esfregava óleo em seu pescoço e ombros, franzindo a testa para Diosipo.

— Você aprendeu a bajular César — disse Casca.

Eu me senti corar e desviei o olhar.

— Mas acredito em tudo o que você disse, meu primo. Não suporto ver Trebônio escarnecendo de Homero. Se abandonarmos a confiança na poesia, nos tornaremos... — interrompi-me, procurando palavras.

— Nos tornaremos homens sensatos — disse Casca, inclinando-se para a frente e beijando a boca de Diosipo. — Os lábios de um jovem têm mais mel do que todas as palavras de Homero. Mas você faz bem em adular César; pelo seu próprio bem. Só lhe digo para não esquecer o velho provérbio: aquele que os deuses querem destruir, primeiro enlouquecem.

— Como assim?

Casca se levantou, deixando cair no chão a toalha que lhe cobria o meio do corpo. Sua barriga despencou. Arrastando os pés, chegou à cama e deitou-se de barriga para baixo. Os rapazes o seguiram e continuaram a massagem. Ele virou o rosto em minha direção:

— César falou de seus planos para uma nova Tróia, uma nova Roma?

— Não; nada disse sobre isto. Que você quer dizer?

— O que ele quer dizer? Eis a questão! Agora dê o fora, Ratinho... Você também, Diosipo. Deixem-me com Nicander.

Casca estendeu a mão e enfiou-a entre as pernas torneadas de Nicander, puxando o rapaz para si.

❀ ❀ ❀

Nos sentamos no convés sob um céu estrelado. Antes turbulento, agora estava calmo. Minhas náuseas diminuíram. César estava relaxado e amigável. Tomava vinho misturado com água, falando sobre literatura e depois, preguiçosamente, sobre filosofia.

Nossa empreitada era audaciosa. Fora confirmado que Pompeu estava no Egito. Nossa força era pequena. Tínhamos talvez quatro mil legionários e oitocentos homens da cavalaria. Os ilhéus de Rodes foram coagidos a nos fornecer dez navios de guerra. Nosso serviço secreto era falho. Havia rumores de que Pompeu tinha uma frota considerável, remanescente das legiões que sobreviveram na Farsália, e mais dois ou três mil escravos armados. Mas não sabíamos ao certo. Talvez tivesse três vezes esta força. No entanto, César não parecia preocupado. Falava sobre o efeito do prestígio adquirido na Farsália.

— Vale duas legiões — ele disse.

E prosseguiu:

— Gostei de ouvir você falar sobre Homero, Ratinho. Jamais confiei num homem surdo à poesia.

— Trebônio é um bom oficial e é dedicado ao seu serviço.

— Certamente confio nele no campo de batalha. Mas é um sujeito mesquinho, um sujeito vil, uma alma tacanha. Olhe as estrelas, Ratinho, olhe as estrelas! Fixe o olhar nas estrelas! Há uma regra de ouro na vida e na política. O homem que esquece as estrelas não é favorecido pelo Destino. Está fadado a combates miúdos, capaz apenas de uma visão curta das coisas. As estrelas são minhas amigas, Ratinho! Diante da tentação de desesperar, basta contemplar uma noite como esta para recobrar o tom de equilíbrio e confiança da mente. Serenidade... — sua voz se perdeu. Ficamos em silêncio, somente as ondas lambendo a proa.

— O que é Roma? — disse César. — Uma cidade, uma idéia... já lhe ocorreu se perguntar por que nós, romanos, fomos tão favorecidos pela Fortuna? Já considerou que toda a História leva a esse momento, em que Roma é senhora do mundo, e eu sou senhor de Roma?

— Pompeu ainda vive, César, e tem filhos em armas.

— Pobre Pompeu. Eu gostava dele, acreditava realmente que ele fosse meu amigo, meu último amigo... e ele traiu a minha confiança!

— César tem muitos amigos.

— César não tem amigos, pois, com Pompeu eclipsado, ele não tem iguais, e a amizade só é possível entre iguais. Parece-lhe arrogância demais, Ratinho?

Não havia terra à vista, somente o mar ilimitado, negro-púrpura, diluindo-se na noite densa, e as estrelas límpidas no céu.

— Responda, Ratinho. Parece-lhe arrogância demais?

Eu não podia responder. Via a verdade do que ele dizia, e a odiava, mas não reconheceria.

— Marco Crasso pensou ser meu amigo porque eu lhe devia muito dinheiro. Mas ele era apenas meu credor. Você conhece a história da morte dele.

Claro que sim. Todos conheciam e haviam ficado horrorizados, ainda que, ao mesmo tempo, envergonhados.

Crasso havia liderado seu exército contra a Pártia, no grande deserto da Arábia. Em algum lugar das areias, por falha do serviço secreto, viu-se cercado pelos arqueiros montados do inimigo. Mantendo-se fora do alcance de nossas armas, provocaram o poderoso exército de Crasso, como garotos provocam um urso acorrentado a um poste. Os romanos se cerraram em formação compacta. Muitos caíram exauridos de calor e congestão. Por fim, Crasso, que nunca foi famoso por sua coragem, deu um urro (dizem) como um touro ferido e liderou um ataque insano. Foi detido por uma flecha na garganta. Seu corpo foi estripado e deixado para as aves que esvoaçavam, os pássaros negros que projetam suas sombras na areia. Sua cabeça foi cortada e levada ao campo do rei da Pártia, que no momento assistia a uma encenação de *As Bacantes.* (Assim os reis bárbaros imitam a prática dos homens civilizados!) No momento em que a cabeça do Rei Penteu é trazida ao palco, um ator perverso mas engenhoso substituiu a cabeça pela de Crasso.

Carrhae foi o maior desastre que os exércitos romanos sofreram desde a vitória de Aníbal em Canass, quase duzentos anos antes. Era estranho que César relembrasse isto então.

— Um dia vingarei Crasso — ele disse.

Minha mãe costumava falar com horror da luta de Crasso contra o líder da revolta de escravos, Espártaco, quando, vencidos os escravos, ele fez crucificar seis mil ao longo da Via Ápia. Margearam toda a estrada de Cápua a Roma. Ela dizia que a visão e o fedor dos corpos apodrecendo em posições que indicavam a natureza de sua agonia a encheram de horror. Durante dezoito meses ela se sentiu incapaz de voltar a nossas terras do Sul devido à atrocidade que fora obrigada a presenciar.

Por que pensei nisto agora?

— Minha conquista da Gália foi gloriosa! — César disse. — No entanto, o que é a Gália comparada ao esplendor do Oriente? Alexandre nunca pensou em estender suas conquistas ao Ocidente. Algum dia Roma dominará a Pártia. Na chegada a Tróia, pensei numa nova Roma, nascida de uma colônia fundada no local onde a nossa raça foi criada. A partir desta base. Afinal, Roma não pode ser o centro do mundo. Os círculos se fecham, Ratinho. Talvez o meu destino seja retraçar o caminho tomado pelo meu ancestral Enéias, e depois... mas já sou vinte anos mais velho do que Alexandre quando ele morreu... ainda assim, o Destino... O que você compreendeu em Homero é um paradoxo, Ratinho. Agimos em razão de nossa força de vontade; todavia o Destino a tudo governa. Que devo fazer com Pompeu quando pegá-lo, Ratinho?

Era outra pergunta difícil. De que crime Pompeu poderia ser acusado? Embora tivéssemos certeza de que a decisão de César de invadir a Itália era justificada, Pompeu se opusera a nós em nome da vontade, da ordem explícita, do Senado. Eu não concebia a possibilidade de qualquer ação legal contra ele e não acreditava que César ordenasse intencionalmente que um cidadão romano — muito menos Pompeu, que fora casado com sua filha Júlia — fosse condenado à morte sem julgamento. Ademais, quantas vezes eu ouvira César deplorar a conduta de Sila, que havia restaurado a ordem em Roma depois da guerra civil com o assassinato dos seus inimigos?

Eu disse:

— Não acredito que Pompeu queira sobreviver à desgraça.

— Você não conhece Pompeu, Ratinho. Ele não se sentirá em desgraça, mas traído! Está cheio de ressentimento, não de vergonha. Homens ressentidos não recorrem à espada. Que noite tranqüila, uma noite para se falar de amor, não de morte. Você rompeu com Clódia, Ratinho?

Eu não imaginava que César soubesse da minha paixão pela dama. Não respondi.

— Ela só lhe trará prejuízo — César respondeu. — Além disto, tem idade para ser sua mãe.

Eu me pergunto se naquele momento ele pensava naquela manhã em que o vi sair do quarto da minha mãe. Talvez não. Não é de se esperar que os grandes conquistadores se lembrem de todas as suas conquistas.

Avistamos Alexandria no raiar de uma bela manhã. Era alto verão, mas ainda não fazia calor. A cidade brilhava à nossa frente. Eu não havia imaginado tantos palácios brancos e resplandecentes nem as belas curvas da costa e do porto. Jardins de *villas* coloridos de flores desciam até a água.

Uma galera zarpou do porto para vir ao nosso encontro. César sorriu. Tinha certeza de que a nau trazia uma comissão de notáveis para recebê-lo com honras. Estava certo (como sempre). Abordaram o nosso navio. Os mais velhos, encontrando dificuldades na transição, eram forçados a posições ridículas. Um homem calvo, com profundos olhos castanhos e bochechas caídas, acercou-se de César. Apresentou-se como porta-voz, de nome Teodoto, um grego que havia ganhado certa notoriedade, conforme vim a saber depois, como palestrante profissional. Dizia-se que os seus conselhos eram muito valorizados pelo jovem Rei Ptolomeu, de quem havia sido tutor.

— Mais que tutor, aposto! — disse Casca.

Teodoto estendeu o braço esquerdo, num daqueles gestos exagerados, ferramentas dos retóricos profissionais, que jamais são muito divorciados do mundo dos atores.

Acorreram dois escravos núbios, criaturas altas e reluzentes, nus, a não ser por tangas e elaborados ornamentos de cabeça. O mais alto mergulhou os braços numa cesta e tirou algo embrulhado num tecido. Estava claro que haveria algum tipo de apresentação. O segundo núbio estendeu um tapete diante de César e permaneceu de joelhos, enquanto seu companheiro também se ajoelhava e começava a desembrulhar o conteúdo da cesta. Removeu várias camadas de pano. Os primeiros dois eram carmim, e o terceiro, branco, com uma mancha marrom.

— Agora! — gritou Teodoto com voz de comando.

Há anos eu não via Pompeu em carne e osso. A princípio não percebi que era carne e osso. Achei que haviam derrubado uma estátua e lhe cortado a cabeça como penhor de suas intenções benevolentes em relação a César.

César deu um passo atrás e levantou as mãos, cobrindo o rosto como uma viúva. O núbio ajustou a posição da cabeça degolada. Do ângulo em que me encontrava, parecia que Pompeu estava sorrindo. Mas deve ter sido ilusão de ótica.

Trebônio deu um passo à frente e, arrancando o pano da mão do núbio, cobriu a cabeça de Pompeu.

Teodoto falava. Acho que reivindicava para si o crédito da organização do assassinato do inimigo de César. Estendeu a mão na direção do general e a abriu, revelando um anel. Como se agisse sem pensar, César pegou o anel, ergueu-o por um momento e passou-o para mim: a gravação mostrava um leão segurando uma espada entre as patas.

Teodoto disse:

— Empenhava-se em formar um exército para dar prosseguimento a esta terrível guerra, que tem sido tão atroz para os amantes de Roma, da paz e de César. Tinha partidários na cidade, adeptos da irmã do rei, que se rebelou contra Sua Majestade. Havia necessidade de agir. Agimos pela segurança do Egito e por amizade a César — ele fez uma longa reverência. — Os mortos não mordem, general.

Estávamos horrorizados com aquela visão. Contudo, ali ficamos, ouvindo o discurso abrilhantado daquele homem, em quem reconheci imediatamente um hipócrita contumaz, argumentando que era uma grande vantagem para César que Pompeu estivesse morto e que ele mesmo não tivesse participado da execução do rival.

— Deve considerar, César, que, em nosso zelo de lhe prestar serviço, agimos, com incomum destreza e bom julgamento, como um *deus ex machina*.

E César, apesar de continuar chorando, não podia esconder de si mesmo a verdade daquelas palavras.

— Quando César tiver tido tempo de refletir, compreenderá o valor inestimável da nossa oferta. Neste momento pode entregar-se à tristeza por seu rival morto, seu antigo amigo, mas hoje à noite, ao se recolher, seu coração tomará pleno conhecimento de que fizemos por si o que lhe caberia fazer; outrossim, permanece inocente do sangue de Pompeu.

Dito isto, ele convidou César a se hospedar no palácio real, como convidado de sua ausente majestade.

— Parece-me — disse Artixes — que César era pelo menos tão hipócrita quanto esse grego que você execra, pois deve ter ficado tão contente quanto o grego afirmou que ficaria.

— É claro — disse eu. — Não obstante, suas lágrimas eram genuínas. Você ouviu o que ele dizia de Pompeu. Deve avaliar a solidão que sentiu ao saber que Pompeu não existia mais.

E recitei para o rapaz a grande passagem em que Homero narra a chegada do velho Príamo ao acampamento grego para suplicar que lhe entregassem o corpo de seu filho massacrado, o herói Heitor. Emocionado, esqueci que Artixes não entendia grego, mas prestou muita atenção. Suponho que a música o tenha cativado. Além disto, os bárbaros estão acostumados a longas odes aos heróis mortos e não acredito que concentrem sua atenção nas palavras.

Não contei a ele que, aquela noite, César me disse:

— Primeiro Crasso, agora Pompeu. Em Luca, a cabeça lhes parecia muito bem assentada no pescoço.

— Vi quão profundamente se emocionou, general.

— Cruel necessidade, Ratinho! Jamais perca a capacidade de chorar. Nada desumaniza mais um homem que a recusa ou a incapacidade de chorar nos momentos apropriados.

Logo se tornou evidente que, apesar do assassinato de Pompeu, nossa situação em Alexandria era cheia de perigos. Como eu disse, César teve a temeridade de trazer apenas um pequeno exército. O exército egípcio, embora provavelmente desprezível, era numeroso. Havia também tropas compostas por veteranos romanos, antigos soldados de Gabínio que permaneceram no país e foram reorganizados à semelhança de um exército. Ninguém sabia ao certo a quem obedeceriam. Mas o maior perigo era o povo de Alexandria. Legionários bem treinados podem não temer tropas regulares, mas odeiam guerra urbana contra um inimigo difícil de identificar, que aparece e some, apela para assassinatos em becos escuros e tira proveito de sua própria natureza irregular.

César estava a par destes perigos, mas parecia não se preocupar. Quando chegou a notícia de que Potínio, um eunuco do palácio, tinha mandado buscar as tropas de Pelúsio e as colocado sob o comando a Aquilau, o oficial que acreditávamos ter assassinado Pompeu, César demonstrou estranha indolência. Permanecia no palácio perto do porto, escrevendo suas memórias da guerra da Gália. Conclamei-o à ação. Ele se limitou a sorrir.

— Há tempo de sobra — ele disse. Eu não entendia aquela lassidão.

Ocorriam distúrbios nas ruas. Tomei a iniciativa de ordenar que os legionários se restringissem ao nosso acampamento junto ao porto. Então recebemos a notícia de que uma frota egípcia, talvez a mesma que fora enviada à Grécia em auxílio de Pompeu, estava ancorada na baía. Nossa rota de fuga para o mar estava bloqueada. Mesmo assim, César nada fazia além de continuar a ditar para seus secretários.

O que fazer? Os altos oficiais reuniram um conselho de guerra na ausência de César.

— O que o general está fazendo? — alguém perguntou... a essa distância, não me lembro quem.

— Brincando com fogo — disse Casca. — O sucesso lhe deu tédio.

Não fazia sentido. César estava atacado por uma das suas inexplicáveis fases de lassidão, que no passado haviam precedido algumas de suas maiores vitórias.

— Estão esperando um sinal.

Era tempo de inventar um. Mais uma vez, assumi a responsabilidade e comandei que ateassem fogo às docas. O fogo espraiou até atingir os navios egípcios na baía. Alguns arderam, outros fugiram para o alto-mar. No momento nossa posição ficou facilitada. Em seguida a este êxito — por pequeno que fosse — despachei duas centúrias para tomar Faros e o cais que a ligava à cidade. Houve um ligeiro combate, mas o empreendimento foi bem-sucedido. Agora tínhamos possibilidade de construir uma linha de defesa. De fato nossa posição ainda era perigosa, mas parecia-me que seria preciso um ataque frontal para nos desalojar e eu não julgava os egípcios capazes de tanto.

O jovem Rei Ptolomeu Dionísio era nosso refém. Eu depositava pouca confiança neste fato, pois acreditava que os egípcios ficariam felizes em sacrificá-lo, dado que são, por natureza, incapazes de fidelidade. Ao contrário dos romanos, eles não confiam em promessas, mas prometem qualquer coisa que julguem lhes propiciar uma vantagem imediata. Quem lida com eles, porém, sabe que a sua palavra não vale um caracol.

Relatei a César as medidas tomadas. Ele aprovou, mas meio ausente.

— Sempre soube que poderia confiar em você, Ratinho — ele disse.

— Até à morte! — respondi.

Ele sorriu e beliscou a minha orelha.

Eu esperava envolvê-lo numa discussão sobre a estratégia, mas fomos interrompidos por uma batida à porta. Um centurião entrou, seguido por escravos trazendo nos ombros um tapete enrolado. Com muito cuidado, deitaram o tapete no chão de mármore e deram um passo atrás.

— E então? — César perguntou.

— Um presente da rainha do Egito para o meu amo! — disse um deles.

— Muito bem — disse César. — Vejamos o que a rainha nos envia!

— Cuidado, César! Pode ser uma cilada...

— Você é cauteloso demais, Ratinho!

O tapete, colocado a uns quinze passos à direita de César, foi desenrolado em sua direção. Era óbvio que continha algo. Por um instante suspeitei que o mau gosto macabro dos egípcios houvesse inventado de presenteá-lo com outro cadáver. Qual de nossos amigos se revelaria cruelmente assassinado?

Eu me enganei. Era uma moça, vestida numa sumária túnica púrpura, levantada de modo a mostrar as pernas fortes, mas bem torneadas. Ela se pôs de pé, sem aparentar dormência em resultado da viagem certamente desconfortável dentro do tapete. Olhou César diretamente nos olhos e atirou-se ao chão de mármore, esticando os braços para enlaçar os tornozelos dele. Ele se curvou, pousou a mão nas espessas tranças de cabelos avermelhados dela e levantou-a. César não era alto, mas ela mal chegava ao peito dele. Ela sorriu, mostrando dentes brancos e regulares. Tinha a boca bem grande e seu olhos brilhavam.

— Sabe quem é esta, Ratinho?

— Não, claro que não!

— Suspeito que a rainha do Egito enviou a si mesma. Deve estar empoeirada, senhora — ele disse à moça. — Darei ordens para que lhe preparem um banho.

Duas horas depois, César saiu do quarto.

— Agora, sim; provei o verdadeiro sabor do Egito!

Muitos dizem que Cleópatra o enfeitiçou. É bobagem. Ninguém jamais enfeitiçou César, muito menos uma mulher. Ela o encantou, mas isto não é a mesma coisa. Era pouco mais que uma menina, com seus quinze anos de idade, e embora tivesse corpo de mulher e seios belos como romãs, sua natureza era infantil. Ele a chamava de "Gatinha" e, graciosa, impulsiva e cruel, era mesmo felina. É claro que ele fazia piadas à minha custa, Gatinha e Ratinho. Não há necessidade de repeti-las. César também tinha um traço adolescente.

Entretanto, embora não fosse feitiço, não resta dúvida de que desde o primeiro instante ela estabeleceu a política de César em relação ao Egito. Antes, ele vinha refletindo sobre o melhor uso a fazer do jovem Ptolomeu, que continuava cativo. Depois da chegada de Cleópatra ele estava pronto a se livrar do rapaz, como quem cospe uma semente de melão. Era evidente que Cleópatra seria confirmada como governante do Egito, sob o controle de César. Considerando que estávamos sitiados, você pode achar uma ambição desmedida, mas César não dava a menor importância a este tipo de considerações. Cleópatra se sentava no colo dele, apertava-lhe as bochechas, pedia que contasse histórias e mostrava-se encantada com as aventuras que ele narrava. César brincava com as grossas madeixas dela, beijava-lhe os seios voluptuosos, corria o dedo pelos lábios de cereja e se encantava com os olhos escuros e amendoados que às vezes pareciam negros, às vezes um intenso azul-violeta; e determinou sua conduta.

Uma coisa é preciso que se diga: Cleópatra o curou da lassidão que o afligia desde que ele começou a usar o anel de Pompeu, com um leão carregando uma espada entre as patas. Se passava metade do dia e a noite inteira com ela, nas horas restantes recapturava a energia costumeira.

É claro que Cleópatra não o amava, pois era capaz de paixão, mas não de amor, emoções muito diferentes, como bem sei, à minha própria custa. Isto poderia ser uma tristeza para ele, mas não era, pois ele era frívolo demais para sentir a falta, ou sofrer com esta falta. Pelo contrário, tinha grande prazer em contar suas aventuras, acreditando que ela ficava tão impressionada quanto fingia estar. Em Alexandria a luz do crepúsculo é violeta e grous negros esvoaçam no céu. É como os vejo: no terraço, a rainha sentada no colo de César, ele falando, falando, falando, ela lhe acariciando as bochechas, o perfil dela nítido contra a luz escurecendo sobre o mar. Eu pensava que o nariz dela seria muito grande quando suas feições estivessem formadas. Ela ouvia, dengosa. Ela sabia quando rir, o que muito agradava a César, pois ele não tinha grande senso de humor, mas se considerava brilhante.

César se esmerava, esperando que ela ficasse tão deslumbrada com suas ações quanto fingia estar com as suas narrativas. Para agradar Cleópatra, mandou assassinar o irmão dela na prisão onde estava confinado, e acedeu ao pedido dela para que fossem olhar o corpo do infeliz. Depois, ela acariciou César e ele apertou os seus seios.

— Estou tão feliz com a morte dele... — ela sussurrou.

Por outro lado, esse renovado empenho de César trazia benefícios aos dois lados. Aliviava muito minha ansiedade. Embora a restauração da nossa posição se devesse mais às minhas providências durante o período de lassidão, o vigor reencontrado pelo general agradava e apaziguava os soldados, deixando-os mais destemidos. Digam o que disserem contra César — e, como tentei demonstrar, há muito o que dizer —, ninguém pode negar que ele tinha um dom extraordinário: nunca houve (creio) um general capaz de inspirar os legionários em geral. Como ele conseguia, por força de que milagre, não sei. Talvez simplesmente por transmitir a eles a certeza que ele tinha do seu próprio destino. Mas outros generais tinham igual certeza de serem protegidos dos deuses e seus soldados os desertaram.

Eu me sentia eufórico por ter nossa fortuna restaurada e orgulhoso da minha participação, mas ainda não havia sentido as dúvidas e temores com que viria a conviver mais tarde. Foi miopia de minha parte. Olhando para trás, vejo claramente como o interlúdio egípcio alimentou seu excepcional apetite.

Encontrei-me apenas uma vez com Cleópatra. Ela se dispôs a me seduzir. Era pouco mais que uma criança, mas não podia estar sozinha com um homem por mais de cinco minutos sem querer fazer dele seu escravo, desesperado para se deitar com ela. Não era o que ela dizia — só falava trivialidades — ou como dizia. Ela falava grego fluentemente, é claro, mas cheio de erros. E eu achava encantador. Ela riu quando eu disse:

— Sabia que, em sua língua, o sujeito plural neutro pede um verbo no singular?

— Gramática... — ela deu uma risada. — Meus tutores sempre me perseguiram com a gramática! Não acho superimportante.

— Você sabe que César deixará o Egito, não sabe? Ficará bem quando partirmos?

Ela coçou o alto de sua coxa roliça.

— Estou com uma coceira... O que você estava dizendo?

— Perguntei se você ficará bem quando deixarmos o Egito.

Minhas palavras pareceram uma bobagem.

— Por que ele o chama de "Ratinho"?

— É um apelido de infância...

— Combina com você! Claro que vou ficar bem! Sou a rainha!

— Às vezes acho que você não vê a hora de partirmos...

— Não é o que todo mundo sente a respeito dos romanos?

(Você concordaria com ela, não é, Artixes? Gostaria que o seu pai me deixasse partir.)

— César sabe que você se sente assim?

— Eu não diria a ele.

— Mas diz a mim.

— Hum, hum.

Ela levantou a túnica, apontando uma mancha vermelha na parte interna do alto da coxa.

— Olhe, é por isso que está coçando! Foi uma mordida. Saliva é bom para isto. Quer dar uma lambida, Ratinho?

Era a hora em que não há sombras, mas estava escuro e frio na grande câmara. Ajoelhei-me no mármore, que tinha absorvido o calor da estação seca, com a cabeça entre as pernas da rainha, e fiz o que ela ordenou. Minha língua varreu a mancha vermelha e seus dedos correram pelos meus cabelos. Ela empurrou a minha cabeça para trás e enfiou os dedos entre os meus lábios.

— Chupe meus dedos de buceta.

O prazer me inundou. Eu me senti girar, pressionando-me contra suas pernas, e minhas mãos apertavam as carnes dela. A palavra grega "êxtase" significa estar em suas raízes, mas fora de si mesmo, e conheci o êxtase ali, vendo a imagem que temos dele e vivendo-o ao mesmo tempo.

— Acho que vou fazer com que César me dê um filho... — ela disse. Suas pernas me apertavam, ela retirou a mão e curvou-se para me beijar, enfiando a língua onde os dedos haviam estado.

César disse:

— Não há motivo para eu não me divorciar de Calpúrnia e me casar depois com Cleópatra. Seria ótimo! Nem Alexandre conseguiu um casamento assim! Tomar posse do Egito significa segurar o Oriente... o Oriente de que Pompeu se proclamava senhor!

Ele devia saber que era impossível e, como Cleópatra não era cidadã romana, também ilegal. Até a aparência de um casamento destes destruiria sua reputação em Roma. Imagino o prato cheio que seria para Cícero e não podia acreditar que César não entendesse isto. Mas, naquele momento, eu o incentivei.

— Leve a rainha para Roma — eu disse.

Capítulo 4

Cada vez que volto a Roma a cidade se parece menos consigo mesma. As pessoas são outras, os prédios são outros e o que é conhecido perde as antigas proporções. (Escrevo no presente do indicativo, embora seja improvável que eu volte a ter esta experiência de um retorno ao lar semelhante à chegada a um lugar desconhecido.)

Nessa ocasião, até minha mãe havia mudado de casa. O barulho no Esquilino, ela disse, ficara insuportável, portanto morava agora numa propriedade herdada de sua mãe, situada no Aventino. Era um lugar calmo, com melros no jardim e, ela me garantiu, um rouxinol ao cair da tarde. Esta ausência de movimento era estranha.

— A verdade é que se ouve mais grego do que latim onde morávamos — ela disse. — Agora fale-me sobre César, Ratinho querido. Ele está bem? É verdade que está tendo um caso com a rainha do Egito? E você, adora o Egito ou o detesta? As pessoas sentem uma coisa ou a outra, mas geralmente o detestam! O querido Pompeu dizia adorar aquela terra, e olhe o que fizeram com ele. Mas você não respondeu ao que lhe perguntei.

— Você não me deu tempo; até já esqueci o que perguntou...

— Não seja malcriado!

— Muito bem, minha mãe! Na ordem inversa: nem adoro, nem odeio o Egito; a rainha do Egito está tendo um caso com César, mas nenhum dos dois morrerá por causa disto. Quanto ao general, César é César; você já o ouviu dizer isto.

— Ele me escreveu, pelo último mensageiro, para contar como você se saiu bem e que eu devo me orgulhar de você.

— César é sempre elegante. Você sabe disto também, mãe.

— Convidei Calpúrnia para jantar conosco; espero que você não se importe. Ela está desesperada para ter notícias do marido-herói.

— Que notícias devo lhe dar? Eu trouxe presentes de César para ela. Já é alguma coisa...

— Você decide que notícias deve dar. Mas ela sabe tudo a respeito da rainha.

— Tudo ninguém sabe!

Retirei-me, ofereci sacrifícios aos deuses do lar (como é apropriado depois de uma viagem, para honrá-los e expressar gratidão por chegar em casa em segurança) e fui para o quarto, que já fora preparado para mim. Mas não consegui dormir. Tinha a mente agitada, como vinha acontecendo há semanas, por imagens de Cleópatra. Engraçado minha mãe ter convidado Calpúrnia para jantar; isto mostrava que a sua capacidade para intrigas com decoro não estava ainda exaurida.

Calpúrnia é mais enigmática do que Cleópatra. Todos sabem que César se casou com ela por razões políticas. O pai dela, Calpúrnio Piso, foi cônsul em 58 e era homem de confiança de Pompeu quando César e Pompeu travaram amizade. Mas o valor político da aliança havia expirado há muito tempo e ele continuava casado, embora Calpúrnia primasse pela ausência de charme e beleza. Magra, angulosa, com uma voz de peixeira de Óstia e um temperamento difícil, freqüentemente envergonhava César em reuniões sociais. Tinha o hábito absurdo de contestar as opiniões das pessoas em temas em que ela não passava de ignorante. Ademais, não hesitava em contestar o próprio César. Lembro-me de certa ocasião em que a conversa chegou à questão da transmigração das almas — teoria que muito atraía César —, e ele contou que, em sua primeira visita a Atenas, encontrou o caminho para uma casa que estava procurando sem precisar perguntar aos passantes, andando com a certeza de quem havia feito aquele percurso várias vezes, talvez diariamente, em outra vida. Calpúrnia interrompeu para sugerir que ele provavelmente estava bêbado, pois todo mundo sabe que os bêbados são protegidos pela Fortuna...

— Além disto — ela prosseguiu —, imagino que você estava procurando um bordel, e um porco sempre encontra o caminho do chiqueiro!

César tentou rir para disfarçar — e de fato Calpúrnia fez esta última observação com o zurrar de uma jumenta, nos convidando a rir da piada —, mas não gostou. Perguntei-me se César teria medo de Calpúrnia.

Parece absurdo. Todos sabemos que César não tinha medo de nada. E ele fazia questão de nos dizer isto regularmente. Entretanto, meu amigo Caio Valério Catulo sempre dizia: "O silêncio mais misterioso do mundo é o que envolve um homem e uma mulher quando estão juntos".

Era natural que ela me interrogasse a fundo sobre Cleópatra. Calpúrnia era o tipo de mulher que sabe todas as fofocas do momento. Não se preocupou em esconder a convicção de que César, mais uma vez, estava sendo infiel. A maioria das mulheres finge que não sabe por uma questão de orgulho. Mas o orgulho de Calpúrnia era de outra ordem; ela adorava se mostrar ao mundo como a mulher enganada.

— Ela tem idade para ser filha dele... — ela disse.

— Nem tanto.

— Já fiz as contas. Se fosse romana, estaria abaixo da idade de se casar. O que ele vê nela?

— Ela o diverte. Não muito mais do que isto. Exceto que é um relacionamento político. A importância do Egito é evidente. Portanto, interessa estar em termos amigáveis com a rainha.

— Termos amigáveis! Os homens estão sempre unidos! Só o que me surpreende é ele preferi-la ao irmão dela. Ele mandou matá-lo, não foi? Devia ser feio demais!

— Não faço idéia.

— Mentiroso! Você está vermelho, seu rosto o denuncia!

Tentei mudar a conversa para assuntos mais gerais, mas ela voltava sempre a Cleópatra.

Por fim, ela disse:

— Ele terá de voltar dentro de dois meses. A ditadura vai expirar, não? Ele pedirá renovação ou se contentará com honras mais comuns?

— Como posso responder se a esposa dele ignora o que ele fará?

Para distraí-la, mandei um escravo buscar os presentes que César me havia confiado.

— Há algo de intrinsecamente vulgar na feminilidade oriental — ela disse, ao receber os presentes.

Todavia, Calpúrnia não deixou de levá-los ao sair. Depois ouvi dizer que quando César voltasse para casa veria que as jóias que encarregara seu intendente de escolher a dedo estavam em poder da alforriada favorita de Calpúrnia. Emprestadas, é claro; quando demitia uma serviçal, tinha o cuidado de reaver tudo o que lhe emprestara.

Quando ela saiu, dei boa-noite à minha mãe e fui para a rua, dizendo que precisava tomar ar fresco, para me varrer da lembrança o despeito de Calpúrnia.

— Você só encontrará sujeira em Roma. Comporte-se! — e ofereceu-me a face para um beijo.

Eu sentia, como sabia que sentiria, a excitação do retorno, o estranho sentimento de libertação que a vida noturna da cidade oferecia. Passei por

Suburra, parando para admirar os espetáculos obscenos na frente dos bordéis. Uma babel de incontáveis línguas invadia os meus ouvidos, como se todas as linguagens do mundo quisessem expressar seus vícios no caldo de Roma. Meu falecido amigo Catulo sempre dizia que a obscenidade e a beleza são dois lados da mesma moeda. E, pensando em Catulo, por associação, admiti o local para onde eu me encaminhava.

Ele amou Clódia até à loucura. Quando o conheci, ele já estava liquidado, trêmulo e lacrimoso. Ao falar nela, sua voz embargava. Não conseguia fugir às recordações de seu amor — a beleza daqueles grandes olhos negros — nem ao horror que ela lhe infundira.

— Somos atraídos pelo que nos aterroriza e nos repugna — ele dizia. — Ela exige adoração, como a deusa Cibele, e massacra seus adoradores. Ela exaure os amantes e os desumaniza. Ratinho, tomara que você nunca se encontre nas garras de uma mulher tão terrível!

Foi este o aviso que ele me deu, e desde então a reputação de Clódia foi totalmente destruída. Quem não se lembra da ação judicial que ela moveu contra Célio Rufo, amigo de Catulo? (Eles tinham a mesma idade — sou alguns anos mais novo.) Quando Célio a abandonou, ela o acusou de todo tipo de crimes: tentativa de envenená-la, fraude por conta de dinheiro que ela emprestara a ele, conspiração de assassinato de um diplomata egípcio, tentativa de um complô em Nápoles, e outros. Era uma coleção de absurdos. Os homens diziam que a mulher tinha perdido o juízo.

Célio chamou Cícero para defendê-lo. Foi ao tribunal. Diziam que seria melhor que os gladiadores: "Cícero odeia Clódia porque o irmão dela o processou. Todo mundo sabe que ela era amante do próprio irmão. Sério!". Era o que diziam.

O discurso de Cícero foi magistral. Fossem quais fossem as dúvidas — geralmente bem fundadas — que as pessoas levantassem sobre o seu caráter, ninguém jamais negou sua genialidade na oratória forense. E duvido que ele a tenha usado mais efetivamente do que na defesa de Célio.

Começou devagar, de modo submisso, observando que o caso de Célio não precisava de defesa. Bastava atentar para a beleza do caráter do amigo e para a natureza honrosa de sua carreira. Seria lamentável, observou, como num aparte, que tal carreira fosse conspurcada "por influência de uma prostituta". Certamente, ele perguntou, a lascívia de uma mulher deveria ser controlada?

Esse apelo à solidariedade do nosso sexo fez com que a Corte concordasse com um sinal de cabeça.

Voltou-se para Clódia, mas sem sequer olhar para ela. Ele hesitava, disse, em citar uma senhora romana, uma mãe de família, num tribunal, sem o devido respeito, não tivesse ela mesma lançado tamanho ataque a seu digno amigo Célio. Havia mais uma razão para se recusar. Ele não poderia se confessar sem preconceito, não somente em razão de sua amizade por Célio, mas também por ter tido, "no passado, sérias desavenças pessoais com o marido desta senhora — perdão, quero dizer com seu irmão, sempre cometo este equívoco".

Voltou-se para o júri, as mãos espalmadas simulando um pedido de desculpas, enquanto atrás dele Célio e seus amigos, que deveriam saber da tramóia, rolavam de rir.

Contudo, Cícero sabia que precisava ter cuidado. Clódia pertencia a uma das famílias mais importantes, ao passo que ele era um emergente, de uma vila insignificante de Arpínio. Assim, em vez de atacar diretamente a pessoa de Clódia, invocou a memória de seu grande ancestral, o censor Ápio

Cláudio, fazendo com que esta figura imaginária (pois todas as reconstruções de homens mortos são imaginárias) narrasse todos os seus feitos, louvando a virtude das grandes damas da família Claudiana e deplorando a desgraça trazida por Clódia, pois até sua opção por uma forma plebéia do nome de família era em si mesma vergonhosa, e sua conduta envergonhava até os plebeus.

Aquela mulher, disse Cícero, não era apenas má, mas também tola. Era frívola, não tinha qualquer senso de dignidade. Comportava-se com uma mulher de comédia; poderia ter sido criada por Terêncio ou Plauto. Como todos sabíamos que as mulheres nessas comédias eram vagabundas impiedosas e imprudentes, Clódia encolheu diante de nossos olhos. Cícero deixava implícito que ela tinha a moral e os costumes de uma prostituta, cuja palavra não pode ser levada em conta.

Por fim, voltou-se para a acusação de envenenamento que Clódia havia levantado contra Célio, considerando-a risível e fora de questão, expondo sua improbabilidade e mesmo sua impossibilidade. Era produto de puro despeito. "Isto não é a cena final de uma comédia, mas o final de uma farsa", ele disse. E qual de nós, ouvindo essas palavras, não olhamos de soslaio para aquela beleza de olhos grandes, vendo seu esplendor aristocrático desmoronar, revelando a corista que rebola, faz piruetas e gestos obscenos em espetáculos degradantes. "Vocês não condenarão um homem nobre e virtuoso pala palavra de uma rameira", esta era a mensagem.

Clódia não se moveu durante todo este terrível ataque. Se percebeu os olhares se voltando para ela, não deu sinal. Se notou que os jovens que a acompanharam ao tribunal se afastavam, dissociando-se de sua desgraça, não demonstrou. Naquele momento, algo incrível aconteceu. Eu me senti desesperadamente, loucamente apaixonado. Fui tomado pelo mais intenso desejo.

Apesar de trêmulo, perguntei-me o que era aquilo. "Conhece-te a ti mesmo" — é a soma da sabedoria oferecida pelos filósofos, e poucos de nós nos conhecemos, ainda que superficialmente. Talvez seja esta a sabedoria maior. Pois nesta revelação a mim outorgada, da forma de união que eu desejava, eu soube, mesmo pulsando de impaciente luxúria, que me rendia a uma parte de mim mesmo, talvez ao mais profundo da minha natureza, que me tornaria objeto de escárnio e desprezo de todos os homens virtuosos. Eu me senti horrorizado com o que aprendi sobre o meu próprio caráter, mas era inevitável que, com os colhões em fogo, me apresentasse aquela noite na casa dela.

Ela estava sozinha. Eu não podia crer que tivesse passado uma única noite sozinha em toda a sua vida. O grande salão a que um escravo gago me conduziu era frio como uma manhã de inverno. Esperei um longo tempo. Queria sair correndo! A razão me incitava a fugir enquanto havia tempo. Lembrava-me das terríveis palavras de Catulo. Lembrava-me de ouvi-lo dizer que ela dormiu com um espanhol estrábico que lavava o rosto na própria urina, e que ele, Catulo esperava na antecâmara enquanto ela gozava com vagabundos ignóbeis apanhados em tavernas sinistras e em becos imundos.

Lembrei-me destes versos:

Dê-lhe meu adeus, a ela e a todos os amantes
Que às centenas ela traz ao peito,
Sem amar nenhum, mas em luxúria constante,
Esgotando seus colhões no leito...

Lembrei-me do poema escrito sobre o mito de Cibele e Átis. (Conhece este mito, Artixes? Vou contá-lo para você.) Átis amava a deusa Cibele com terror e paixão, como os deuses exigem. Fosse em obediência à vontade dela, fosse para se manter puro para ela (há versões diferentes da história), ele se castrou com uma lâmina de pedra e passou a vida adorando-a nas florestas, longe das cidades, com um grupo de jovens que haviam se submetido da mesma forma à deusa. Pois bem, meu amigo Catulo traduziu esta história para os dias de hoje. A voz deste poema é de um jovem grego que aderiu ao culto de Cibele, passando a morar na região selvagem onde somente ela reina agora, e mutilou-se para lhe dar prazer e honra. Mas no poema ele se recupera da loucura e olha para trás com amarga dor e arrependimento pelo que perdeu. Vendo seu remorso, a deusa solta leões sobre ele, e ele foge, aterrorizado e novamente precipitado na loucura, para a escuridão da floresta.

Quando Catulo leu estes versos para mim, pousou a mão em meu ombro, dizendo:

— Rezo para que você nunca venha a saber o que é isso.

— Veio por zombaria ou por piedade?

Ela estava em pé à minha frente, e, imerso nessas recordações, não vi quando chegou. Ela tinha os cabelos soltos e usava uma veste branca, como uma virgem. Uma túnica muito simples, caindo em pregas até o chão. Como eu soube imediatamente que aquilo era tudo o que ela vestia? Seus olhos imensos estavam ainda mais escuros, na penumbra da chama num castiçal dourado que ela trazia suspenso na mão direita.

— Não desejo nenhum dos dois, Décimo Bruto.

— Eu estava no tribunal hoje.

— Com Roma inteira.

Sua mão esquerda pousou em minha face, fria, seca, num toque suave.

— E você pensou... o quê?

Não consegui falar.

Talvez o meu silêncio a enlouquecesse, pois correu as unhas ao longo do meu rosto e o sangue escorreu.

— Quantos homens havia lá, cerrando fileira contra uma mulher? Você estava entre eles e tem a impertinência de vir aqui! Foi para ver se estou envergonhada?

Continuei quieto, como um cachorro espancado que teme se mover para não criar mais confusão.

Ela deu vazão à sua raiva. Atirou o castiçal do outro lado da sala. (Felizmente caiu de maneira a extinguir a chama.) Fez um discurso que teria inflamado a multidão. Amaldiçoou Cícero em termos que não se espera que uma dama conheça, quanto mais que pronuncie. Xingou o sexo masculino de hipócrita, bruto e traidor. Denunciou Célio como um invertido incapaz de satisfazer uma mulher; ela havia encontrado amantes melhores entre os escravos e alforriados. Voltou a Cícero. Eu sabia que, anos atrás, ele fora totalmente devotado a ela? Era apaixonado por ela, jurou que deixaria a esposa para se casar com ela, e ela riu dele. Por isso ele a odiava tanto. Não fora o senso de moralidade dele que havia sido ultrajado — "O senso moral de Cícero, o homem que defendeu o assassino de meu irmão — que direito tem aquele saco de estrume de invocar a moralidade?" — Não, hoje ele havia vingado o que sua própria vaidade ferida ansiava por fazer e há muito acalentava o desejo de cumprir.

Fez uma pausa.

— Seu rosto está sangrando...

Tocou uma sineta, mandou um escravo trazer uma mistura de água, mirra e hissopo e banhou meu rosto.

— Deve ter tido ferimentos piores na guerra.

— Nenhum tão agudo.

— Que vergonha um rapaz bonito como você substituir aquele velho libertino e impotente. Ele não podia ter feito aquilo. Não é como César. Nem como você.

Ela deixou sua veste cair e me arrastou para cima dela, num tapete dourado de peles de leão. Lambeu o filete de sangue que ainda me escorria do rosto. Foi assim que começou.

Não acabou. Nunca chegou a acabar. Foi diferente de tudo o que conheci. Como todo mundo, eu havia tido muitos amantes — na verdade, o primeiro foi o irmão dela, Públio Clódio Pulcher, a quem Cícero ridicularizava, chamando-o de "menino bonito". Era ainda mais bonito que a irmã, e não era de admirar, como pensei várias vezes, que tivessem tido uma relação incestuosa, como todos afirmam, pois, em ambos, os sexos eram estranhamente misturados. O povo romano adorava Clódio como se ele fosse uma mulher encantadora, e temia Clódia como se ela fosse um homem viril e destrutivo. Na cama com ela, descobri mais sobre mim mesmo do que jamais imaginara, mas continuei confuso. Ela não sentia ternura, exceto pela memória do irmão. No entanto, em certos momentos e em certas atitudes nunca houve mais meiguice. Ela me aterrorizava, e eu a adorava.

Na noite em que saí da casa de minha mãe e fui para a dela, no Palatino, ela estava doente. A casa estava às escuras. Por um momento pensei que estivesse deserta e senti ao mesmo tempo alívio e angústia. Nunca cheguei ao quarto dela sem trepidação, apavorado ao pensar quem ou o que encontraria lá. Mas também nessa noite ela estava só, como da primeira vez. Sofria de febre. Sua beleza, tão preservada pela arte, fora perturbada pela natureza. Aparentava sua idade.

Depois que fizemos amor, vislumbramos uma breve escapada do deserto a que abruptamente retornamos, e ela me disse que estava morrendo.

Chorei, eu me lembro. Mas mesmo enquanto chorava, meu coração vibrava com a perspectiva de escapar. Foi uma ilusão; não escapei mais que o pobre Catulo. As únicas pessoas não afetadas por ela — as únicas que a aproveitaram bem e mantiveram a igualdade — foram seu irmão, que, como filho de Cupido, conhecia o prazer sem o sentimento de perda, e César.

Por esta razão ela era fascinada por César. Ele havia escapado, e ela não tinha raiva dele. Isto a intrigava.

— Quando ele me disse... nesta mesma cama... que era um deus, ri dele. Achei que ele me convidava a compartilhar de uma pilhéria! Mas ele falava sério. Como todos sabem, ele descende de Vênus, mas se considera habitado pela deusa. Agora dizem que está transando com a rainha do Egito. É tão bela quanto dizem?

— Não se compara a você, Clódia...

— Mas...

— É uma criança, uma adolescente! O que fascina César é que ela é tão incapaz de amar quanto ele.

— Então combinam bem. César sabe que você dormiu com ela?

— Ele não se importaria. Clódia, estou há anos a serviço de César. É a pessoa mais extraordinária e maravilhosa que conheci. Naturalmente, rimos de suas pequenas vaidades e às vezes nos exasperamos com ele, mas nossa zombaria é uma defesa. É uma tentativa de fingir que César não é diferente de nós.

— Mas ele não é diferente — disse Clódia.

— É, sim!

— Só é diferente por não ter coração, e saiba, Décimo Bruto, que existem muito homens assim!

— E mulheres, Clódia?

— Está se referindo a mim, é claro! Não me zango, como faria outrora. Já lhe disse que estou morrendo. Não ficarei aqui até definhar. Vou apenas me retirar. Assim, não há mais necessidade de mentir. Sei o que falam de mim. Fui difamada por Cícero, aquele bruto, e todos acreditaram!

Ela apoiou a mão na manga da minha túnica; seus ossos eram protuberantes.

— Eu disse que não mentiria, e afirmo que foi difamação. Você não entende, Décimo Bruto, o que é ser uma mulher, como a mulher é tolhida, sempre tolhida, como se enraivece ao descobrir tudo o que é permitido ao homem e negado a ela. Quando criança, ainda bem pequenos, meu irmão e eu fizemos um pacto selado com sangue.

Ela fez uma pausa, pegou uma lamparina e examinou seu rosto refletido no vidro, como se à procura da criança que fora. E neste instante pude vê-los, o menino-menina e a menina-menino, ambos tão belos que nenhum escultor poderia captar tamanha beleza, abraçados, os lábios colados, seu sangue se comisturando na busca de unir duas almas num único corpo e alcançar a unidade perfeita que os filósofos dizem termos possuído um dia, e para sempre devemos buscar em vão.

— Que seríamos totalmente nós mesmos, nada negando, cedendo a todo desejo, satisfazendo a natureza, inquirindo e obedecendo a cada sinal dos sentidos a fim de alcançar a liberdade dos deuses, a liberdade que consiste em sermos absolutamente autênticos, livres das convenções e da moralidade que os tímidos construíram para aprisionar os destemidos. Você nos conheceu; você, mais do que ninguém, nos amou pelo que somos e não por uma imagem fantasiada do que deveríamos ser, ou que nos julgassem ser... e no entanto, querido, até seu amor esmaecia diante do nosso amor perfeito, um sendo o outro e o outro sendo um. Hoje eu sei que almejamos demais, excedemos o nosso poder. Públio está morto. Eu estou morrendo, escrava de uma luxúria em que não mais encontro prazer. Minha reputação, desde Cícero, não poderia ser pior. Nenhuma mulher decente em Roma me receberia em sua casa. Sempre desprezei estas mulheres e o que elas chamam de decência; outrora teria rido de minha exclusão. Agora, já não sei. Os frios dedos cinzentos da morte me tocaram... e o que encontrarei quando descer ao Vale das Sombras? Os deuses estarão zangados com a minha presunção? Cibele, que Cícero me acusou de imitar, se voltará contra mim em terrível ódio? Tarde demais; aprendi que não podemos brincar de deuses, querido. Contudo, mesmo tendo chegado a esta conclusão, que me aterroriza e faz da minha vida uma zombaria, vejo que há uma exceção: César, descendente dos deuses e habitado por Vênus. Você compreende, Décimo Bruto, pequeno Décimo Bruto, que César acredita ser o que o meu irmão e eu aspiramos a ser? No devido tempo, o povo romano aceitará. O Senado, aquela assembléia de bodes retraídos e gananciosos, se prostrará em adoração diante dele. Decretarão que César é um deus: "Divino Júlio", entoarão, "Divino Júlio". Consagrarão templos a César;

e que fará você, então, Décimo Bruto? Direi qual será a sua opção. Você terá de aquiescer ao assassinato da liberdade de Roma ou matar César.

— Matar César?

— Sim, matar César! É César ou Roma! Como patriota, você escolherá Roma. Matar César. Agora vá, querido, e não volte! Você significou algo para mim e, disto, nenhum homem exceto César pode se vangloriar. Abraçarei meu irmão por você, e Caio Valério também, se ele não se encolher de pavor quando nos encontrarmos no Vale das Sombras.

Capítulo 5

César voltou a Roma antes que o ano terminasse, a fim de garantir que a prolongação de sua ditadura fosse efetuada sem dificuldade. Foi o que aconteceu. A oposição emudeceu em Roma, embora muitos ainda simpatizassem com os nossos inimigos. Apesar da derrota e da morte de Pompeu, seus partidários ainda eram numerosos e dominavam o norte da África e a Espanha. Os líderes eram então os filhos de Pompeu, o renegado Labieno e Marco Pórcio Cato, o único homem odiado por César. Em geral o ódio era uma emoção desprezada por César. Ele dizia que era uma "perda de tempo". Não há dúvida de que esta era a sua opinião, mas a causa da sua incapacidade de odiar era mais profunda. Odiar alguém significa reconhecê-lo como igual, e César não reconhecia ninguém como igual. Isto tornava o ódio por Cato ainda mais estranho, pois não se via qualquer aspecto em que Cato estivesse à altura de César. Era incompetente em tudo, seus legionários o detestavam porque o seu orgulho (ou talvez sua secreta suspeita da própria incapacidade) o levava a dispensar-lhes um tratamento abominável. César podia ficar à vontade com um soldado raso, pois não tinha dúvida da sua superioridade e sabia que podia esmagar qualquer insolência com um franzir de sobrancelhas ou uma única frase áspera. Cato era empertigado, um ferrabrás, um disciplinador selvagem, talvez porque, intimamente, temesse os homens que se empenhava em dominar. Além disto, Cato era um chato, sem o menor senso de humor. Já comentei que César não tinha um humor fundamental, mas era sempre capaz dos chistes que agradavam aos legionários. Eles o seguiriam entusiasticamente a qualquer lugar, em qualquer perigo, confiantes em sua genialidade, enquanto aqueles que serviram sob o comando de Cato contam que ele tomava a precaução de destacar guarda-costas para protegê-lo contra os seus próprios homens. É difícil acreditar que isto acontecesse com qualquer outro general romano.

Como se não bastasse, Cato era um orador frio e um homem de discernimento lamentável. Era um bêbado do tipo soturno e pesadão. Não havia alegria nele. Certa vez César o descreveu para mim como "a peça de metal pesado mais opaca que se pode encontrar". Para ele não bastava sentir desprezo por Cato, como eu sentia; ele era consumido pelo ódio.

Por quê? Posso adiantar razões óbvias. Uma vez Cato ameaçou processar César, acusando-o de atrocidades cometidas na conquista da Gália. A ameaça certamente afetou a vaidade de César. Afinal, ninguém tinha mais cuidado com sua reputação do que César. Mas ele sabia que a ameaça era vã. O que aconteceu na Gália, por mais horrível que tenha sido (desculpe, Artixes), não foi pior do que em qualquer outra conquista. Para quem nunca saiu de Roma, ou da região em que vive, é fácil pregar moralidade, mas você não pode subjugar um povo orgulhoso, expandir o Império e trazer glória a Roma sem tomar medidas duras. César nunca teve medo de tomar tais medidas e, de modo geral, seus métodos eram justificados. Pois até você deve admitir, Artixes, que a Gália foi pacificada, não importa o que tenha acontecido depois. Nem isto teria alterado o fato de que a Gália está hoje incorporada ao Império Romano, e os próprios gauleses algum dia confessarão que foi para o seu próprio benefício. A civilização não pode abranger os bárbaros com métodos que aplacam a consciência de homens civilizados. Para subjugar os bárbaros, é inevitável um certo grau de barbarismo.

Além disto, foi absurdo, da parte de Cato, tentar levar César a julgamento com essa acusação. Afinal, ele não se cansava de falar sobre o seu ancestral, Cato, o Censor, e todo mundo conhece o papel deste censor na expansão do Império. Qualquer que fosse o tema explícito em debate, o modelo de virtude republicana encerrava todos os discursos no Senado com as palavras "e, na minha opinião, Cartago deve ser destruída". Ele não descansou até que isto acontecesse, sem deixar pedra sobre pedra, e o povo massacrado, ou vendido como escravo. No entanto, este neto deslumbrado queria acusar César de crimes de guerra. Certamente deu a César o grande prazer — um prazer malicioso, decerto — de fundar a nova cidade de Cartago.

A presunção de Cato, de uma virtude superior, enfureceu César, principalmente porque tantos a aceitaram sem questionar. Ele julgou Cato um hipócrita e considerou que Cato não só não compreendeu o que César chamava de "predicativo da República", mas também que era um obstáculo à compreensão por parte dos outros.

Houve um elemento pessoal que aguçou o ódio entre os dois. A meio-irmã de Cato era Servília, que, como já observei, era, pelo menos na opinião da minha mãe, a única mulher que César realmente amou. Dizia-se que, quando jovens, Servília dominava Cato que, por sua vez, a admirava como o verdadeiro modelo de mulher romana. Ela se entregou ao dissoluto César, com suas perigosas alianças políticas populares e suas conexões com Caio Mário — pois uma tia de César havia se casado com o velho grosseirão. Foi demais para Cato. Ele saiu dizendo que sua irmã tinha sido enfeitiçada e que fora um grande erro da parte de Sila, quando ditador, ter se deixado convencer a retirar o nome de César da lista de proscritos. Cato gostava de citar a observação de Sila ao relutantemente poupar César: "Nesse jovem, vejo muitos Mários". "Exatamente", dizia Cato, como se o seu julgamento representasse a essência da sabedoria política. Assim, Cato odiava César por ter corrompido Servília.

Mas há uma boa história sobre este triângulo amoroso. Durante os debates no Senado a respeito da conspiração de Catilina, César e Cato estavam em lados diferentes, é claro. Você deve se lembrar que César era suspeito de envolvimento. Pois bem, passaram um bilhete a César e Cato apressou-se a acusá-lo de receber mensagens dos inimigos do Estado.

— Garanto-lhe, Pais Conscritos — disse César —, que esse bilhete diz respeito a uma questão absolutamente privada.

— Por que aceitar a palavra de um mentiroso que simpatiza com Catilina? — Cato gritou.

— Exijo que César seja obrigado a mostrar o bilhete, para que todos possamos ver as traições em que está envolvido.

— Muito bem — disse César. — Se Cato insiste, mostrarei a mensagem a ele, mas insisto que não deve ir além disto.

— Eu decidirei — disse Cato.

César deu-lhe a mensagem, que era um bilhete de amor de Servília, formulado em termos extremamente explícitos.

César contava esta passagem freqüentemente.

E a questão do filho de Servília, meu primo Marco Júnio Bruto, também se interpôs entre eles. Parece estranho quando se pensa em quanto Marco é idiota, mas César e Cato competiam para exercer influência sobre ele, cada um fingindo julgar que ele seria o grande homem do futuro, um modelo de virtude. Era absurdo. Mas era como eles sentiam. É claro que havia rumores de que Marco era filho de César, e eu sei que, às vezes, César gostava de pensar que fosse. Um disparate total, como dizia minha mãe: Marco era a cópia perfeita do seu extremamente atoleimado pai. Cato ficava horrorizado com esta hipótese. Entretanto, parecia-me que Cato inclinava-se a acreditar e estava convencido de que, se conseguisse conquistar Marco, desmentiria a história. Fosse como fosse, era uma comédia ver o esforço dos dois pela aprovação e afeição daquele chato. Quanto a Marco, achava a competição muito natural. Mesmo jovem, já era tão estufado de presunção que lhe parecia perfeitamente normal que dois dos maiores estadistas disputassem sua confiança e aprovação. Pode imaginar algo mais ridículo?

Ele pendia mais para o tio, que apelava para seu gosto bobo e suas antiquadas noções de virtude republicana. Eu diria que ele sempre teve um pouco de medo de César, em parte porque sua inteligência pobre tinha dificuldade em acompanhar os saltos da conversação e se deslumbrava com a audácia das especulações de César. Além disto ele se envergonhava do caso entre a sua mãe e César. Nem o próprio Marco, apesar de sua rara capacidade para acreditar exatamente no que queria, conseguia se convencer de que eles eram apenas bons amigos. Por outro lado, como a maioria das pessoas, ele não conseguia resistir ao famoso charme de César. Nem Marco conseguia deixar de achar César uma companhia muito mais agradável do que Cato. Assim ele sucumbia a César na sua presença e rebelava-se na sua ausência.

Cato teve muito trabalho para convencê-lo de que César era fundamentalmente mau, além de ser um perigo para a Constituição que ambos prezavam tanto. Assim, no começo da Guerra Civil, Marco se associou ao partido respeitável e seguiu com Pompeu para a Grécia. Sem dúvida pensou que Pompeu venceria, ou pelo menos era esta a opinião aceita entre aqueles que subestimaram a magnitude do que César conquistou na Gália. A decisão de acompanhar Pompeu era uma evidência clara da influência de Cato, pois Servília detestava o Grande Homem por ter sido o responsável pela morte do seu primeiro marido, pai de Marco.

Marco não se distinguiu na campanha que terminou na Farsália; ele não tinha mais noção da arte militar do que eu tenho de dança da corda. Na verdade, embora Pompeu tivesse se declarado feliz por receber um jovem tão virtuoso, teve o cuidado de não lhe delegar qualquer responsabilidade. Pompeu podia estar em declínio, mas ainda tinha juízo.

César estava encantado em fazer de Marco um dos objetos mais ostensivos de sua clemência, chegando a ordenar que o salvássemos de qualquer maneira e, caso não concordasse em se render, que o deixássemos fugir. De fato, ele foi um dos primeiros a fugir, e passou dois dias se esgueirando por entre os juncos à margem do pântano. Depois foi para Larissa, de onde escreveu a César nos termos mais amigáveis. César o convidou imediatamente a se reunir conosco.

Casca e eu estávamos na tenda de César quando ele chegou e achamos toda aquela história repugnante. Primeiro César se dissolveu em lágrimas, repetindo sem cessar que o seu único temor durante a batalha fora que o nobre Bruto fosse abatido.

(— Remota chance — Casca cochichou. — Aposto que ele estava bem seguro na retaguarda... De fato, mais tarde ouvi dizer que ele havia passado o dia da batalha escrevendo um ensaio em sua tenda, até que escravos lhe trouxeram a notícia da derrota e ele fugiu.)

Depois César beijou Marco e chorou mais um pouco. Marco também chorou, pediu perdão a César, dizendo que estava sob a influência do tio. Foi uma cena ridícula. Já presenciei muitas, mas não me lembro de nenhuma tão absurda!

O desfecho final foi que César indicou Marco para governador da Gália Cisalpina. Casca comentou que, mesmo quando César estava abobalhado, seu discernimento não se ausentava de todo. A Gália Cisalpina era então a única província onde sabíamos que não haveria guerra. Marco se pôs imediatamente a angariar popularidade junto ao povo de sua jurisdição, mas tendo o cuidado de esclarecer que todas as suas bênçãos eram obtidas em conseqüência da bondade de César.

César estava ansioso para prosseguir com a Campanha da África.

— É a minha chance de arrasar Cato definitivamente! — ele disse. — Veja, Ratinho, isto é essencial, pois enquanto ele estiver em liberdade, haverá oposição. Ele é uma bolha purulenta que precisa ser lancetada!

Eu concordava inteiramente.

Apesar do seu desejo de rapidez, certos assuntos o detiveram em Roma.

O primeiro, e mais grave, foi um motim na Décima Legião, sua predileta, então estacionada em Cápua. Tinham motivo de queixa. Seu pagamento estava ainda mais atrasado do que é comum no exército. A desmobilização dos soldados com tempo de serviço expirado havia sido negada. As terras prometidas aos veteranos ainda não tinham sido outorgadas. Assim, tanto a situação atual como as perspectivas do futuro eram insatisfatórias e havia chegado a notícia de que teriam ordens de embarcar para a África. Agitadores, em minha opinião recrutados pelos inimigos de César no Senado, se infiltraram no acampamento e encontraram o pavio pronto para ser aceso. Conseqüentemente, formou-se uma comissão — como sempre se formam comissões nestas circunstâncias. Os oficiais foram presos e acorrentados, como sempre acontece com os oficiais, a não ser que tenham juízo para fugir, e os homens falavam em marchar para Roma, decididos a expor seus agravos a César e a exigir uma compensação. Foi um momento desagradável. A meu ver, César não conseguiria sufocar o motim, e tudo por que ele havia trabalhado, lutado e sofrido seria destruído. Dizem que quando a notícia do motim chegou a Cato, na África, ele não somente ordenou que fosse divulgada em todo o acampamento (por si só um ato de extraordinária loucura, pois um motim é tão contagioso quanto um surto de tumultos numa cidade), como também foi dormir bêbado e contente, e continuou bêbado por dois dias. Merecia que a sua garganta fosse cortada por ser tão estúpido! Mas conseguiu se sair bem.

César, como eu disse, estava sempre em sua melhor forma, sempre mais magistral nas horas de crise. O tempo bom não combinava com ele; as tempestades incitavam e estimulavam seu gênio. Tentou contemporizar com os amotinados, enviando Salústio, um oficial por quem ele tinha mais respeito que eu, ao acampamento na região de Cápua, com autoridade para prometer somas substanciais de pagamento extra. Salústio nem conseguiu falar; foi recebido com uma saraivada de pedras e insultos que o convenceram de que sua vida corria perigo. Assim, correu de volta a Roma.

Foi logo depois disto que os legionários se deslocaram para o Norte. Outras tropas se uniram à sua causa perdida e o perigo era de fato muito grande. A agitação em Roma era intensa, especialmente entre os nossos inimigos, que prometiam uns aos outros que Pompeu seria vingado e em breve seria possível restaurar o que chamavam de "normalidade republicana". Seu alvoroço não se abateu nem com a notícia de que os amotinados haviam saqueado propriedades durante a marcha para o Norte e assassinado dois homens da classe dos pretores. Os cidadãos comuns tinham uma visão diferente, bem mais sensata. Estavam francamente aterrorizados e foram pedir proteção para César.

César reuniu seus tenentes para encontrar um modo de lidar com a situação. Por falar nisto, dado que freqüentemente ouço pessoas que nada entendem dos métodos de trabalho de César declararem que ele agia conforme seu próprio julgamento, sem dar atenção à opinião dos que o cercavam, devo afirmar que não era este o caso. Muito pelo contrário. Ele sempre ouvia atentamente o que os outros pensavam, embora gostasse de fazer crer que a decisão era inteiramente dele. Esta era a sua natureza, era como ele gostava de agir.

Nesta ocasião, o conselho de Antônio foi claro. (Não sei por que digo "nesta ocasião", pois acho que nunca faltava segurança a Antônio — pelo menos até César o interpelar, quando ele retrocedia com a velocidade de uma cavalaria batendo em retirada.)

— César — ele disse —, não temos escassez de tropas leais disciplinadas. Devemos sair de Roma e enfrentar esses patifes. Deixe claro que você não tolerará essas tolices e está pronto a lutar com eles se for preciso. É a maneira de pôr os homens na linha! Temos certeza de que não entrarão numa batalha contra você.

Este conselho era típico de Antônio: vigoroso, adulador de César e inconseqüente. Em torno da mesa, várias cabeças assentiram. Eu não confiaria naquelas cabeças nem para planejar uma excursão ao campo!

César não deu sinal de aprovar nem de desaprovar o plano.

Caio Cássio, recente adepto do nosso partido (havia lutado no exército de Pompeu na Farsália), tinha uma expressão grave. Talvez alguns tenham ficado surpresos com o fato de ele ter sido convidado para participar do conselho, mas a política de César era a de ligar os inimigos reconciliados o mais fortemente possível à sua causa e à sua pessoa. Cássio falou, ansioso, como era natural, para causar impressão:

— Não duvido de que o meu amigo Antônio tenha considerado o assunto cuidadosamente. Ele conhece as legiões e deve ter julgado com sabedoria. No entanto, me ocorre que ele talvez não tenha se detido no que chamo de aspecto político. Há razões para crer que esse motim foi fomentado por agitadores, não?

— Por mim, detecto a mãe de Labieno — disse César.

— Obrigado, César! Agradeço por confirmar minhas suspeitas. Mas o que eu quero dizer com aspectos políticos? Apenas isto: se marcharmos contra eles, os inimigos de César se sentirão fortalecidos. Dirão que as nossas legiões estão divididas. Dirão que o seu partido está desunido. Assim, atrairão novos adeptos.

— Novos adeptos patifes! — concluiu Casca. — Vou dizer para você algo ainda mais perigoso! Se marcharmos contra eles, não manterão a posição, mas também não se renderão. Antônio tem razão em dizer que eles não se atreverão a enfrentá-lo, César. Mas recuarão em ordem, afinal, que inferno, são soldados treinados por nós. Sabemos que tipo de homens eles são. Sabemos que têm orgulho. E depois? Acreditarão que a única maneira de salvar sua causa... e suas vidas... é recuar e se aliar ao inimigo. O risco é grande demais, César!

— O que faremos então, Casca, se você rejeita a proposta do nosso querido Antônio?

— O pior é que eu não sei — disse Casca.

— E então, Ratinho? — César se voltou para mim. — Tem palavras sábias para nos oferecer?

— Eu hesitaria em chamar minha opinião de sábia, mas me parece que não se deve fazer nada que dê a entender um reconhecimento de que eles não estão sob as suas ordens.

— Por Hércules! — Antônio gritou. — Que bobagem é esta? Estão amotinados, Ratinho, caso você não tenha notado! Isto quer dizer que desafiaram ordens, recusaram ordens. Ou você não sabe o que significa a palavra "motim"?

— Ah, sim, acho que sei — eu disse. — E se me permite repetir o que eu disse, e ouça atentamente desta vez, Antônio, sugeri que César não aja de maneira a deixar que os amotinados percebam que ele reconhece que eles não estão sob as suas ordens. Quero dizer, César, que você deve tomar a iniciativa, não de confrontá-los, mas emitindo uma ordem que lhes seja muito fácil cumprir...

— Ainda não entendi — disse Antônio.

— Não faz mal, querido — Casca respondeu. — Ratinho tem razão, César.

Narrei esta conversa em detalhes porque o relatório que César entregou depois ao Senado dava a entender que o plano que pôs fim ao motim foi elaborado por ele. Devo à minha dignidade chamar a atenção da posteridade para a minha participação no malogro da revolta. Na verdade, apesar de não negar que César desfechou o golpe final, todos os que compareceram ao conselho sabem muito bem que o grande plano foi obra minha.

Assim, os amotinados receberam a notícia de que podiam entrar na cidade e acampar no Campo de Marte, desde que antes depusessem suas armas. (É claro que as portas da cidade estavam bem guardadas por tropas leais.) Eles obedeceram à instrução à medida que julguei provável; isto é, trouxeram apenas suas espadas. Isto aterrorizou os cidadãos — nada mau, a meu ver.

César se irritou quando eu fui buscá-lo em casa. Felizmente ele controlou a raiva. Explicou-me que estava revoltado com a deslealdade, o livre-arbítrio e a estupidez dos homens.

— Passamos por muitos perigos — ele disse. — Somos parte do mesmo corpo. Eles não entendem que se assumirem o comando e eu ceder aos seus desejos, toda a natureza dos nossos liames estará manchada, ou mesmo destruída? Não tenho paciência com essa ganância e insolência!

— Muito bem, César — eu disse. — Mas quando falar com eles, fique calmo.

— Ficarei frio como a noite nas montanhas da Helvétia. — ele respondeu.

Chegando ao Campo de Marte, nos dirigimos para um palanque erigido para a ocasião. César tomou o seu lugar. Passou alguns minutos sem tomar conhecimento da multidão embaixo, limitando-se a conversar comigo e com os poucos homens que nos acompanhavam. Avaliei a situação. Agora que o plano prometia dar resultado, eu me sentia nervoso pela primeira vez. Era possível que não funcionasse e, neste caso, as coisas ficariam realmente complicadas. Poderia haver um massacre generalizado.

Por fim, César olhou para suas tropas e conversou com todos, com voz de tédio. Pediu que eles apresentassem suas queixas. Falava como se nunca tivesse visto aqueles homens, com quem tinha lutado na Gália e na Farsália. Reconheço que foi um maravilhoso ato teatral: deixou todos desconcertados.

Entretanto, depois de uma pausa em que eles esperaram para ver quem teria coragem de falar primeiro, choveram reclamações. As palavras se atropelavam. Falaram de seus ferimentos e percalços, do que haviam sofrido lutando por César, das grandes proezas realizadas, dos amigos perdidos, das recompensas esperadas e negadas, do seu desejo de serem desmobilizados.

As reclamações eram intermináveis. Pareciam cada vez mais indóceis. César não dava sinal de ter-lhes ouvido.

Alguém gritou:

— Arrancamos nossas entranhas por você, César!

Um legionário se adiantou e subiu a escada do palanque, mas foi detido.

Arrancou a venda que cobria seu olho esquerdo, revelando um buraco horrendo.

— Perdi este olho na Alésia e não me dão dispensa. O que tem a dizer, César?

César olhou para cima. Levantou a mão. Fez-se silêncio.

— Muito bem — sua voz era descompromissada, uma voz de ator. — Eu entendi o que vocês querem. Serão desmobilizados imediatamente. Podem deixar suas espadas com os guardas e dispersar. Quanto ao dinheiro, vocês me conhecem. Podem confiar que receberão tudo o que lhes for devido. Cada um dê ao oficial da intendência seu nome e o valor a receber. Mas terão de esperar até que eu volte da África para receber. Eu contava com vocês para a Campanha da África, mas vou ter de levar outras legiões. Eles é que participarão do meu Triunfo quando eu voltar. É tudo.

Ninguém quebrou o silêncio. Todos ficaram absolutamente perplexos. Ou não esperavam este acordo tão fácil, ou ficaram decepcionados. Este pronunciamento deixou os líderes da revolta sem ação, sem possibilidade de prosseguir com a luta que tinham sido pagos para fomentar, mas esta não era a causa principal da mudança de atitude. Não, em primeiro lugar era o lembrete do Triunfo à sua espera e a constatação de que eles não participariam deste Triunfo, embora muitos deles fossem veteranos das batalhas que granjearam honra ao general. Além disto, percebi que havia uma idéia mais amarga: a descoberta de que César podia muito bem passar sem eles.

Ninguém se moveu, ninguém disse uma palavra. Parecia um velório antes das lamentações.

— Cidadãos... — César disse, palavra que foi recebida com um uivo de tristeza e dor. Ele nunca se dirigira a eles com algo menos que "soldados" ou "camaradas", e agora os chamava de "cidadãos", como se não fossem mais importantes que eleitores de quem ele tentava obter votos.

Esquecendo a hierarquia, amontoaram-se em torno de César, puxando-lhe as mangas, implorando perdão, que os tomasse novamente a seu serviço e punisse os agitadores que tão desgraçadamente os haviam desviado do bom caminho. A cena era ridícula. Veteranos grisalhos soluçavam como mulheres. Um centurião da Décima Legião chegou a ponto de gritar:

— Castigue-nos, César, nos dê o castigo que julgar merecido, pode nos dizimar, desde que aceite os que restarem, nos permita acompanhá-lo à África!

No jantar daquela noite, César refulgia de orgulho. Falou longamente sobre a arte de controlar homens.

— É só tocar no orgulho e eles são nossos! — ele disse.

Ele parecia ter se esquecido de que o dia se revelara tão satisfatório em conseqüência do meu conselho. Não fiquei ressentido, é claro. Minha função era aconselhar, e a dele, executar. Entretanto, teria sido mais elegante se ele reconhecesse seu débito comigo.

Capítulo 6

Não fiquei desapontado quando César me informou que não solicitaria que eu o acompanhasse à África, embora, naturalmente, me irritassem os cochichos sobre a queda do meu prestígio junto ao Ditador.

— Prefiro estar com quem confio debaixo dos olhos, deixando em casa os de minha inteira confiança — ele disse.

Concordei, envaidecido, mas extraí dele a promessa de me reunir à armada assim que meus serviços não fossem mais absolutamente necessários em Roma. Afinal de contas, sou um soldado antes e acima de tudo, e nenhum guerreiro veterano pode ser feliz longe do soar das trombetas.

Inteiramente à parte do dever cívico, eu tinha outras razões para me contentar em ficar na cidade. Meu joelho ainda dava problemas e o médico grego recomendara, como o melhor dos tratamentos, repouso prolongado e compressas regulares com um composto de amêndoas e gordura de crocodilo.

— Se não der tempo ao tempo para sua recuperação, meu senhor, em dez anos estará irremediavelmente aleijado — ele avisou.

A saúde do meu pai vinha declinando e era natural que eu quisesse fazer-lhe companhia no leito de morte. Nunca fomos íntimos, pois ele era antiquadamente rigoroso e consideravelmente tolo, incapaz de compreender meus vôos mais altos e minha sede de aproveitar a vida ao máximo. Mas eu o honrava e tinha a satisfação de nunca lhe ter faltado com o dever. Minha mãe também estava feliz por me ver em casa, consolando-se muito com a minha presença à medida que o meu pobre pai ficava cada vez mais cheio de caprichos, fazendo exigências absurdas. Foi realmente uma sorte eu estar lá, pois consegui frustrar seu plano de deixar quase metade de suas posses para "o bem comum do povo de Roma". Ele tinha a ilusão de atingir, desta maneira, a fama que não conheceu em vida — o que nada lhe importaria depois de morto, e teríamos sérios inconvenientes (ou assim parecia, Artixes) com a privação da herança a que tínhamos direito.

Por fim, com a entrada de Clódia na câmara escura de sua viagem da morte, me entreguei a um envolvimento agradável com uma jovem dançarina frígia, criatura de uma alegria e inventividade acrobática absolutamente inextinguível na arte do amor. Eu certamente relutaria em deixar Roma antes de esgotar os encantos desta jovem, que combinava o ardor de Clódio com a sedutora imoralidade de Cleópatra.

Assim, foi com equanimidade que eu me despedi de César e foi um verdadeiro alívio me livrar da sua presença todo-poderosa e dominadora.

Para a minha surpresa, Cícero passou a me procurar. Já o mencionei diversas vezes nestas memórias, Artixes, em geral depreciativamente. Havia boas razões para isto, mas tenho a sensação de ter transmitido uma impressão inadequada deste homem notável. Pois notável ele era: um dos poucos homens em Roma a atingir a mais alta posição no Estado sem vir dotado de berço nem de grande riqueza (embora tenha adquirido esta última, é claro).

Presumo que ele teria, então, por volta de sessenta anos. (Naturalmente não tenho nenhuma obra de referência para citar e só me resta confiar na memória e em minhas impressões.) Seus dias de grandeza haviam terminado. Tinham se passado quase vinte anos desde o seu auge, quando, ainda cônsul, expôs e destruiu a conspiração de Catilina. Desde então, aborrecia todo mundo repetindo a história da salvação do Estado. Foi um desses triunfos de más conseqüências para o autor. Cícero havia condenado cidadãos romanos à morte sem julgamento e este crime o perseguiu pelo resto dos seus dias. Era o que os seus inimigos — e sua língua afiada lhe angariara muitos — lembravam quando ele se gabava do feito, o que lhe valera a franca hostilidade do meu adorado Clódio. Portanto, na juventude, nunca ouvi falarem bem de Cícero. Mas já contei o que Clódia disse a respeito do homem que defendeu o assassino do seu irmão, que foi nosso amante.

Apesar de tudo, ninguém jamais negou o intelecto, e poucos negaram o charme de Cícero. Quando ele se dispunha a agradar, normalmente conseguia. Até César, que não confiava nele por causa de sua vaidade e indecisão, se deliciava com a sua companhia. E confesso que, a despeito de tudo o que eu sabia e de todo o horror que se interpunha entre nós, fiquei lisonjeado com o seu convite para jantar.

Ele tinha períodos alternados de euforia e depressão. Sabia que cometera um grave erro no começo da guerra civil, quando, por força da vaidade e de um erro de julgamento, se ligara a Pompeu e aos conservadores do Senado.

— Arrisquei a minha vida e os meus bens pela causa — ele disse — e nunca fui apreciado por eles. Fui excluído do Conselho de Pompeu, embora tivesse muito mais experiência que qualquer outro ali. Claro que Pompeu sempre foi facilmente influenciável. Mesmo assim, ninguém imaginaria que ele fosse tolo a ponto de ignorar o valor dos meus conselhos. Mas foi. Era um grande homem, mas limitado. Sempre esteve cônscio de sua inferioridade intelectual em relação a mim, e, suponho, também com relação a César.

Freqüentemente seu discurso tomava este rumo. Também deixava claro que ainda acreditava ter algum futuro político. Eu poderia tê-lo desiludido, mas era mais cortês, e talvez mais útil, ouvir suas especulações.

— César conseguiu muito — Cícero disse. — A questão é o que ele pretende fazer com o poder que acumulou. Naturalmente percebo que o assunto não pode ser resolvido antes que essas malditas guerras cheguem a um final satisfatório, o que não deve demorar muito. Tenho grande respeito e estima por Cato, mas... — serviu-se de vinho e disse, com uma casquinada — só mesmo alguém com tão pouco autoconhecimento poderia se achar à altura de César no campo de batalha. Cato perderá na África e César se voltará contra Cneu Pompeu, que, aqui entre nós, meu caro, é pouco mais que um bandoleiro, e o expulsará do reduto espanhol, e então... como ficaremos?

— Quem poderá dizer? — eu disse, sabendo que ele não esperava resposta.

— Em primeiro lugar, a República deve ser reconstituída. César compreende isto, não acha? Afinal, o que mais ele pode fazer? Roma não vai tolerar um ditador perpétuo, um governo de uma só pessoa. Acho que ele vai querer manter a ditadura por um período indefinido, é bastante natural, mas será um título honorífico, quando muito de supervisão. Se tivermos o governo de um só homem, vamos chamá-lo de quê? Rei? Nós, romanos, jamais toleraremos a monarquia! César teria de estar louco para pensar assim. E sabemos que louco ele não é. Ou será que é, Bruto?

— A pergunta já foi respondida — eu disse.

— Isto mesmo. Mas precisamos levar em conta que essas guerras terríveis já nos privaram de muitos homens capazes e partiram os corações de muitas famílias nobres. A lista dos mortos ilustres é longa e triste. Além disto, a discórdia, o ressentimento e o desejo de vingança dominam muitos herdeiros. Como serão reconciliadas as partes? Como poderemos encontrar meios para estabelecer a concórdia nos diferentes grupos do Senado? Como poderemos reconciliar as demandas da soldadesca vitoriosa com os direitos dos proprietários de terras? Que passos são necessários para restabelecer a autoridade dos cônsules? Como governar este grande Império conquistado? Todas estas questões deverão nos perseguir durante o árduo período de reconstrução que se seguirá ao fim das guerras. Você, Décimo Bruto, tem a merecida e profunda confiança de César. O que ele planeja? Como ele se propõe conduzir essa reconstrução? Da minha parte, não vejo como será possível, a não ser que ele esteja preparado para devolver o poder e a autoridade aos órgãos de direito. Parece-me impossível perpetuar um sistema desenvolvido para atender a uma crise após o término desta mesma crise.

— Sem dúvida, César considerou estas questões — eu disse. — São elas que estão em discussão. Creio não ter liberdade para discorrer mais sobre o tema.

A posição era delicada, nota-se. As questões levantadas por Cícero eram cabíveis e naturalmente ocorreriam a quem quer que refletisse sobre a situação. Contudo, eu sabia que César recuava diante dessa investigação. Ele preferia agir conforme seus impulsos instintivos. Gostava de frisar que "as melhores decisões são tomadas quando se impõem", ou seja, quando é chegada a hora.

Mas não seria político aceitar a insinuação de que nós (isto é, os amigos de César) não tínhamos a mínima idéia de como reformular a Constituição no pós-guerra.

— A questão é se, e até que ponto, é possível consertar o que foi despedaçado.

Quem falava era pouco mais que um menino, um adolescente cujo queixo ainda não conhecera a navalha. Era pequeno, mas encorpado. Tinha olhos cinza-claros, lábios desenhados e cabelos louros caídos sobre o olho esquerdo. A voz era serena. Ele não olhava para o interlocutor, mas examinava seu braço, torneado em belas formas, pousado no encosto do divã. Eu tinha chegado tarde da noite, atrasado por um caso urgente, e não fora apresentado a ele. Cícero, como a maioria dos egocêntricos, freqüentemente se descuidava das boas maneiras elementares. O rapaz havia me olhado duas ou três vezes no decorrer do jantar, através dos longos cílios, sorrindo como se me conhecesse e se possuíssemos um entendimento negado aos demais presentes. Imaginei quem seria ele e fiquei interessado.

Cícero se surpreendeu com o aparte.

— Como assim? — ele disse.

O rapaz hesitou. Passou a língua pelo lábio inferior, mantendo os olhos fixos no braço (marrom-dourado, salpicado de sombras, liso como alabastro).

— Sei que é presunção minha. Não tenho muita experiência. Mas se foram as demandas do Império que quebraram a estrutura tradicional da República, não vejo como possa haver uma restauração, a menos que o Império seja abandonado, o que é impensável.

Cícero apertou com força as pontas dos dedos, depois separou-as, juntou-as de novo duas ou três vezes, elevou o queixo, prendendo a atenção de todos.

— Humm — ele disse. — Esses pensamentos são muito profundos

para alguém tão jovem, e não lhes falta inteligência, não falta de forma alguma. Deixe-me ver... Sim. Acho que percebo qual é o seu erro... erro que, como você mesmo sabiamente sugeriu, talvez seja inevitável, considerando sua inexperiência. (E devo dizer de passagem que o louvo por admitir sua inexperiência, uma falta raramente confessada pelos jovens, embora todos concordemos que invalida qualquer opinião que expressem sobre qualquer assunto.) Então, meu caro rapaz, seu erro consiste, na minha opinião, com o valor a ela devido — ele abaixou o queixo e sorriu para nós —, e sou levado a crer que não é um valor insignificante graças aos encômios a mim prodigalizados durante minha carreira longa e não de todo improdutiva... Muito bem, então seu erro consiste em adotar uma visão puramente mecanicista das questões públicas. Você se concentra na estrutura da Constituição e observa como ela se comporta sob pressão. Assim fazendo, porém, negligencia a consideração de um ponto muito mais importante e significativo, que não é "como?" mas "por quê?". O que não é, permita-me assegurá-lo, de forma alguma a mesma coisa. Podemos observar facilmente como as coisas se despedaçam; mas por quê? A questão é mais profunda e talvez exija a sabedoria só adquirida com a idade, para começar a oferecer uma resposta. Assim, digo que, na minha visão, estamos preocupados principalmente com a questão da moralidade. Sim, a moralidade, e não a mecânica. A doença da República não reside em suas instituições... que com tanta glória resistiram ao teste do tempo... mas nos homens que as povoam. O egoísmo reina hoje onde o zelo pelo bem público florescia. Estamos sofrendo, por assim dizer, do que eu chamaria de "individualismo". O que eu quero dizer com isto? Simplesmente isto: a presteza do homem em defrontar qualquer assunto público com a pergunta "O que tenho a ganhar com isso? Onde posso obter vantagens pessoais?", em vez da pergunta que tão nobremente alimentava as mentes dos nossos avós, "o que Roma exige de mim?".

Cícero fez uma pausa, correu os olhos à volta da mesa, fitando cada um de nós, até que cada um desviasse o olhar, talvez por puro embaraço. Eu mesmo baixei os olhos, mas, quando os ergui, vi que o rapaz que levantara o assunto devolvia o olhar de Cícero com uma expressão cândida e tranqüila. Um sorriso brincava em seus lábios e ele parecia ansioso para ouvir o que o veterano da oratória tinha a comunicar. Não havia insolência em seu sorriso e não creio que Cícero tenha percebido nada, mas foi ele que quebrou o embate e, com ar de urgência, retomou seu discurso.

— O que Roma exige de mim? É a pergunta que me faço através da minha longa e não inglória carreira. Foi com plena consciência das implicações desta pergunta que confrontei as informações a mim trazidas com referência à torpe conspiração de Catilina. Se cada um de nós fizer a si mesmo esta pergunta, saberemos como nos conduzir. A meu ver, esse vício que chamo de "individualismo" é grego, e não romano. Vamos extirpá-lo da nossa vida pública, para podermos restaurar a antiga virtude romana! O Individualismo é a praga da nossa época e o motivo do descontentamento atual...

Suas mãos tremiam quando levantou sua taça de vinho. Limpou primeiro os lábios, depois a testa, com um guardanapo.

A mim pareceu que ele havia falado mais perigosa e rispidamente do que planejara. Este termo que ele cunhara, "individualismo", quem mais o encarnava além de César?

Os convidados se dispersaram. Manobrei para ficar junto ao jovem, cujo porte e inteligência haviam despertado meu interesse.

— Deveria saber quem é você — respondi enquanto saíamos para uma noite de verão agora mais fria —, mas lamento dizer que não sei.

— É natural — ele disse. — Eu era criança quando nos encontramos pela última vez. É claro que mudei. Desde então, estive fora. Mas eu o conheço e tenho ouvido meu tio elogiar seus talentos e seu caráter.

— Seu tio?

— César. Sou Caio Otávio Turino. Minha mãe é irmã de César.

— Mas é claro! — eu disse. — Perdoe-me, mas você era mesmo uma criança, e muito atraente, a última vez que o vi. Agora é um rapaz... e ainda mais atraente!

— Ah — ele disse, não opondo resistência quando lhe tomei o braço —, é gentileza sua. Venho cultivando a amizade de Cícero. Este termo que ele usa, "individualismo", acho interessante.

— Cícero tem uma visão romântica do passado — respondi. — Na minha opinião, os homens sempre acorrem a lutar pelo que consideram seus objetivos pessoais.

— Oh, sim, compreendo. Ainda assim, acho que ele talvez tenha razão quando diz que os interesses pessoais dominam a vida pública em maior extensão do que anteriormente.

— Talvez, mas lembre-se de que a competição por honra e glória sempre dominou a mente humana. Quem não busca a glória pessoal?

— Decerto, você tem razão — ele disse. — Mas deve existir um meio de atrelar esse desejo ao bem público. E Cícero não estará certo ao dizer que os nossos ancestrais descobriram este meio e nós o perdemos?

Nas semanas seguintes estive muitas vezes com o jovem Otávio. Na verdade, menos do que desejaria. Não será demais dizer que me apaixonei por ele. Encantou-me tanto sua beleza quanto sua inteligência. Contudo, havia algo além destas qualidades que me atraía muito. Por maior que fosse sua afeição, eu mantinha distância do resto da humanidade — e até de um amante. Eu ansiava por cruzar esta distância, e o meu fracasso só intensificava a paixão. Mesmo beijando seus lábios, sentindo seus braços de aço em torno do meu pescoço e suas pernas macias entrelaçadas às minhas, tinha consciência de que uma parte dele ficava ao largo, que nunca se rendia, nem mesmo aos prazeres que tanto o deliciavam, que estava sempre observando tudo o que fazíamos, exercitando o julgamento em seu misterioso distanciamento. Era esta qualidade dele que mais me inflamava. No amor, sempre queremos a posse; no entanto, quanto mais perto eu o tinha, menos conseguia me apossar da sua essência.

Às vezes parecia ser apenas um menino se deleitando com a própria beleza e com a admiração que me despertava. Certamente ele ansiava por admiração. Deitava-se nu, convidando-me a tocar suas formosas coxas (cuidadosamente depiladas e untadas), sussurrando enquanto meus lábios percorriam seu ventre liso, acariciando meu pescoço, meus ombros, descendo os dedos pelas minhas costas. Sua alegria era tão verdadeira quanto a minha, mas ele se mantinha à parte, superior, distante, como se observasse tudo de longe. Nem Clódia o superava na habilidade de torturar um amante!

Os filósofos declaram que o amor entre um homem mais velho e um rapaz pode ser a mais nobre das emoções. Afirmam que um amante maduro ensina ao amigo jovem a sabedoria e a virtude. Conheço bem esta teoria. Mas com Otávio não era assim, e acho que raramente é. Eu era dominado, e por ser dominado, diminuído. Se tivesse uma ligação com Artixes (para quem certamente não lerei estas páginas de minhas memórias) como a que tive com Otávio, vivenciaria a promessa dos filósofos. Mas Otávio, embora jovem, parecia mais velho e mais sábio do que eu. Naquelas semanas, fui seu escravo, como fora de Clódia.

Por ele negligenciei minha esposa. Longina era filha de Caio Longino Cássio. Havia me casado com ela meses antes, atendendo à insistência de César para consolidar a reconciliação de Cássio com o nosso partido. Ela era pouco mais que uma criança, encantadora, vivaz, ignorante e, segundo minha opinião na época, maliciosa. Pouco tinha a oferecer a quem já desfrutara dos abraços de Clódia e logo descobri que ela me aborrecia. Adorava brincadeiras e fofocas e possuía um círculo de rapazinhos dissolutos da sua idade, que, como diria minha mãe, tinham mais dinheiro que juízo. Logo me convenci de que ela me traía com mais de um deles. Acho razoável admitir que eu também a aborrecia. Era uma boa companhia, muito bonita, mas nunca, naquela época, disse nada que permanecesse na minha cabeça além do tempo gasto na enunciação.

Apesar de tudo, uma coisa boa resultou do casamento: aprendi a conhecer meu sogro, Cássio. Ele sempre despertara suspeita nos adeptos de César. Respeitávamos seu histórico militar, é claro; foi Cássio que, como pretor, salvou o que sobrou do exército de César do desastre de Carrhae. Não foi um feito menor. Sabíamos também que se Pompeu seguisse seus conselhos, nossa campanha na Grécia teria sido muito mais perigosa e difícil. Mas poucos confiavam nele. Sua língua sardônica feria com facilidade e, ao que parecia, com prazer. Nem mesmo César ficava à vontade na sua presença, reclamando de "seu ar pobre e faminto". E tentava rir do desconforto que Cássio ocasionava. "Que me cerquem de homens gordos!".

Cássio me falava:

— Já lhe ocorreu que o Estado está desequilibrado? Ninguém admira mais o gênio de César que eu; e você, Décimo, é o mais leal dos seus seguidores. Mas... sigo a linha epicuriana. Acreditamos que tudo tem sua justa medida, nada de excessos. A preponderância de César no Estado não é um tanto excessiva? Sua glória ofusca a de todos os outros. O esplendor do seu brilho lança todos à sombra. Por quanto tempo você acha que os nobres romanos, apoiados como todos nós na tradição de mostrar claramente a virtude e as conquistas pessoais, se contentarão em jazer na obscuridade trazida pela luz que se concentra apenas em César?

— São pensamentos perigosos...

— Mas são apenas pensamentos, palavras ao ar, especulações filosóficas, nada mais.

Serviu vinho.

— Cícero — eu disse — tem falado nos perigos do que ele intitula "individualismo". É disto que você fala?

— Cícero, vamos admitir, é um grande falastrão! Sempre nos esforçamos pela excelência, e o que é este esforço senão o individualismo que só agora ele descobriu? Antes a competição permitia que qualquer pessoa de nascimento nobre pudesse triunfar. Era tácito que este triunfo não deveria durar demais; outros teriam sua vez de brilhar, enquanto homens de mérito reconhecido permaneciam de lado, prontos a retomar seus trabalhos se o Estado os requisitasse. E agora? As coisas são diferentes, não? A proeminência de César é tamanha que nos perguntamos se servimos a Roma ou a César.

— O jovem Otávio — para minha irritação, me senti enrubescer ao pronunciar seu nome — sugeriu que os nossos ancestrais descobriram um modo de atrelar o desejo de excelência ao bem público, mas isto se perdeu em nossa geração.

— Esse rapaz faria melhor em não deixar seu tio ouvi-lo falar nesse tom. Mas ele tem razão. A questão é: o que se deve fazer? Você acha possível, Décimo, persuadir César a se retirar da vida pública? Afinal, há o exemplo de Sila.

— Sila não é um nome que se possa mencionar a César, principalmente como modelo a seguir.

— Compreendo. Não estou falando à toa, Décimo, como Cícero agora faz. César está procurando problemas. Quanto mais ele se separa de seus pares naturais, mais se isola na própria glória, mais provavelmente semeia o descontentamento. O último serviço público de César poderia ser a retirada; poderia devotar seus talentos à prática da literatura. Afinal, ele sempre fala que esta é a maior alegria da sua vida. Claro que eu não acredito; todos sabem que ele prefere as mulheres e a guerra. Mas não é motivo para não levarmos a sério suas palavras. Nunca me preocupei com a proeminência de Pompeu, porque eu sempre soube que ele tinha mais aparência do que substância. Mas César é outro caso. Sua importância é real. E, por isso, perigosa para ele e para Roma.

— Em que sentido, Cássio?

— Ele voltará vitorioso da África. Depois irá à Espanha extirpar os últimos restos de oposição armada. E o que fará depois? Há quem diga que deseja se proclamar rei.

O crepúsculo caía. Estávamos na *villa* de Cássio no Monte Albano. Um forte vento de inverno lançava nuvens avermelhadas pelo céu, curvava os topos dos pinheiros. Ao longe via-se o vento turvando as águas do lago. Cássio atirou outra acha de lenha ao fogo. Entre estalidos, fagulhas de luz dançaram e feneceram.

— Um novo ano... — disse Cássio. — O que trará?

— César nunca aceitaria uma coroa — eu disse.

— Não? Você acha que não? Eu queria ter esta certeza. Cícero diz que César tirará sua máscara de clemência quando tiver eliminado todos os seus adversários. Acredita nisto?

— Não — eu disse. — Não creio. A clemência de César não é um disfarce ou uma política necessária. Podem dizer o que quiserem de César, podem censurar seu orgulho, mas é preciso reconhecer que o seu senso de clemência é inato. Ele é clemente por natureza!

— Ele é clemente — disse Cássio — porque tem um enorme senso de superioridade. É uma forma de registrar esta superioridade. A seus olhos, vingar-se dos inimigos o rebaixaria ao nível deles. Sim, eu compreendo.

— Pode ser. Mas também sei que esta clemência se fortaleceu por suas próprias experiências na juventude, na época dos processos de Sila. Muitas vezes o ouvi dizer que a História prova que, praticando a crueldade, só se ganha o ódio. "Ninguém jamais obteve uma vitória duradoura por esses meios a não ser Sila, e ele é um homem que não me proponho imitar", ele diz.

(Se eu ler esta passagem para Artixes, ele certamente replicará que César praticou crueldades abomináveis na Gália.)

— Muito bem — disse Cássio. — Aceito o seu argumento. Mas você sabe o que Cícero mais anda dizendo: que é uma desgraça viver sob o jugo de César. Ouviram-no resmungar que preferiria até ser perseguido por César, para recuperar seu respeito próprio.

— Na minha opinião, num caso extremo Cícero estaria mais pronto a abandonar seu respeito próprio do que seu conforto e segurança.

— Neste ponto você tem razão, Décimo. Na verdade já o fez, o que explica sua rabugice. Bem, não chegaremos a uma conclusão hoje, mas lembre-se: acho que as coisas não podem continuar como estão. Receio que seremos confrontados com a escolha entre tirania e anarquia e não sei qual delas é mais temível. Ouvi César citar Eurípides: "O crime é compatível com a nobreza? Então mais nobre é o crime da tirania". Temo que ele não resista à tentação. E onde estaremos, então? Enquanto isto, vamos jantar. Creio que você está satisfeito com a conduta de minha filha. Ela precisa da disciplina de um marido, já que a do pai lhe foi subtraída por minhas longas ausências. E Décimo, agarre-se ao jovem Otávio. Esta amizade que você conquistou pode ser útil para nós.

"Se ele soubesse", pensei. Talvez soubesse e não ligasse.

No mês seguinte chegou a notícia de que César havia derrotado os seus inimigos na África. Mesmo os hostis a César se rejubilaram, pois Cato e os outros comandantes haviam se aliado ao Rei Juba, da Numídia, e chegaram a ponto de propor a rendição de uma província imperial ao rei bárbaro. Cato, fosse por temor da vingança de César, fosse desdenhando a clemência que ele teria recebido como um insulto, caiu sobre a própria espada. Não pude deixar de ver isto como uma conclusão satisfatória para uma vida tola. Ironicamente muitos interpretaram como prova da virtude antiga e superior de Cato. De minha parte, nunca admirei o suicídio, embora saiba que é uma opinião obsoleta. Agradou-me, porém, que Otávio também pensasse assim:

— Não entendo por que as pessoas louvam o suicídio! É viver que requer coragem! Não desistir! Eu nunca desistirei!

Acreditei. Mesmo hoje, quando a tentação do suicídio é tão poderosa, ainda acredito. É tão fácil desprezar e resistir a esta tentação, condenar o ato, quando se está numa posição de segurança e conforto. Mas agora... escolher minha própria maneira, em vez de me expor à humilhação de sabe-se lá que morte me será imposta? E, contudo... vejo Otávio passar a língua no lábio superior naquele seu gesto talvez nervoso, e escuto sua voz fria, clara: "... não desistir! Eu nunca desistirei!" Lembro-me que aprofundamos a discussão. Ele comentou que era hora de descartar o que chamava de "dramáticas afetações da velha República. Um homem nada mais é do que um homem", ele dizia. "Não deveria se ver como uma figura trágica. Deixemos essas poses para o palco. A vida não é um jogo nem um teatro."

É possível que ele, tão jovem, tão bonito e inexperiente, tenha mesmo dito tudo isto, refletido sobre estes assuntos?

Hoje suas palavras são para mim um consolo ou uma reprovação?

CAPÍTULO 7

César voltou da África e celebrou quatro Triunfos em um só mês, para comemorar suas vitórias na Gália, no Egito, no Ponto e na África. Foi uma afirmação de sua glória inaudita. É claro que os três primeiros deveriam ter sido comemorados muito antes, se o permitissem as exigências da guerra civil. Mas ele ficou feliz ao reuni-las desta forma. O mês de festas agradou ao povo e confirmou a crença de que jamais existira um homem como César. Afinal, os Triunfos são raros. Segundo a convenção, um só Triunfo significava o apogeu da mais ilustre carreira. Esta concatenação de triunfos enfatizava, como nada mais poderia — nem mesmo a ditadura vitalícia que seria votada — a extraordinária primazia de César.

Naturalmente, como um de seus principais e mais confiáveis lugartenentes, minha própria participação era indiscutível. César era suficientemente sábio e cauteloso para não negar a seus generais a participação em sua glória. Segui imediatamente atrás dele no primeiro Triunfo, que celebrava sua conquista da Gália. Na verdade acabei fazendo jus à honra ao mitigar os efeitos de um acidente infeliz: se eu não estivesse ali, seria o tipo de catástrofe que gera boatos sobre maus presságios.

Aconteceu assim. Quando César desfilava pelo *Velabrum*, sereno em meio aos aplausos da multidão, o eixo do carro imperial quebrou. O carro guinou para a esquerda. César foi jogado de lado e teria caído se eu não esporeasse meu cavalo para a frente e o segurasse pelo ombro, impedindo a queda. Os cavalos foram contidos e os carpinteiros (ou coisa parecida, me confundo com esses trabalhadores) correram para consertar o estrago.

A procissão parou por cerca de uma hora, para a consternação dos que vinham atrás. Naturalmente César me agradeceu a ajuda, mas com um tom de voz que interpretei como ressentimento. Como se a minha intervenção tivesse de alguma forma diminuído sua glória neste dia único. Mas se eu refletisse com calma por um instante, veria que esta glória estaria consideravelmente mais maculada se ele tivesse levado um tombo.

Naquela noite Casca comentou:

— Pobre Ratinho! Você ainda não entendeu que César acha mais fácil perdoar os inimigos do que agradecer aos amigos? Mas não leve muito a sério! Ouvi dizer que você está com um caso encantador. Perigoso, é claro, mas isto só acrescenta ao encanto!

Depois daquele infeliz acidente, que pelo menos deu a César a chance de ouvir algumas das canções obscenas que os legionários cantavam em sua honra, ele ascendeu ao Capitólio entre duas linhas de elefantes, quarenta ao todo, que portavam tochas. O populacho sempre se delicia ao ver elefantes, e nesta ocasião decerto havia algo de agradavelmente grotesco na visão destes enormes animais delineando a subida com archotes flamejantes elevando-se das suas espáduas possantes. Geralmente os elefantes me aborrecem, talvez em parte porque sei quão ridiculamente são inúteis na guerra, quando é mais provável que destruam as próprias linhas que as do inimigo. Mas tenho uma teoria de que a atração da malta por eles se relaciona ao terror que os elefantes cartagineses teriam inspirado em nossas legiões na primeira vez em que os viram. O povo fica satisfeito ao ver agora dócil e domesticada a força que tanto alarmou seus ancestrais. Acho bastante razoável; pode-se dizer que é um símbolo da mestria de Roma sobre o mundo.

Como já mencionei, o Triunfo gaulês viu o fim de Vercingétorix. Lamentei o fato e cheguei mesmo a insistir com César para que ele considerasse uma quebra da tradição, de modo a poupar seu adversário derrotado, mas nunca desonrado.

— Vai nos angariar créditos na Gália — eu disse — e reconciliar muitos com o nosso governo. Além disto Vercingétorix é um homem de tal coragem que realmente creio ser possível descobrir alguma utilidade para ele. Sei que você vem pensando em expandir o Senado para incluir provincianos, até gauleses, entre os membros. Não acha que é o caso de incluir Vercingétorix? Afinal ele está detido há vários anos nesta cidade e, embora não o tenha visto pessoalmente, soube que se despojou dos modos bárbaros de pensar e de se comportar e passou a apreciar algo da majestade de Roma. Você demonstrou notável clemência para com os romanos que se insubordinaram maldosamente e sem uma boa razão. Não seria uma boa idéia mostrar a mesma generosidade com alguém que se pode considerar o inimigo mais formidável já derrotado? Afinal, seu conceito de Império terá de mudar, como você mesmo sugeriu. Cedo ou tarde será necessário... e decerto desejável... encarar os povos conquistados como parceiros, em vez de inimigos subjugados.

Devo dizer que estas idéias vieram do jovem Otávio, mas no momento não vi razão alguma para atribuí-las a ele. Se César assentisse, então eu comentaria que a minha sugestão era fruto de conversas mantidas com seu sobrinho. Se ele declinasse de minha proposta, teria sido injusto deitar a responsabilidade sobre Otávio. Além disto, eu não queria que César me julgasse capaz de ser influenciado por alguém que ele considerava um simples menino. Ele poderia querer saber detalhes do nosso relacionamento; na verdade eu não tinha ilusões de que iria fazê-lo.

— Não sabia que você era um teórico político, Ratinho — ele disse. — Talvez você tenha certa razão; pretendo mesmo reformular o Senado, embora eu não me lembre de ter discutido o assunto com você. Mas a sua proposição imediata é absurda! Vercingétorix liderou uma guerra degradante e sem princípios contra nós. Milhares de soldados meus perderam amigos e camaradas em resultado da sua obstinação e traição. Não os privarei dessa morte que têm o direito de esperar. Nem vou arriscar outras vidas romanas, fazendo algo que possa levar outros chefes bárbaros a pensar que podem se opor a nossas armas e não sofrer as conseqüências. Poupar Vercingétorix seria um precedente terrível, que vazaria um mar de sangue por todo o Império. Não percebe, seu tolo — sim, foi assim que ele me tratou, e neste momento compreendi a raiva fria que eu tinha provocado —, não percebe o que mantém o Império unido? Em uma palavra: medo. Pode ser que algum dia os ânimos mudem e os povos subjugados vejam Roma como uma Mãe. Mas ainda não; agora o máximo que podemos esperar é que nos temam e nos respeitem como conquistadores. E mesmo que venha o tempo de que falei, não é verdade que sempre há temor no amor que um filho sente pelo seu pai? Ratinho, Ratinho, dois sentimentos governam o mundo e o homem comum: o medo e a ganância.

— E o amor pela virtude e pela glória? Não se pode ignorá-los.

— Falo dos homens comuns, não dos excepcionais. Sim, eu mesmo... — interrompeu-se, tamborilou os dedos na mesa e olhou para longe, durante um grande silêncio, como se grandes exércitos se perfilassem diante dele, como se contemplasse o campo da batalha terminada, perturbado apenas pelos gritos dos feridos e os vôos circulares das aves predadoras sobre os mortos. — Sim, César pode ser levado pelos amores que você menciona, pelo desejo de fama e glória, por aquela suprema virtude que paira acima dos cães vadios. Mas os cães, rosnando e encolhendo-se medrosos perante as dificuldades, o que podem saber dessas coisas? Não; medo e ganância são as paixões que fazem dos homens o que eles são... Também há momentos, perscrutando o escuro, em que penso que até a busca de César pela glória não passa de outra expressão, mais rarefeita, de ganância. Pode ser também uma forma de medo; pois o que seria César sem essa glória... algo que nem ele ousa contemplar? Não, Ratinho, Vercingétorix deve morrer como lhe for preparado e ordenado. Além disto — sua voz se suavizou e ele me concedeu aquele sorriso que, dentre todos, mais conseguia encantar os homens — a multidão poderia se voltar contra mim se eu o poupasse. Não notou que eles gostam de mortes e execuções?

Ele se levantou, tomou o meu braço e me conduziu à janela de onde podíamos avistar o Fórum, ocupado na preparação do Triunfo do dia seguinte. Beliscou minha orelha.

— Ratinho, em certos momentos esperei que pelo menos você me compreendesse. Mas parece que não. Serei claro. Você compara a decisão de que Vercingétorix deve morrer com a clemência concedida aos senadores e a outros que se opuseram a mim em nossas terríveis guerras civis, e se confessa frustrado. Mas considere essa clemência: ela reduz o medo que desperto em tais homens? Nem um pouco! Quase o inverso. Um nobre romano que deve a vida à minha clemência se sentirá meu inferior para sempre! Conhece minha grandeza, pois nunca se esquecerá que durante uma longa e horrível hora eu sustive sua vida, seu pescoço, entre o meu polegar e o indicador! Encarou sua extinção nas minhas mãos! E se tornou consciente de sua inferioridade por ação da minha misericórdia! Mas um bárbaro não consegue pensar assim. É incapaz disto, porque o seu senso de honra é muito diferente do nosso. Pensaria simplesmente que eu teria amolecido, que Roma poderia ser enfrentada com impunidade. Por outro lado, o senador romano cuja vida eu poupo sente na clemência de César a força de César. Sente-se envergonhado pela recusa de César em puni-lo. Ademais, Ratinho, lembre-se que é contra a lei levar cidadãos romanos à morte sem julgamento. Cícero nunca foi perdoado por sua decisão no caso dos que se aliaram a Catilina. Mas com os bárbaros é diferente. Por isso, Vercingétorix deve morrer!

E dizem que o fez com grande coragem.

Outro detalhe enfatizou ainda mais a preeminência de César: no Triunfo do Ponto, ele ordenou que um dos carros levasse, em vez dos costumeiros cenários representativos da guerra, meramente a legenda "Vim, vi e venci".

A simplicidade deste sentimento despertou espanto e pavor em todos os corações.

Quando terminou o mês dos Triunfos, eu estava exausto, tantos deveres onerosos e sérias responsabilidades me foram confiados. Dentre eles, a organização do Jogo de Tróia, as lutas simuladas que são um dos nossos mais antigos e sagrados rituais. Creio ter sido fundado pelo pai dos romanos, o próprio Enéias, e só jovens de origem nobre têm permissão para participar. Naturalmente a seleção é muito concorrida, o que impõe uma carga considerável sobre o Mestre do Jogo, pois são infindáveis as tentativas de persuasão pelos pais dos candidatos de elegibilidade duvidosa. Posso dizer que eu poderia ter ganho dezenas de matronas na semana da seleção. Mesmo após a escolha das duas tropas, o gerenciamento dessa mímica bélica não é fácil. É surpreendente ver como até os bem-nascidos trapaceiam desavergonhadamente para tirar vantagem!

Orgulho-me de dizer que a minha organização do Jogo de Tróia foi considerada exemplar.

Nas semanas seguintes aos Triunfos confiaram-me ainda outra tarefa de natureza surpreendente. Na época, César andava bastante ocupado com as reformas administrativas (algumas mal resolvidas) e com a reforma do calendário, de que os gregos alexandrinos o haviam persuadido que seria desejável. Acabara se tornando uma obsessão e foi uma das poucas ocasiões em que ele pôs em risco sua popularidade com a ralé, que sempre odeia mudanças deste tipo.

Enquanto César se entretinha com estes assuntos, Cícero tomou para si a tarefa de publicar uma biografia laudatória de Cato. Acho que ele não teve a intenção deliberada de provocar, embora ninguém possa ter certeza dos motivos de um homem tão complicado como Cícero. Por um lado, suas relações com César eram amigáveis. Jantavam juntos e Cícero se regozijava com o evidente deleite de César com suas conversas, que, se descontarmos o persistente veio de egocentrismo (na verdade, às vezes cativante), eram espirituosas, agradavelmente maliciosas e soberbamente abrangentes. Só mesmo um obtuso resistiria ao encanto de suas especulações históricas e filosóficas. Claro que havia muitos obtusos, que concordavam com Marco Antônio em que o homem era entediante e aborrecido; mas César não era um destes, e nem eu.

A admiração de César ia mais além. Quando Quinto Ligário foi processado por levantar armas contra César (sendo este processo uma notável exceção à regra de César pela clemência em geral), ele convidou Cícero a defendê-lo. "Convidou" é uma expressão muito fraca; ele implorou, em termos que não deixariam de lisonjear alguém com a metade da quota de vaidade de Cícero. Apesar disto Cícero hesitou, acho que temendo a reação de César à sua intervenção. César, contudo, observou:

— Por que não podemos nos dar um prazer que não desfrutamos há tanto tempo: ouvir Cícero pleitear uma causa? Principalmente se já determinei o que penso de Ligário, que é evidentemente um homem mau, além de meu inimigo.

Quando estes sentimentos foram levados a Cícero, ele percebeu que era seguro aceitar o caso. Falou com toda a sua antiga eloqüência. Os jovens que ainda não tinham tido oportunidade de ouvi-lo em ação ficaram pasmos. Alguns chegaram às lágrimas, tão patéticas eram suas evocações. O encanto dos seus pronunciamentos, a fertilidade dos seus argumentos e a copiosidade de seus exemplos ilustrativos se combinavam para torná-lo irresistível. Homens criados no campo, que haviam passado dez anos em guerras implacáveis, sentiram talvez pela primeira vez o poder da oratória. Dizem que nos grandes dias da República estas experiências eram comuns, mas chegavam como uma revelação no novo mundo da ditadura.

No julgamento, todos os olhares se voltavam para César. Viram que ele empalidecia. Não conseguia se manter na mesma posição. Era óbvio que a sua mente se dividia entre paixões conflitantes. Por fim, quando Cícero evocou a terrível lembrança da Batalha da Farsália, descrevendo-a em termos dignos de Homero, representando César como Aquiles e Pompeu como Heitor (perigosa comparação, uma vez que os romanos são herdeiros de Tróia), viram César tremer — pensei que ele estava prestes a ter um dos ataques epilépticos de que tanto se envergonhava — e, deixando os documentos na pasta escorregarem ao chão, ele levantou a mão direita e exclamou:

— Basta! César conquistou Pompeu, mas Cícero conquistou César com sua eloqüência. Ordeno que o processo seja abandonado!

Então ele me fez um sinal para ajudá-lo a deixar a Corte. Tremia por inteiro quando se apoiou no meu braço.

Talvez devido a esta vitória Cícero tenha tido ousadia suficiente para publicar seu *Cato*. O que foi uma atitude extraordinária. Ele tinha boas razões para se sentir grato ao falecido, pois Cato, muitos anos antes, ainda tribuno, havia proposto que se outorgasse a Cícero o título honorífico de Pai da Pátria. Ao mesmo tempo, apesar do genuíno respeito pela obstinada adesão de Cato à velha República sem reformas, Cícero era inteligente e civilizado demais para usufruir qualquer prazer da grosseria, xenofobia e desprezo que Cato nutria pelos intelectuais. A apologia, portanto, era um ato de vontade. Era também — e não poderia deixar de ser — a mais coerente e persuasiva crítica à ditadura de César. Claro que a linguagem era cifrada; Cícero era tímido e cauteloso demais para criticar César abertamente. Mas era um mestre em todas as artes retóricas e ninguém seria capaz de ler seu *Cato* sem perceber a força de sua tese implícita: que o governo por uma só pessoa era contrário tanto às tradições quanto aos interesses de Roma. Insinuava que a República havia servido bem a Roma, garantindo nossas liberdades. As instituições republicanas haviam sido suficientemente flexíveis para durarem séculos e permitirem a Roma superar uma sucessão de crises diversas. Seria certo nos despojarmos de nossa herança para gratificar a ambição de uma única pessoa, por mais nobre e virtuosa que fosse, ou para resolver uma dificuldade passageira?

— A ciência da construção de uma comunidade — eu ouvira Cícero declarar — ou sua renovação, ou reforma, como qualquer outra ciência experimental, não deve ser ensinada *a priori*. Tampouco uma experiência breve, digamos, de uma só geração, pode nos instruir nessa ciência prática, porque as conseqüências das causas morais raramente são imediatas; e o que agora parece desejável, ou até ilusoriamente necessário, pode ser prejudicial em suas operações mais remotas.

Recebendo convidados em sua mesa de jantar, reclinado no divã, com a trêmula cabeça de águia estendendo o pescoço descarnado (um convite à espada), ele falava com uma lucidez inspirada por seu compromisso apaixonado com a sua verdade. (Era esta a minha impressão na época; em retrospectiva, imagino se não seria ainda mais um extraordinário artifício da advocacia. Como medir a sinceridade de um mestre da linguagem?)

— A natureza humana é intrincada e os objetos da sociedade são da maior complexidade que se pode conceber. Segue-se, então, que nenhuma simples disposição de poder dentro de um Senado pode ser adequada à natureza do homem ou à qualidade de seus casos. O governo de uma só pessoa é de fato simplicidade, mais conveniente às tribos bárbaras do que aos cidadãos romanos. Quando homens como Antônio se gabam da simplicidade buscada e conseguida em qualquer Constituição reformada, admira-me tamanha demonstração de ignorância das complexidades da ciência política. Governos simples são fundamentalmente deficientes. Se as antigas opiniões e regras de vida herdadas dos nossos ilustres ancestrais são roubadas, a perda não pode ser avaliada.

— Os homens falam — ele disse — da necessidade do momento. Isto é conversa fútil, convincente na superfície. Um homem como Antônio — e quando ele disse Antônio, mesmo na ocasião, conjeturei se não o teria usado em código, significando César? —, homens como Antônio, incapazes de reflexão, desprovidos do impulso da veneração, impulso que deveria nos defender da especulação precipitada, falam da necessidade de inovação. Pois bem, admito ser verdade que um Estado sem meios de reforma não tem meios para a sua própria preservação. Porém, meus amigos, porém... e um porém grande, poderoso... devemos nos lembrar disto: um espírito de inovação geralmente resulta de um temperamento egoísta e de uma visão confinada. Homens que nunca olham para trás, com admiração e afeição, para os seus ancestrais, não olharão à frente, com inteligência, para a posteridade. Já lhes disse sobre os perigos do que chamo de individualismo. Por quê? Porque, meus amigos, eu temo... e todos deveríamos temer... deixar que os homens vivam e negociem apenas com sua cota particular de razão; pois esta cota só pode ser fútil e estreita em seus fundamentos. Melhor faríamos em nos beneficiar do banco e do capital público de sabedoria e experiência que herdamos das gerações que tornaram Roma o que ela é.

— Dizem-me — prosseguiu — que o tempo está fora dos eixos. Pode ser. Na verdade é evidente que está, em certos aspectos. Mas busquem a razão, amigos. Não se satisfaçam com respostas fáceis. Não é evidente que homens como Antônio — e, pelo curvar dos lábios e tremor de sua voz, eu não duvidava de que, se ele ousasse, teria substituído este nome pelo do de César — que tais homens não têm respeito pela nossa herança? Mas eles se contentam com uma confiança forte e plena em sua própria sabedoria. Eu me sentiria mais confortável se conseguisse estar de acordo com eles; mais confortável e mais tolo...

— Então o tempo está fora dos eixos? Muito bem. Que seja. Nossa era é infeliz, dilacerada por guerras civis, disputas, ambição egoísta. Mas nem isto é a soma de nossos infortúnios. O verdadeiro infortúnio do nosso tempo, desta era decadente, é que tudo o que herdamos se tornou tópico de debates, que a Constituição de Roma, construída com cuidado, inteligência e fervor patriótico através dos séculos, tornou-se objeto de altercações em vez de usufruto. Se prosseguirmos neste curso não teremos nenhuma lei fundamental, nenhuma convenção rígida, nenhum costume respeitável que possa refrear o poder absoluto. Em vez de nos sentirmos obrigados, confortável e convenientemente obrigados, a seguir uma Constituição fixa, nos veremos à mercê de uns poucos homens com poder... dinastas, para usar o termo grego... que farão para si mesmos uma nova Constituição que atenderá apenas aos seus próprios desígnios e ambições egoístas.

Ele não ousou falar tão abertamente no seu *Cato* como o fez com os seus convivas à mesa de jantar, mas os argumentos eram os mesmos — o que os gregos chamam de "subtexto" — subjacentes à biografia. Cato se tornou menos um homem que um símbolo. Era bastante razoável. Por sua vida desastrada e tola, ele foi mais eficiente e melhor como símbolo do que como homem.

César ficou perturbado com o *Cato*. Acho que ele se enraiveceu também, em parte porque sua admiração por Cícero era genuína (à medida que se possa chamar de genuína alguma emoção de César), em parte porque ele esperava que o sentimento de Cícero fosse recíproco. E claro que era, de certo modo; Cícero admirava César mesmo enquanto condenava os seus atos. E também gostava de César. Às vezes sugeria que César era o único homem com quem podia conversar em termos que se aproximavam da igualdade.

Mas a perturbação de César se aprofundou, desestabilizando-o de uma forma que não esperava mais ser possível. Cícero desafiou seu entendimento de si mesmo. Por um instante ele abriu a mente de César à suspeita de que a sua própria trajetória predestinada estaria mal orientada. Naturalmente a suspeita foi prontamente abandonada.

— O problema de Cícero — ele disse — é ele se agarrar às certezas já varridas pelos ventos do mundo.

Acho que, na sua opinião, ele personificava estes ventos.

— Esse *Cato* merece uma resposta — ele disse. — Não podemos permitir a suposição geral de que Cícero desenvolveu uma argumentação que nos intimida. Infelizmente, ocupado como estou com questões práticas, não tenho tempo para isto. Ratinho, você escreve bem. Seus relatórios sempre foram um modelo de lucidez e de bom senso. Aliás, aquele relatório que você me encaminhou na África, a respeito do momento político aqui em Roma, sabia que o mandei copiar e distribuir aos oficiais superiores, como exemplo de como se devem fazer essas coisas? Além do mais, admiro o seu poder de sarcasmo, sua habilidade de aparar as arestas. E *Cato*, você há de concordar, era todo arestas. Sim, Ratinho, você deve compor um *Anticato* para mim. Deve mostrar o tipo obstinado, tolo e malicioso que ele foi. Vinte mil palavras devem bastar. Dou-lhe uma semana. Pode consegui-lo? Bom. É essencial podarmos a argumentação de Cícero, e a melhor forma de fazê-lo é demonstrar que o seu herói foi um bobalhão, sem qualquer compreensão dos rumos que o mundo vem tomando. Será publicado com o meu nome. Acho que é preciso. Assim chamará mais a atenção. Então, está resolvido.

Foi assim que vim a compor o que se tornou o mais efetivo tratado político (e concordo que de fato o foi) publicado em Roma durante a minha vida. Destruí a reputação inflada de Cato. Deixei claro que se Cícero tomava um tal homem como seu herói e modelo, seus próprios argumentos não valiam mais que uma latrina. Gostei de escrevê-lo; era brutal, sarcástico e espirituoso. Fez Roma rir durante semanas. Cícero imediatamente se recolheu à sua *villa* na Campânia, incapaz de suportar a hilaridade que eu despertara à sua custa. Os homens diziam que seu *Cato* tinha a alegria de uma velha que abolira o sexo, enquanto minha resposta era graciosa como uma mocinha casadoura. É claro que, acreditando-o de autoria de César, Cícero não se atreveu a replicar ou criticar o meu trabalho.

Só duas considerações perturbaram o meu prazer com o sucesso. A primeira foi a reação de César. Naturalmente, ele foi pródigo nos elogios, pois tinha por princípio louvar o trabalho bem-feito dos que considerava seus subordinados, e, neste caso, reconhecera que o meu pasquim alcançara exatamente o efeito desejado. Além disto, não pôde deixar de se divertir e de se alegrar com o evidente vexame de Cícero...

Mesmo assim, interrompeu suas demonstrações de satisfação para dizer:

— Não encare como crítica a você, Ratinho, dizer que eu gostaria de ter tido tempo para escrever pessoalmente a obra. Não estou questionando o que você produziu, que é realmente admirável, se observo que não levou o argumento às últimas conseqüências. Você tem um raro talento para o sarcasmo, como já declarei, mas lhe falta o ceticismo fundamental da verdadeira grandeza. Falta força e liberdade à sua argumentação. Falta exuberância. Mas como poderia ser de outra forma? Você é um bom sujeito, um hábil escritor, e lhe tenho muito gosto e gratidão. Mas não é César. Não se libertou das amarras forjadas na prisão da convicção.

Considerando que o *Anticato* — do qual, repito, sou o único autor, pois César não acrescentou nem uma linha e sequer revisou o tratado, não importa o que afirmem certas pessoas — tem um frescor e uma vida que estão absolutamente ausentes do seu próprio relato, freqüentemente empolado, da Guerra da Gália, achei aquilo não só uma crítica pobre, mas uma amostra do que, se viesse de qualquer outro que não César, eu denominaria "impertinência". Obviamente eu não disse isto, aceitando suas observações sem fazer quaisquer comentários.

Mas a outra consideração era ainda mais perturbadora. Não conseguia expulsar da mente o subtexto de Cícero. Eu me vi conjeturando se ele não teria razão.

Capítulo 8

Felizmente eu não tive tempo de ficar remoendo o assunto. Havia problemas na Espanha que demandavam atenção pessoal de César e, desta vez, para meu grande prazer, ele exigiu que eu permanecesse ao seu lado.

— Será a campanha mais formidável desde a da Farsália — ele disse — e preciso dos generais de minha maior confiança. Não há qualquer tarefa urgente para você em Roma, e, de qualquer modo, ainda não é o momento de assumir o governo da Gália Cisalpina. Além disso, proponho que o jovem Otávio também me acompanhe e não há oficial mais adequado que você para introduzi-lo na arte da guerra. Exceto eu, é claro, mas estarei muito ocupado para dar ao rapaz a atenção desejável. Juntos, porém, veremos que tenha um bom aprendizado. Ademais, receio que, se você não estivesse conosco, ele cairia sob a influência de Antônio. Nada tenho contra Antônio; reconheço sua lealdade e capacidade. Reconheço seu charme, sua força de atração e aplaudo sua coragem. Mas não fingirei julgar que seja a melhor influência para os jovens, muito menos para o sobrinho, que é também meu herdeiro.

Foi assim que viajei com César e Otávio. Devido ao adiantado da estação — quando conseguimos sair da cidade, já era a segunda metade de novembro —, decidimos ir por terra. Atravessamos de biga a Gália Cisalpina, prosseguimos pela costa norte do Mediterrâneo e entramos na Espanha pelo estreito entre as montanhas e o mar.

Durante esta longa viagem, César conversava com o encanto e o interesse de sempre. Comprazia-se em ensinar História, política e assuntos militares a Otávio, adorava deixar as idéias correrem à solta, principalmente depois do jantar, quando discursava sobre filosofia e literatura. Confesso que também aprendi mais com César do que com qualquer outro homem e estava claro que Otávio extraía grandes benefícios dessa prolongada convivência com o tio. No entanto, era astuto demais para aceitar tudo que lhe dissessem, até mesmo de César, e em mais de uma ocasião irritou o general com a pertinácia de seus questionamentos.

A viagem teria sido adorável, a não ser por duas coisas. A primeira foi que, antes mesmo de partirmos, Otávio deixou claro que o nosso relacionamento havia mudado.

— Gostarei de você a vida inteira, Ratinho — ele disse. — Lembro-me com ternura do breve caso que tivemos, mas não sou mais um menino para ser mimado e acariciado. Vejo esta campanha como o começo da minha carreira na vida pública e não quero me expor ao escândalo e ao desprezo, a qualquer insinuação de que eu seja depravado. Sei que você entende as minhas razões e apóia a minha decisão. Creio que o seu amor por mim se baseia no respeito e não apenas na luxúria. Além disto, qualquer indício de prosseguimento da relação que tivemos enquanto meu tio estava na África seria um perigo para nós dois. Tenho certeza de que César sabe o que aconteceu entre nós, porque o meu amigo Mecenas me informou que ele colocou pessoas para me espionar, certamente para verificar se estou à altura de ser seu herdeiro. Sei que você não gosta de Mecenas, mas lhe asseguro que nesses assuntos ele é plenamente confiável.

Ele tinha razão. Eu detestava e desprezava Mecenas, um jovem da nobreza que alegava descender de reis etruscos. Era um almofadinha, esteta, com traços óbvios de epiceno, evidentemente apaixonado por Otávio. Eu temia que ele levasse Otávio à prática de vícios. Meu único consolo era que o Mecenas não iria nos acompanhar, pois ficaria estudando retórica e filosofia na Grécia, onde, a meu ver, encontraria atividades menos respeitáveis.

Não discuti com Otávio, nem tentei convencê-lo a mudar de idéia, pois como ele supunha, eu entendia o bom senso da sua decisão, o que não tornava mais fácil suportá-la. Na verdade, nos últimos seis meses ele se tornara mais belo e desejável do que nunca. Mas sempre tive em alta conta a virtude, e a mais alta virtude é o respeito próprio. Sem o respeito próprio, nem a sabedoria, nem a virtude são possíveis. Assim, aquiesci.

Todavia, a presença constante de Otávio, negando-se a mim, era ao mesmo tempo doce e amarga. Por um lado eu não deixava de me deleitar com o seu encanto, com o seu sorriso (que ele me concedia com a mesma desenvoltura de sempre) e com as suas conversas. Consolava-me a afeição que ele continuava a me demonstrar e o prazer evidente que minha companhia lhe proporcionava. Por outro lado, o desejo me atormentava. Eu me via repetindo versos que o pobre Catulo havia dedicado a Clódia.

Antônio só piorava a situação. Ele detestava Otávio, o "menino de cabelos brancos", como o chamava (realmente seus cabelos eram louro-pálidos). Antônio nunca foi capaz de segurar a língua, principalmente quando se embriagava. Certa noite ele se aborreceu numa discussão durante o jantar, quando Otávio expôs a inadequação dos seus argumentos, e César riu, aprovando a argumentação.

— O menino venceu, Antônio! — ele disse. — Você tem ombros mais largos, mas ele tem mais cabeça! Melhor não cruzarem os chifres, porque ele vencerá todos os lances!

Antônio emburrou e pegou uma ânfora de vinho. Mais tarde, quando todos haviam se retirado, ele dispensou os escravos e queixou-se em altos brados:

— Servi lealmente ao general por quase dez anos. Sempre estive ao lado dele nas batalhas. Executei todas as missões que ele me confiou. E agora ele encoraja esse fedelho a me fazer de tolo! Fedelho? Eu disse fedelho? É muito pior do que isto!

Levantando-se do divã, caiu emborcado sobre a mesa.

— Conhecemos muito bem a moral do general. Esse pirralho é a mulherzinha dele! Tudo bem, todo mundo pode se deitar com quem quiser! Mas só porque ele está enrab... enrabi.... — teve certa dificuldade com a palavra enrabichado — enrababichado... — foi o melhor que ele conseguiu — não precisa esquecer as velhas amizades!

Olhou em torno com olhos injetados, mas com a mente, apesar das conhecidas deficiências, sempre penetrante, ainda desperta.

— Ah, você se deu mal, Ratinho! Sabe? Você não me engana! Vi como você olha para ele! Agora o general pegou o menino e você está fora! Veja, o fedelho quer se dar bem! Se pode ter César, não vai se passar para o Ratinho...

Não acreditei. Mas a partir deste momento fiquei louco de ciúme. Não consegui mais esquecer a suspeita levantada e me vi observando como Otávio bajulava César, o quanto havia de coquete nele. E eu bem sabia que César era capaz de tudo!

A este tumulto interno acrescentou-se a dúvida e a perplexidade quanto ao que encontraríamos na Espanha. Tivemos notícia de que toda a península estava em revolta contra Roma e que os generais dissidentes, Cneu Pompeu e Labieno (o traidor, como sempre o consideramos) não só incentivavam, mas conspiravam com os nativos rebeldes. Era uma triste medida da degradação que resulta de uma guerra civil. Havia ocorrido o mesmo na

África quando os exércitos de Pompeu se renderam, entregando uma província romana ao Rei Juba. Ainda assim custava a crer que um homem como Labieno se corrompesse tanto por causa de ressentimentos pessoais e de sua ambição, a ponto de colocar seus próprios interesses tão acima dos de Roma e do Império. Fiquei abismado e furioso ao pensar em quantos legionários romanos haviam morrido, ao recordar o esforço de tantos generais na grande tarefa de colocar a Espanha sob as benignas e proveitosas leis de Roma, para ver esse belo empreendimento solapado por um egoísmo de facção.

Os relatórios eram terríveis. Tropas leais a César foram liquidadas pelos exércitos de Pompeu ou de Labieno. Era tanto mais amargo no caso de Labieno, que havia comandado alguns dos mesmos homens que agora condenava cruelmente ao fio da espada. Ademais, Cneu Pompeu gerenciava agora algo não menor que um reinado do terror contra os provinciais, que, reconhecendo os benefícios que obtiveram de Roma, tentavam se manter fiéis a César. A família do grande financista Balbo, um bom amigo de César, sem cuja assistência ele jamais teria podido manter seus exércitos através dessas guerras terríveis, teve de abandonar seu palácio em Cádiz, disfarçada de pastores. O palácio foi saqueado e Balbo confirmou sua generosidade (e riqueza) aceitando filosoficamente as perdas e abstendo-se de solicitar, ao Tesouro público, a indenização que César teria obrigação de dar.

* * *

Era inverno e o panorama no centro da Espanha é terrível nesta época. Os rios se transformam em torrentes de espuma correndo entre um mar de pedras. É como o deserto, em sua imensidão, mas diferente em seu significado. O deserto nega o homem; a Espanha o quebra, como as encostas das montanhas são quebradas. Nunca estive num país que falasse com tanta clareza de sua indiferença pelo homem e seu significado. Talvez esta indiferença tenha sido responsável pela atrocidade da Guerra da Espanha.

Abrimos caminho para o Sul, lutando mais contra os elementos e a geografia do que com o inimigo, que recuou à nossa vista. Avançamos através do rastro de destruição deixado por eles. A comida era escassa, era difícil organizar os suprimentos. Sempre achei que o oficial mais importante de um exército é o intendente e isto nunca foi tão verdadeiro como na Espanha.

Por fim alcançamos Labieno e Pompeu na planície de Munda, a poucos quilômetros de Córdoba. Eles não podiam mais evitar o confronto. Sabíamos que foi a conselho de Labieno que eles nos atraíram para tão longe, enfraquecendo o nosso exército. Cneu Pompeu teria se precipitado para nos oferecer combate semanas antes. Mas Labieno disse "não". Talvez esperasse que a famosa impaciência de César o levasse a realizar um movimento temerário. Afinal, não havia outro oficial que conhecesse tão bem a mente de César; exceto eu. A estratégia de Labieno quase funcionou, pois César quase cedeu à tentação de cercar o inimigo pelos flancos, e estava a ponto de ensaiar essa audaciosa manobra (que exporia seu próprio flanco a um contra-ataque antes que ele atingisse o objetivo) quando o adverti de que, se aceitasse o aparente convite apresentado pelos movimentos do inimigo, cairia na cilada armada por Labieno. A sugestão desagradou a César, mas um aspecto de seu gênio (que, como você bem sabe, Artixes, nunca neguei, e vocês, gauleses, sentiram com tanta severidade) que nunca o abandonou foi sua capacidade de deixar que, em última instância, a razão falasse mais alto. Portanto, embora contrariado pela minha sugestão de que o seu julgamento havia sido inconsistente nessa ocasião, deu ao assunto a devida consideração e agiu conforme o meu conselho. Sou obrigado a dizer que ele não demonstrou ressentimento pelo fato de meu julgamento ter sido melhor que o dele, apesar de também não reconhecê-lo publicamente. Na verdade, quando Antônio o instou a flanquear, argumentando veementemente que o movimento surpreenderia o inimigo e nos daria a oportunidade de obter uma vitória rápida, César usou meus argumentos contra a manobra como se fossem dele. Mas acho que esse é o jeito dos gênios, que devem sempre ser supremos.

Labieno escolheu bem sua posição. Logo se via que era obra dele. Estavam posicionados no alto de um morro. Por trás deles o terreno se elevava um pouco mais na direção da cidadezinha de Munda. Não era um morro íngreme, mas, situados na planície, teríamos de subir uns trinta metros. Pode não parecer muito, mas é demais para se exigir de soldados atacando um exército bem armado e bem treinado, sem deficiência de soldados. Soubemos que Labieno e Pompeu tinham cerca de treze legiões. Todas posicionadas no centro. Os mouros e os espanhóis de apoio, metade deles da cavalaria, foram colocados nas laterais. Ali o terreno era mais escarpado. Não havia opção além de um ataque frontal.

A noite anterior à batalha foi muito fria. Era véspera dos idos de março, e havia uma forte geada. Meteoros se incendiavam no céu. Os sacerdotes relataram que a imagem de Marte, que levávamos na bagagem, suou sangue. Um desertor, jurando, disse que as águias das legiões de Pompeu largaram os raios de ouro que levavam nas garras, bateram asas e voaram para o nosso lado. Ao ver que nenhuma delas chegava, o homem ficou visivelmente agitado. Devia estar bêbado ou demente.

A batalha começou com uma breve escaramuça da cavalaria, não mais conclusiva do que de costume. Então as linhas se fecharam. Não era um dia para manobras e não havia objetivo que justificasse qualquer estratagema inteligente. Logo vi que era uma batalha a ser ganha pelo lado que fizesse o maior alarde. Nessas batalhas o que importa é a moral. Enquanto os homens sentirem que têm apoio, não cederão terreno. Além disto, se as tropas forem experientes, sabem que têm apenas duas opções: avançar ou empregar o mais difícil dos movimentos, que é uma retirada em ordem. Dois temores dominam, acima de todos os demais, a mente do oficial experimentado. O primeiro é de que as próprias tropas avancem por uma frente estreita demais, o que pode cortar o acesso e resultar num massacre. O segundo é que se instale o pânico. Assim, a tarefa do oficial é manter as linhas estáveis.

Nunca vi uma luta como a de Munda. Nossas tropas tinham uma determinação maravilhosa. Não haviam marchado através da Espanha, suportando privações terríveis, para perder tudo agora. Por outro lado, o espírito do inimigo me causou admiração. Era muito diferente de tudo o que eu vira até então nas guerras civis. Era como se o ódio que os filhos de Labieno e Pompeu sentiam por César tivesse se transmitido a todo o exército. Vi algo mais, num desses rasgos de revelação que sobrevêm quando nervos e corpo se acham em tensão máxima: essa resolução era a justificativa da política de atrocidades que os comandantes inimigos procuravam deliberadamente. Nas campanhas anteriores, o moral do inimigo havia sido solapado pela política explícita de clemência de César; e este era o seu propósito. Agora, em conseqüência de suas próprias ações, sabiam que tinham se colocado num ponto além da misericórdia. Para eles, assim como para nós, era uma questão de conquista ou morte.

Passadas duas horas de luta, ganhamos algum terreno. O inimigo recuara talvez vinte metros, mas sua posição não era mais forte do que antes. Uma onda de dúvida varreu nossas linhas. Nesse momento, o autocontrole de César cedeu. Ele gritou:

— Soldados, vão me trair por esses meninos? — e arrancando a espada e o escudo de um soldado ferido, atirou-se contra a linha inimiga. Por um instante, desapareceu de vista.

— Salvem o general! — gritei. — Vão deixá-lo morrer sozinho? Vão se desgraçar?

Agarrei um centurião pelos ombros e apontei para a confusão em torno de César.

— É lá que a batalha deve ser vencida! Salve o general ou morra em desgraça!

Brandindo a espada sobre a cabeça e logo enristando-a rapidamente em posição de ataque, liderei uma carga de duzentos homens para o local em que as tropas lutavam em torno de César. Isto inverteu as posições. Por um instante a batalha arrefeceu. Depois, muito lentamente e ainda em ordem, o inimigo deu início à retirada.

Estávamos na posição de maior perigo. Imaginei Labieno sorrindo, observando o desenvolvimento da batalha de seu ponto privilegiado, nas portas de Munda. Mais cinqüenta metros, ele devia estar pensando, e comandarei o ataque da cavalaria ao flanco do inimigo. Gritei ordens para interromper o ataque e refazer as fileiras, mas no barulho e na pressão ninguém ouviu, ou não teve controle suficiente para obedecer. Nossa posição era mais perigosa do que nunca e, praguejei, só em conseqüência de um inusitado momento de pânico de César. (É justo frisar que pode ter sido conseqüência do ataque epilético que ele sofrera dias antes.)

Mas César sempre dizia que era protegido dos deuses, e se algum dia houve prova disto, foi em Munda. A manobra de Labieno, embora admirável pela inteligência, o destruiu. A formação súbita e inesperada das tropas foi mal interpretada pelos soldados da linha de frente. Eles não perceberam que César estava pronto a desfechar o golpe que lhe daria a vitória, mas acharam que era o início de uma fuga geral. Instalou-se o pânico, com a rapidez com que sempre acontece. À exceção de uma legião, que recuou ordenadamente, e lutou até o último homem cair, o exército inimigo se desintegrou.

Nunca vi uma batalha mudar tão completamente num tempo tão curto.

Uma ala do exército inimigo debandou, fugindo para a segurança de Córdoba. O resto ficou acuado na vala diante das muralhas de Munda. Não havia escapatória. Fizemos poucos prisioneiros. Nossos legionários estavam decididos a pôr fim à guerra ali e naquele momento, naquela tarde cinzenta. Nada os impediria do massacre, ainda que este fosse o desejo de César. E não era. Pela primeira vez na guerra civil, não houve misericórdia.

— Sempre lutei pela vitória — César disse quando a noite caía sobre o campo, enquanto os gemidos dos moribundos e dos feridos ainda impediam que o silêncio noturno descesse —, mas é a primeira vez que lutei pela minha vida!

Deram-me a notícia de que o número de inimigos mortos chegava a trinta mil. Entre eles, estava Labieno. Contemplei o seu semblante forte, altivo, sofrido.

— Ele seguiu o caminho que escolheu — César disse.

Aquela noite Otávio veio à minha tenda, pálido e trêmulo.

— Isto é a guerra — eu disse. — A grande destruidora de ilusões!

Ainda não chegara ao fim. Os dois filhos de Pompeu haviam escapado.

Diziam que Sexto tinha encontrado um abrigo, mas não se sabia onde. Cneu foi para Gibraltar, onde descobriu que todos os seus navios estavam nas mãos de César. Correu de volta da costa para as montanhas. Ao chegar lá foi descoberto por uma tropa em busca de fugitivos. Encontraram-no ferido numa gruta, desertado por todos, em companhia de apenas dois escravos. Pediu clemência. Mesmo nesta situação extrema, disseram-me, ele mantinha um tom de voz arrogante. Não a obteve. Os soldados acabaram rapidamente com ele. Como acontecera com o seu pai, sua cabeça foi cortada e enviada a César.

Entretanto, Córdoba havia sido sitiada. Tomaram as muralhas. Passaram mais de vinte mil soldados e cidadãos no fio da espada. Antônio se destacou na carnificina, bêbado de vinho e do gosto de sangue. A palavra "clemência" ecoava como um sino zombeteiro em meus ouvidos. Tínhamos viajado para muito longe daquela madrugada nas margens do Rubicão.

CAPÍTULO 9

Que coisa estranha é o amor, esta palavra que empregamos normalmente como eufemismo para o desejo sexual. Minha paixão por Otávio desapareceu. Seu fim foi abrupto. Dias depois do saque de Córdoba, ele me procurou, em lágrimas, num balbucio confuso. Pelo que entendi, Antônio (que andava bêbado e devastador havia uma semana) tinha tentado violentá-lo. A língua do rapaz tropeçava na história. Fui assaltado por um impulso de crueldade, não de ternura. Até hoje não posso explicar a violência da mudança em meus sentimentos. Olhei para ele com desprezo, com repulsa. Talvez ele precisasse da minha ajuda. Eu não tinha ajuda a lhe oferecer. Alguma coisa tinha sumido em mim.

Semanas depois, por ordem de César, ele partiu para retomar seus estudos na Grécia. Foi reunir-se a Mecenas. Em sua companhia ia um jovem oficial de maus modos, por nome Marco Agripa. Fiquei aliviado ao vê-lo partir. Sua presença começava a me constranger. Não existe nada tão morto quanto uma paixão curada. Com o passar dos meses, algo da ternura retornou. Mas em nossa correspondência havia agora uma distância. Nada havia de íntimo em nossas cartas, e eu sabia que quando nos encontrássemos haveria um abismo entre nós, como uma faixa de terra inóspita costeando o mar.

Minha mãe sempre dizia que a luxúria era uma brincadeira a que os deuses se entregavam para nos fazer de bobos e se divertirem. Quando ela recordava sua paixão por César, era incapaz de entender como tinha acontecido.

É resultado de um efeito de luz, da disposição imediata de membros, linhas e postura?

Como é estranho me deter nesta questão hoje...

Para mim sempre fora inseparável de uma idéia de degradação. Logo, minha reviravolta com Otávio ainda me intriga.

Talvez eu tenha sido atraído por ele ser ainda livre de experiências. Não sei.

Ao olhar para Artixes, acho que pode ser possível.

Aconteceu que, retornando a Roma, encontrei minha esposa Longina na cama com um jovem de cabelos encaracolados. Ambos se sentaram rapidamente, Longina exibindo seus belos seios. A expressão do rapaz foi de surpresa, depois indignação e depois temor quando me reconheceu. Eu não sabia quem ele era. Parecia ainda ser mais jovem do que a minha mulher. Ela correu a língua pelo lábio superior. Depois sorriu.

— Meu marido! — ela disse. — Que surpresa encantadora! — acrescentou, em grego.

— Não foi à toa que as suas alforriadas ficaram alarmadas ao me ver!

— Deveriam ser açoitadas por deixarem você entrar aqui assim!

Ela voltou a se recostar nas almofadas, batendo os cílios para mim.

— É igual para todos — ela disse. — Aposto que você não foi fiel a mim na Espanha. Ele é amigo de César — ela disse ao rapaz — e você sabe o que isto significa. Além disto, estava tendo um caso tremendo com Otávio. Ainda continua, meu marido?

— Posso me divorciar de você — eu disse.

— Para quê?

— Poderia mandar açoitá-la também. No tempo dos seus ancestrais, eu poderia condená-la à morte.

— Claro que sim, mas esses tempos acabaram. Além disto eu o conheço melhor do que você pensa... Não sou a cabeça de vento que você imagina... Dei-me ao trabalho de descobrir muito sobre você, meu marido, e tenho uma lista enorme dos seus amantes, a começar com a famosa dupla, Clódia e seu irmão. Portanto, pare com o fingimento! Na verdade, acho que você está se divertindo tanto quanto eu com esta situação.

O problema era que ela tinha razão. Achei a situação excitante!

— Quem é o seu amigo? — perguntei.

Ela riu.

— Adivinhe! Somos mais parecidos do que você imagina, meu marido...

Olhei os cachos em desalinho do menino, seus olhos brilhantes, a boca, trêmula no momento. Era esbelto, e até em seu medo havia uma ponta de malícia.

— Sim, vejo uma semelhança.

O rapaz era Ápio Cláudio Pulcher, cujo pai fora cônsul dez anos antes. O seu pai, que eu sabia ser orgulhoso, corrupto e supersticioso (como tantos do clã) havia tombado na Farsália nas fileiras do exército dos filhos de Pompeu, embora ele mesmo desprezasse Pompeu. Havia casado sua filha com o meu primo Marco Bruto, que, desgostoso com a infidelidade dela, largou-a para se casar com Pórcia, filha de Cato, mulher certamente mais adequada à sua natureza puritana. Este rapaz era fruto do último casamento do seu pai com uma mulher com a metade da sua idade, cujo nome eu não me lembrava. Ápio Cláudio Pulcher odiava César. Olhando para o rapaz, eu não poderia crer que ele cultivasse um desejo forte de vingar seu pai. Provavelmente se esbaldava por estar livre das repreensões paternas, que certamente teria recebido.

Fez-se um silêncio no quarto. Minha mulher parecia satisfeita, feliz por estar aproveitando o que havia provocado. Ela queria uma cena. Portanto, neguei-lhe este prazer. Quanto ao rapaz, estava tendo mais do que pretendia. Eu chegara sujo e cansado da viagem, soturno, retornando da guerra, um general de renome, não — ele deve ter pensado — muito calmo para descobrir que estava sendo traído. Disse-lhe para sair da cama e se vestir. Ele obedeceu, um tanto confuso, constrangido pelo olhar que fixei nele. Acompanhei-o até a porta do quarto.

— No momento não vamos falar sobre isto — respondi. — A culpa não é sua. Por outro lado você deve entender que me insultou. Antes que eu decida o que será feito, preciso conversar com minha mulher. Depois nós conversaremos. Por enquanto considere-se feliz por eu não ter o temperamento do seu falecido pai.

Eu me voltei para a minha mulher. Ela havia jogado as cobertas para o lado e estava deitada de costas, as pernas abertas e a mão direita pousada entre elas.

— Você é tão dominador, meu marido... — ela disse.

Sua voz era baixa. Desabotoei a túnica e inclinei-me sobre ela. Ela passou o braço em torno do meu pescoço, puxou-me para baixo, e riu de novo.

Mais tarde, ela disse:

— Formamos um par mais combinado do que você imaginava, não?

❀ ❀ ❀

Nas semanas seguintes ela comprovou isto várias vezes. Passei a achar que havia feito melhor negócio do que supunha ao me casar com Longina. Talvez o jovem Ápio Cláudio a tivesse despertado. (Aliás, este problema foi logo resolvido com sua colocação na comitiva do procurador da Judéia. Como a designação parecia ter vindo diretamente de César, ele não se atreveu a contestar. Por infelicidade, e não por minha culpa, o rapaz pegou uma febre e morreu antes do final do ano. Diga-se a favor de Longina que ela não protestou quando eu lhe contei que o seu amante estava sendo enviado para o que era efetivamente um exílio. Entretanto, tenho motivos para suspeitar que continuaram a se corresponder, mas quando cheguei a esta conclusão, tinha questões mais importantes a considerar.)

Longina não recebera uma educação esmerada. Na verdade quase não tinha instrução. Escrevia da mesma forma errada e sem gramática com que falava. Mas não era boba; seu raciocínio era rápido e possuía uma vivacidade que ninguém esperaria de uma filha de Cássio.

Meu sogro via o nosso casamento com um distanciamento irônico. Era um jeito, ou um clima, que ele cultivava. No fundo ele era um homem de intensa paixão, orgulhoso, ciumento e implacável. Havia realizado esse casamento do modo mais cínico: César havia vencido, eu era protegido do ditador, logo a aliança era desejável. Ainda naquele período depois do retorno da Espanha, ele me observava com um olhar avaliador. Na minha companhia ele geralmente falava bem de César.

Quanto à minha esposa, ansiava por travar conhecimento com o ditador. Insistia que eu o convidasse para vir à nossa casa:

— Para jantar, cear, qualquer coisa.

— César exige conversa inteligente — eu disse.

— E não temos? Então convide o chato do Cícero, se quiser.

— César não sai para jantar sem encontrar Cícero na festa. As pessoas consideram o velho uma espécie de apólice de seguro. Na verdade, apesar de respeitá-lo, César acha sua tendência a dominar a conversação cada vez mais irritante. Além disto Cícero suspeita que eu escrevi o *Anticato*. Recentemente ele me tratou com frieza.

❀ ❀ ❀

Minhas objeções, que eu também não entendia bem por que fazia, foram ignoradas. César foi convidado e aceitou. Na última hora minha mulher acrescentou seu primo Marco Bruto — convite este que não me agradou.

— É verdade — minha mulher perguntou a César — que você convidou a rainha do Egito para vir a Roma?

Todos sabíamos que sim, e que Calpúrnia estava furiosa.

César sorriu:

— Espero que a conheça quando chegar aqui.

— Ah, ela não pretende conhecer mulheres — disse Longina. — Se o que ouvi for verdade...

— E o que foi que você ouviu?

Minha mulher franziu o nariz de tal modo que parecia uma menina.

— Que ela condenou o irmão à morte e que ele era marido dela. É verdade?

— É verdade.

— E quando ele era marido dela, eles faziam...

— Faziam o quê?

— Ora, você deve saber, dormiam juntos, trepavam?

— Isto só a rainha pode lhe dizer.

— Acho que ela não dirá...

— Mas você não se acanhará de perguntar.

Não era a primeira vez que eu via aquilo. Talvez por isso tivesse tentado dissuadir Longina de sua intenção. Agora César exercia seu velho e conhecido charme. Sua postura era ao mesmo tempo íntima e superficial. Dava à mulher a impressão de que concentrava nela toda a atenção, mas permanecia consciente de sua atuação, consciente do público mais amplo convidado a admirar seu desempenho.

Era como o andamento de uma peça cujo final é conhecido e, portanto, o principal interesse do público é julgar o talento com que o dramaturgo tratou o material. Às vezes, hoje, especialmente nessas tardes de verão, quando a bruma se elevando do vale me traz melancolia (como se não houvesse motivos suficientes e mais substanciais que meus devaneios para induzir esse estado de espírito, ou outro ainda mais sombrio, que chega ao desespero), parece-me que todo o aparato no curso da vida de um homem não é mais que uma peça, um enredo que encenamos para o divertimento dos deuses. Assim eu observava o ir e vir da dança conversada, via os lábios da minha esposa se alçarem convidativos quando ela se curvava na direção de César, exibindo, como se naturalmente, a opulenta esfera de um seio, ouvia sua risada saindo em borbotões como o arrebentar de uma torrente há longo tempo represada, e César, o Senhor, atraí-la para si como se fosse tão certo conquistá-la quanto é certo o sol mergulhar no mar do Oeste.

— Que homem é você, meu genro? — disse Cássio.

A pergunta era retórica.

— Se César ou qualquer outro homem seduzisse minha esposa...

— Ora, Cássio — respondi. — Não há necessidade desta impostura! Você sabe muito bem o que faria. O mesmo que eu: nada, em se tratando de César. Esta virtude está ultrapassada! Além disto, já compartilhei mulheres com César antes e, sobre algumas, ele tinha prioridade de reivindicação.

— Você se ilude, meu genro, somente quando reivindica igualdade com César.

— Muito bem, Cássio. Rendo-me neste ponto, e compreendo que, como pai, você tem interesse em evitar a desonra de sua filha. Mas digo-lhe que ela não está desonrada. Longina mesmo se candidatou. Ela não é uma flor colhida por César.

— E isto não o enfurece?

— Cássio, pensei que você fosse um filósofo.

Mas se eu não podia dizer a verdade para Cássio, não podia escondê-la do meu primo Casca.

Era estranho, pois eu não julgava que Casca fosse capaz de entender uma justa indignação. Ele sabia, por exemplo, que até o meu retorno da Espanha (quando surpreendi o jovem Ápio Cláudio, que, a propósito, era objeto de admiração de Casca) eu ficaria feliz em passar Longina para César em troca dos muitos favores que havia recebido dele. Mas Casca observou também, mesmo enquanto caçoava de mim, que algo além da minha vaidade fora ferido. Ele observou que realmente acreditei que, apenas pelo fato de eu ter descoberto uma inesperada ternura por minha esposa, ela experimentava o mesmo sentimento por mim.

Casca disse:

— O Senado está propondo conceder culto de divindade a César. Seria apropriado que você falasse a favor da moção.

— A favor?

— Naturalmente, meu caro! Perder a sua mulher para um homem, por mais ilustre que ele seja, pode ser considerado desonroso. Já ser traído por um deus não é vergonha para ninguém!

— Vejo apenas uma objeção, primo — respondi. — Podemos dar culto de divindade a César...

— Não diga "podemos", diga "daremos"!

— Muito bem, daremos culto de divindade a César, mas, na realidade, nem por isso as pessoas acreditarão que ele é de fato um deus.

— Ah, quando você introduz a palavra "realidade", perco o interesse — disse Casca. — Quem sabe dizer o que constitui a "realidade" neste mundo de tolos? Minhas dívidas são realidade? Por falar neste assunto, estou arrasado por César ter traído a confiança dos seus amigos e se recusado a cancelar nossas dívidas, como tinha prometido. Não que eu tenha acreditado na promessa, é claro. Certamente meus credores acham que as dívidas são reais. Quanto a mim, tiro-as da cabeça. E quanto à paixão, que alguns chamam de realidade, você sabe... como poderia deixar de saber?... da minha paixão por Diosipo na lua crescente e por Nicander na minguante, mas sabe também que, se fosse do meu interesse, faria crucificar qualquer um dos dois... o que só menciono por ser a pior morte que me ocorre. Então, onde está a realidade da minha paixão? Eu choraria igualmente pelos dois, naturalmente, com lágrimas copiosas, comoventes, mas que não me impediriam de agir de acordo com os meus interesses.

— Então seu interesse próprio é a realidade.

— É? É? Eu gostaria de saber!

Ele se recostou e acariciou a barriga. Lembro-me de que estávamos na sala de banho quente de uma terma. Ele esfregou a palma da mão pelas dobras da carne e salpicou gotas de suor e vapor no chão ladrilhado.

— É? Às vezes, primo, parece-me que há somente duas realidades que reconheço: a primeira é física. O corpo é real, não posso negar.

— Muitos negaram.

— Têm menos carne do que eu. O corpo é real e, conseqüentemente, suas exigências também o são.

— E a mente?

— Pertence ao corpo... é parte do corpo.

— A mente controla o corpo.

Casca riu:

— Como você, um soldado veterano, pode dizer isto? Você conheceu o medo na guerra! Quem estava na ascendência, então? A mente ou o corpo? Ou o medo se impõe de fora para dentro?

— Se assim for, o medo é real.

— Achamos que sim. Quanto à mente controlar o corpo, voltemos ao ponto de partida. Existe uma parte do corpo — e ele a afagou — que às vezes exibe uma "inteligência própria". Posso querer estimulá-la e ela dizer "não" e continuar inerte. Outras vezes movimenta-se por si mesma, sem a minha permissão. Em resumo, ela faz o que bem entende, esteja eu acordado ou dormindo. Às vezes estou acordado e ela dorme. Às vezes estou dormindo e esta coisinha dança e sua. Portanto, onde está a realidade da mente que controla?

— Você disse que reconhece duas realidades. Qual é a outra?

— O tédio.

— Não é uma resposta filosófica.

— O tédio — ele repetiu — que me obriga a buscar a realidade na ação. Realidade esta que será forçosamente uma ilusão.

Chamou um escravo para banhá-lo com água fria e depois o dispensou com um gesto.

— Decepcionante! — ele disse. — A coisinha não se interessou. É apenas sua vaidade ferida pelo adultério de sua esposa.

— Muitos mataram por esta razão.

— O quê? Matar César? Querido Ratinho, é uma idéia interessante! Talvez isto me liberte do tédio! Como faremos? Mesmo assim, Ratinho, você nunca mataria César por causa da pirralha da sua esposa.

Capítulo 10

Talvez pareça estranho a alguém que leia esta apologia da minha vida que, tendo tão pouco tempo à minha frente (como receio), eu gaste parte dele extraindo banalidades da memória. Mas isto só despertará incompreensão no leitor incapaz de imaginar a complexidade das coisas. A verdade é que não sabemos o que move a conduta. Não sabemos que sentimento ou circunstância particular conduz um homem a determinada ação. Hoje, quando penso em Casca defendendo a autonomia do desejo sexual, vejo a possibilidade de desenvolver uma aplicação a partir dos seus argumentos. Se não sabemos por que experimentamos o desejo, se é algo que nos escapa ao controle, podemos ter a pretensão de saber por que somos conduzidos a vias ainda mais obscuras?

Hoje me parece que nunca questionei minha ligação a César. Quando estourou a Guerra Civil eu estava ao seu lado como um dos seus mais estimados generais. E era natural que assim continuasse. Nunca questionei esta situação, e não só por estar inspirado pela confiança de César na vitória.

A imaginação me conduz de volta ao momento em que ele cruzou o Rubicão e à estranha figura que emergiu das brumas, tocando flauta, na outra margem. A imagem é vívida: talvez a minha imaginação a tenha enriquecido ou pervertido. Teria havido, por exemplo, aquela sugestão de pernas de bode? Os membros estavam mesmo cobertos, como diz a lembrança, com pêlos de cabra? Alguns soldados, como você deve se lembrar, gritaram que o deus Pã nos dava boas vindas à Itália. Todos sentimos a manifestação de algo raro e misterioso, o que dava uma aura de incompreensibilidade ao que de fato era uma ação militar comum. Se o sol já tivesse nascido, a figura pareceria absurda. No entanto, esta lembrança não me larga, insiste em que aquele momento teve um significado que a mente se recusa a captar. Ou talvez seja incapaz de captar.

Hoje, considerando o assunto, penso que foi, no mínimo, parte de um mistério mais amplo: por que submetemos nossa vontade a César.

Certa vez meu primo Marco Bruto falou em termos de fatalismo: estávamos fadados a nos submeter a César. Cássio, meu sogro, o repreendeu. A culpa, ele disse, não estava nas estrelas, mas em nossa natureza. Nenhuma força impessoal, mas apenas nossa fraqueza, determinava nossa subordinação.

Artixes acaba de me deixar. Estávamos bebendo vinho, a poção rala e amarga que fazem nessas plagas bárbaras, mas sempre vinho, e acho que estou meio bêbado.

Não faz mal. No vinho está a verdade, ou, como diz o ditado, o vinho solta a voz da verdade.

César: submeti minha vontade à dele naquela manhã em que ele saiu do quarto de minha mãe e respondi ao seu sorriso com um sorriso? E quando encontrei a porta de Longina fechada para mim, e sabendo que César estava lá dentro, saí de casa, desci ao Suburra e entrei num bordel onde paguei por uma africana, foi simplesmente mais um reconhecimento da minha inferioridade?

Este foi o problema, não? César me diminuía. Diminuía a todos nós. E nunca conseguimos entender como nem por quê.

Houve ocasiões — já contei algumas — em que eu, por palavras ou ações, salvei César do desastre para o qual ele se dirigia — no Egito e na Espanha, por exemplo. Houve ocasiões em que ele me confiou tarefas que cumpri melhor do que ele mesmo teria cumprido.

Não faz diferença.

Como minha mãe dizia:

— Todos nós adoramos César, mesmo sabendo que ele não nos dá a menor importância.

— Porque ele realmente era um deus — dirão alguns.

Nunca vi César ter medo. Isto eu admito! Os deuses nunca sentem medo.

O que não prova nada. Lembro-me de um centurião que viera de Arícia, um homem amargo, bilioso, que nunca tinha medo.

Mas César tinha imaginação para pressentir o medo.

Tinha? Em certas ocasiões achei que ele não tinha imaginação. Seu estilo literário mostrava uma peculiar deficiência neste aspecto. Certa vez ele me mostrou um poema de sua autoria. Foi constrangedor. Catulo me disse a mesma coisa.

César... Suponhamos que eu tivesse seguido Pompeu. Eu poderia ter tombado na Farsália, mas teria morrido como um homem livre.

Talvez eu devesse ter tentado entender Labieno. Nunca tentamos. Era mais simples condená-lo.

Mas Labieno foi o meu precursor. Vejo isto hoje.

Então, Labieno...

Falávamos dele com amargura, é claro. Era um traidor. Ninguém recebeu recompensas mais generosas de César. Se as coisas tivessem tomado outro rumo, ele teria dividido o consulado com César em 48, ambos apoiados pela autoridade de Pompeu. Pois bem, não era para acontecer, e, na crise, Labieno demonstrou ter mais consideração pela lealdade das famílias tradicionais a Pompeu do que por sua longa associação a César. Quando divergiu, o fez com o maior escrúpulo, sem tentar levar consigo qualquer outro oficial de César. Mais tarde lamentou essa omissão, embora, no momento, a considerasse um comportamento honroso. Escreveu para mim a respeito. Ainda tenho a carta, que retirei do esconderijo que julguei adequado para ela pouco antes da desgraça que me atirou onde me encontro hoje. Estava em minha mesa de viagem quando fui capturado, e, como os meus documentos me foram recentemente devolvidos, creio ser apropriado divulgá-la agora.

Está datada de alguns meses depois da Batalha da Farsália, foi enviada da África, para onde Labieno fugiu, e endereçada à casa de minha mãe em Roma.

Décimo Bruto,

Um velho companheiro caído na adversidade o saúda! Suplico-lhe não ceder ao que, imagino, será seu primeiro impulso, que o levaria a destruir esta carta antes de lê-la com atenção.

Não escrevo para me desculpar, pois, em minha opinião, minha conduta não requer explicações. Tampouco escrevo para persuadi-lo a abandonar sua lealdade, o que, de qualquer forma — não tenho dúvida —, seria um esforço em vão.

Você bem sabe que eu me encontrei imprensado entre duas lealdades e, portanto, não há necessidade de me estender sobre o conflito em que me enredei. Basta frisar que não devo obrigações a César, nem a Pompeu, e que optei por me dedicar ao segundo.

Seria fácil sustentar que a minha decisão se baseou somente em que, uma vez que reconheço minha lealdade a Pompeu como superior, e anterior, à minha lealdade a César — que foi ainda mais pro-

funda —, tenha sido esta a única razão de aderir a Pompeu. Mas confio em sua virtude o suficiente para saber que não questionará tal afirmativa e, na verdade, respeitará minha franqueza e meu reconhecimento de que certas lealdades devem se sobrepor a outras, ainda quando estas outras pareçam trazer maior vantagem ou maior glória pessoal.

Pois devo dizer que não acredito que agi de modo a me beneficiar. Não confiava que o lado que escolhi seria o vencedor.

Peço-lhe, com fervor, que acredite.

Ninguém, exceto Cícero, talvez, conhecia melhor César e Pompeu. De fato, posso asseverar que os conheci mais e melhor do que Cícero, pois ele os encontrava, o mais das vezes, em jantares e no Senado, ao passo que eu servi a ambos nos campos de batalha. Conseqüentemente, eu sabia que a estrela de César estava em ascensão, e a de Pompeu, em declínio. A Fortuna, meu caro Décimo, reflete o caráter e a capacidade. Não pude deixar de comparar a presteza, a certeza de julgamento e a lucidez do intelecto de César, e mesmo o caráter imperturbável de sua coragem, com a tendência cada vez maior do pobre Pompeu à vacilação e com sua incapacidade de distinguir entre ilusão e realidade. Apesar das nuvens de crise que envolviam a República, ele não percebia a natureza de sua própria deterioração moral, intelectual e física. Quando muito, eu esperava que, aderindo a ele, poderia suprir suas deficiências.

Vã esperança, como os eventos comprovaram, pois minhas advertências, que poderiam ter sido valiosas, foram desconsideradas e meus conselhos só foram aceitos quando já não havia mais remédio.

Meu julgamento foi correto, meus medos, justificados, e ainda assim não me arrependo da decisão tomada.

Hoje, quando a derrota, a morte e a desonra (pois tenho certeza de que César tomará providências para que eu seja desonrado) me olham de frente, ainda afirmo que não sinto arrependimento.

Todavia, Décimo, como ninguém deseja descer ao Vale das Sombras sem antes conversar consigo mesmo e encontrar pelo menos um homem virtuoso que ouça suas palavras, aproveito a oportunidade para tentar explicar as razões das minhas ações. O mundo pode vociferar contra mim; estou indiferente à execração. Mas não desejaria que você me julgasse mal.

Digo-lhe que admiro César. Ainda tenho afeição por ele. Reconheço a grandeza das conquistas, para as quais ambos, você e ele, muito contribuíram. Mas nada disto me impede de ver que o caminho seguido por César é pernicioso. Só pode levar à destruição da República, que foi o instrumento da grandeza de Roma e que, por si só, através de suas tradicionais instituições, pode garantir a sobrevivência da liberdade em Roma.

O governo nas mãos de uma única pessoa soa como o dobre de finados da liberdade. Converterá os nobres romanos em cortesãos. Pouco a pouco o despotismo oriental tomará o lugar de nossas instituições livres. Os homens não mais ousarão dizer o que pensam, e adaptarão suas palavras aos desejos do ditador.

Ouvi César falar da corrupção das instituições republicanas e da corrupção de sentimentos gerada por ela. Não discordo de que isto aconteceu, mas eu diria que a culpa principal é de homens como César. Sim, e de Marco Pompeu também, não nego. Quando estes dois, juntamente com Marco Crasso, chegaram a Luca, envolveram-se numa conspiração criminosa contra o Estado livre.

Uni-me a Pompeu, e não a César, não porque lhe tinha maior respeito, mas porque o considerava menos perigoso. Ele era fraco onde César era forte. Era indeciso onde César era determinado. Não julgava que a República estaria a salvo nas mãos de Pompeu, mas sabia que o seu governo seria menos seguro do que viria a ser a dominação de um César vitorioso.

Você pode argumentar que César tem planos de efetuar muitas reformas benéficas. Meu respeito por César é forte o bastante para me impedir de apresentar uma contradição. Em vez disto, apresento uma advertência: os meios usados para se efetuar uma reforma podem anular qualquer benefício que, em outras circunstâncias, esta reforma traria.

Se você acredita, com o coração, que César tem a intenção de restaurar a República e se retirar para a vida privada, meus medos podem ser infundados e o meu curso de ação pode ter sido mal orientado.

Mas você pode acreditar nisto?

E ainda que pudesse, acredita que a República restaurada pelas mãos de César e em resultado dos seus métodos poderia ter alguma vitalidade?

Concordo que estou caminhando para a derrota. Que seja! Lutarei honrosamente por minha causa até a morte! E morrerei convencido de que a posteridade me julgará mais favoravelmente que os amigos de César. Envio-lhe esta carta porque você é um amigo de César cuja opinião ainda procuro e valorizo e porque espero que lhe dê oportunidade de refletir sobre os perigos que o caminho que você escolheu trilhar oferecem a Roma. Compreenda, querido Décimo Bruto, que não questiono sua virtude. Não duvido de que você aderiu a César pelas melhores e mais altruístas razões. Peço apenas que considere novamente para onde César está caminhando, que considere as implicações da dominação de César para Roma, o Império, as instituições da República, as grandes famílias da nobreza que construíram esta República e, por fim, para a própria liberdade, da qual nenhum homem decente abre mão para salvar a vida.

Ainda se pode dizer que César é confiável. Muito bem. Mais uma vez, que seja! Mas César terá sucessores. Será possível confiar neles da mesma maneira?

César pode continuar a demonstrar um respeito externo pelas instituições da República, mesmo enquanto as subverte. Os cônsules ainda podem ser eleitos, embora César marque as eleições e os cônsules não tenham poder. Mas, com o tempo, o ofício de cônsul será apenas uma honra decorativa. O poder estará com o ditador, que seria mais apropriado denominar, à moda grega, de tirano. A liberdade de expressão enfraquecerá, pois não pode florescer quando o governo fica nas mãos de uma só pessoa. Os orientais se apressarão a designar o tirano como um deus. Até o Senado, covardemente, os imitará. César receberá culto divino com o ceticismo próprio de um nobre romano. Seus sucessores se considerarão deuses, com poderes de deuses e liberdade de deuses.

Este é o futuro do que César está construindo. Quando chegar o dia em que um nobre romano julgar apropriado se prostrar diante do tirano, como os orientais se prostram diante dos déspotas por quem são absolutamente subjugados, aí estará o resultado da vitória de César.

Recomendo-lhe fortemente que pense em tudo isto, caro Décimo, e recue antes que se torne um agente da destruição dessa liberdade que depende da sobrevivência da República.

Seu sempre amigo e par, Labieno, hoje par na honra, mas que, no futuro que antevejo e que não sobreviverei para experimentar, será seu par apenas na desonra e na servidão.

Esta era uma carta perigosa. Eu me senti lisongeado por ter sido escolhido para recebê-la. Felizmente, inquéritos minuciosos revelaram que ele tinha tomado a precaução de enviá-la em segredo. Portanto, era provável que não houvesse sido interceptada pelo olhar de César. Contudo, tomei o cuidado de observá-lo cuidadosamente quando voltamos a nos encontrar e, durante alguns meses, observei se a sua postura comigo tinha mudado ou se ele me olhava com suspeita.

Naturalmente, também, rejeitei os argumentos de Labieno. Eram uma tentativa de dar um aspecto de coragem à sua deserção. Poucos homens resistem a buscar razões públicas para justificar seu comportamento privado. Labieno tinha percebido que fizera a escolha errada. Havia sido traído pela sua própria ambição. Assim, fingia para mim, e talvez para si mesmo também, que se unira a Pompeu, não porque ele seria o vencedor, mas porque considerava sua causa moral e politicamente preferível. Era bobagem, é claro.

Claro que era bobagem. Afirmei várias vezes para mim mesmo que era bobagem. Mas descobria-me voltando a essa carta, retirando-a do seu esconderijo e remoendo sua mensagem.

Cheguei a ficar tentado a mostrá-la ao jovem Otávio. Isto, na época em que eu estava apaixonado. A prudência me conteve. Apesar de estar louco pelo rapaz, meu julgamento não estava destruído a ponto de supor que ele era confiável o bastante para não revelar a César a existência daquela carta comprometedora.

Desde então eu disse a mim mesmo diversas vezes que, se não tivesse visto algo na carta desde o princípio, a teria queimado imediatamente.

Hoje recordo as palavras atribuídas a Cícero ao saber da deserção de Labieno.

— Labieno é um herói. Nunca houve ato tão esplêndido! Ainda que em nada mais resulte, pelo menos fez César sofrer. Temos uma guerra civil, não devido a uma querela interna, mas por obra de um cidadão abandonado e ambicioso!

Sedição, como pensei a princípio.

Depois da Batalha de Munda, procurei o corpo de Labieno. Seu rosto expressava tranqüilidade. Escapou-me uma lágrima?

Capítulo 11

Até o momento, porém, tudo eram flores e alegria geral. Mesmo aqueles que haviam apoiado o partido derrotado não conseguiam disfarçar o alívio com o término da terrível Guerra Civil. Todos se sentiam como se um grande peso tivesse sido retirado. As mulheres, felizes por saber que seus filhos, maridos e amantes não mais seriam sacrificados a Marte, uniam-se em louvor a César. Naquele outono foi concebida uma quantidade extraordinária de crianças nas famílias nobres. Quando Longina me confidenciou sua própria gravidez, dificilmente duvidei de que eu era o pai.

No Senado, os homens se atropelavam, ansiosos por prestar homenagens a César. Devo dizer que Cícero, ao mesmo tempo em que incentivava tais homenagens, recomendava que se mantivessem "à medida da humanidade". Mas o poder atrai bajuladores, que não tardaram a ultrapassar esta medida. Era razoável ordenar a construção de um templo em honra da Clemência, porquanto não se podia negar que, exceto na Espanha, a clemência de César para com seus adversários vencidos fora notável, e seria uma homenagem a César e ao povo romano em geral. Quando se pensava nos príncipes bárbaros, acostumados a fazer uma hecatombe de seus rivais conquistados, a clemência praticada por César trazia renovado orgulho à *Romanitas* (para usar uma palavra da moda na época). Talvez fosse adequado que o meu primo Marco Bruto, que era um exemplo vivo da ancestralidade do ditador, apresentasse a proposta ao Senado; e poucos criticaram tanto quanto eu seu discurso opaco, carregado de banalidade e pretensão. De fato, na opinião geral, Bruto discursara à altura de seus nobres ancestrais. Jamais entendi como Marco tinha tanta facilidade em atrair opiniões elogiosas. Suponho que algo em suas maneiras — sua falta de humor, sua incapacidade para a ironia — atraía os beócios, que tendem a ser maioria em qualquer assembléia.

César, num gesto estudadamente nobre, ordenou que as estátuas de Pompeu fossem reerguidas nos locais de onde haviam sido derrubadas. Cícero declarou que "César, ao ressuscitar as estátuas de Pompeu, erguia para sempre a sua própria". Este floreado retórico foi recebido com retumbantes aplausos.

Não é de surpreender que aqueles dentre nós que fomos amigos e colaboradores leais de César desde os primeiros dias arriscados da Guerra Civil sentiram repulsa diante do sicofantismo ostensivo dos que antes o reputavam uma besta selvagem que deveria ser abatida.

Antônio, além de repugnado, estava desconfiado. Não acreditava na sinceridade daqueles que se declaravam absolutamente reconciliados com César.

— Não faz sentido — ele dizia. — Mas César parece acreditar nas aparências. A mim não enganam.

Antônio me convenceu a propormos a César que formasse uma guarda para a sua proteção pessoal. Citamos o exemplo de todos que, desde o primeiro Graco, se julgavam amados pelo povo e foram assassinados. Não tive escrúpulos em acrescentar à lista os nomes de alguns tiranos gregos, pois eu queria que César compreendesse a solidão de sua posição e os perigos a que isto o expunha.

César ouviu os nossos argumentos e os repetiu em voz alta a fim de que fossem ouvidos por outras pessoas.

Depois levantou sua mão e sorriu.

— Respeito seus motivos, amigos, mas César não irá condescender em viver como um déspota oriental. Melhor morrer uma vez do que viver no medo da morte.

Não conseguimos demovê-lo.

— Já se viu estupidez maior? — disse Antônio.

Não era a primeira vez que ele recusava os meus conselhos. Coloquei-me contra a proposta de que comemorasse a vitória na Espanha com um Triunfo.

— César — eu disse —, o que se propõe não tem precedentes, é de mau gosto! Nem mesmo Sila jamais ergueu um Triunfo para comemorar vitórias sobre o povo romano. Os Triunfos realizados no ano passado foram diferentes. Garanto que houve certa desonestidade na afirmação de que todos comemoravam as vitórias sobre os estrangeiros. Todavia, é verdade que, mesmo que Cipião e Cato tenham sido seus principais inimigos na África, por exemplo, o Triunfo seria justificado devido à participação do Rei Juba na campanha. Mas na Espanha foi diferente. Lá confrontamos e derrotamos nada mais que romanos, e não é correto se congratular pela derrota e morte de homens a quem fomos unidos por sangue e amizade. Você deu mostras de sua magnanimidade ao homenagear Pompeu. Agora, insistindo numa exibição de comemoração pública pela morte de Labieno e da destruição da família de Pompeu, arrisca-se a anular o efeito da homenagem.

Vi imediatamente que eu tinha ido longe demais. Um nervo tremeu em sua face, sinal certo de que ele chegara à raiva.

— Está dizendo tolices, Ratinho! Labieno me traiu, já Pompeu, nunca! Labieno era um homem que eu respeitava, e freqüentemente demonstrei publicamente a alta conta em que o tinha. Desertar-me foi um ato de traição. Além disto, Munda foi a batalha mais difícil da qual já participei. Não peça que eu não me alegre com a vitória e a morte de Labieno.

— Alegrar-se em particular é perfeitamente natural. Você sabe que eu compartilho seus sentimentos, embora não possa sufocar a lástima pelo nosso velho companheiro não ter sido leal, condenando-se assim à ignomínia. Mas um Triunfo público é outra coisa! Está errado em si mesmo, pelas razões que eu lhe dei. Além de impolítico, reabrirá as feridas que, por diversas maneiras, você se dispôs a sanar. É preciso lembrar que todos aqueles ligados por parentesco ou amizade aos homens que derrotamos na Espanha irão se ressentir amargamente com a realização desse Triunfo. Esse ressentimento irá supurar. A meu ver, em troca de um dia de glória, você não só alienará centenas de pessoas prontas a aceitá-lo bem, mas também carregará a marca de uma vergonha eterna.

— Está se excedendo, Ratinho! Esqueceu que está falando com César!

Fiquei perplexo com a sua obstinação. Há dias, disse para mim mesmo, César era aberto à razão. Ele sabia que era dado à precipitação e podia ser persuadido a desistir de atitudes insensatas por aqueles que lhe inspiravam confiança e respeito. Eu nada fizera para debilitar esta confiança e este respeito, mas ele recebeu a minha advertência como se eu fosse um insolente sem importância. Sua atitude me aborreceu, não só pela maneira rude com que descartou meu conselho, desconsiderando tudo o que eu havia feito por ele, mas, mais particularmente, porque eu tinha certeza de que o meu conselho era bom e a sua conduta era tola.

Assim, ele levou adiante a idéia do Triunfo e insistiu para que eu tivesse um lugar de honra na procissão. Infelizmente fui atacado de sezão na véspera e o meu médico grego se apressou a assinar um atestado, declarando que, se eu participasse, ele não se responsabilizaria pela minha saúde. César fingiu aceitar a desculpa, mas eu sabia que estava descontente.

A recepção do Triunfo foi como eu previ. É claro que a malta vulgar se deleitou com o espetáculo e aplaudiu com o entusiasmo habitual mas, entre as pessoas de peso, causou má impressão. Disseram que era vergonhoso rejubilar-se desse modo com as calamidades que assolavam a República e por guerras movidas unicamente por uma crise, indesculpável aos olhos dos homens e perante os deuses. A reputação de César ficou abalada e Cícero perguntou: "De que vale a clemência agora? A verdadeira clemência deve estender-se à memória dos romanos mortos, não importa qual tenha sido a causa de sua morte. Como restaurar a concórdia se somos convidados a comemorar, e não a chorar, o massacre de nossos amigos e parentes?"

Devo acrescentar que a minha argumentação contrariava os meus próprios interesses. Recentemente eu me tornara sócio majoritário de uma escola de gladiadores, dos quais havia grande demanda, naturalmente, devido aos jogos conjugados aos festejos do Triunfo. Os preços eram elevados e obtive considerável vantagem pecuniária. Mas teria renunciado de bom grado aos lucros a fim de poupar a minha pátria e o meu general da desonra daquele Triunfo.

Este episódio me perturbou tanto que arrisquei expressar meus sentimentos numa carta a Otávio.

Querido Otávio,

Você receberá a notícia de que César está decidido a erguer o Triunfo em honra de nossas vitórias na Espanha. Estou certo de que seus sentimentos a respeito serão iguais aos meus.

Nada pode toldar a glória de César. Nada me leva a duvidar da necessidade dessas terríveis guerras. Você é testemunha de que ninguém lutou com mais ardor que eu na Espanha e concordará que ninguém foi mais diligente na defesa da causa do seu tio, ninguém o serviu com maior fidelidade.

Em vista do amor que tenho por ele, e ao amor que tenho por você, que, presumo, será seu herdeiro, tomo a pena para conclamá-lo a exercer a influência que tem sobre seu tio, da mesma forma e na mesma direção em que o fiz.

É tempo de moderação e conciliação. É necessário cultivar estas qualidades para que a República seja reconstituída da maneira que ambos desejamos e sobre a qual discorremos. Concordamos – não foi? – que o problema central neste momento é conjugar a liberdade à ordem. Como revigorar as nobres tradições da República sem sacrificar o que lutamos para obter?

Além de você, não há ninguém (exceto César, é claro) cuja sabedoria eu respeite, e cujos conselhos valorize tanto. Não cesso de me surpreender com sua habilidade para reunir a juventude e o ardor com uma prudência mais esperada de um homem com o dobro da sua idade. Mas interrompo aqui a sentença acima, pois não posso deixar de notar que o passar dos anos pode prejudicar o julgamento e o sucesso pode engendrar a precipitação.

Escrevo também para adverti-lo sobre os riscos que ainda corremos e, como não poderia deixar de ser, para reafirmar minha eterna afeição.

Creio que você terá prazer em saber que, em breve, serei pai.

Espero que os seus estudos estejam correndo bem, que você retorne logo a Roma, a fim de que eu possa usufruir do encanto da sua com-

panhia e valer-me de suas opiniões, que, tenho certeza, serão sempre no sentido da restauração dos sólidos princípios da virtude pública.

Com afeto, seu amigo.

Eu sabia que por mais cuidado que tivesse com a escolha dos termos, era uma carta perigosa. No entanto, parecia-me necessário enviá-la, pois era impossível não me sentir alarmado diante da conduta temerária de César e aos riscos que poderia acarretar para Otávio e para mim, bem como para o próprio César.

Enviei a carta por um escravo de confiança, com instruções para entregá-la pessoalmente a Otávio e esperar pela resposta, que deveria ser trazida diretamente a mim.

Ratinho dos ratinhos,

Parabéns pela paternidade iminente! Eu sempre soube que você a trazia em si.

Quanto aos outros temas, que você aborda tão sensatamente, falando com a sabedoria de Cícero, senão de Sólon, asseguro-lhe que receberão toda a ponderação que o meu coração permita em meio aos atuais entusiasmos, cuja natureza seria inconveniente confiar à palavra escrita. Basta dizer que a Grécia oferece deleite em outras esferas, além da literatura e da filosofia. Na verdade, só o mais severo dos filósofos seria capaz de se declarar indiferente à oferta dos prazeres disponíveis.

Os assuntos públicos parecem remotamente distantes desse idílico cenário apolíneo. Entretanto, estou ciente de que em breve sofrerei fortes pressões, e sou-lhe grato, Ratinho querido, pela dedicação com que você cuida dos meus interesses. Serei sempre guiado por você em todas as questões, pois sei o carinho que tem por mim. Sei e recomen-

do prudência de sua parte. Estou em tudo e por tudo com você, e reconheço que é tempo de cautela e conciliação.

Devemos ter a sensatez de andar cautelosamente à vista dos deuses, sempre prontos a punir a presunção dos pobres mortais.

Ainda hoje de manhã enviei um mensageiro com uma carta para o meu tio, portanto não há necessidade de sobrecarregá-lo com a transmissão de minhas respeitosas saudações de amor e respeito por ele.

Mecenas e Agripa, apesar de suas freqüentes querelas, são, cada um a seu modo, companhias agradáveis e estimulantes. Confio no bom senso deles, mas confio mais em você e, acima de tudo, em minha discrição inata.

Envio-lhe o que quer que queira de mim, com a certeza de que você não cobrará o que lhe ofereço.

Otávio

Esta carta me provocou novo espasmo de desejo, logo reprimido. Apreciei a discrição do rapaz, cioso de que esta mesma qualidade me era exigida em circunstâncias que me deixavam cada vez mais perplexo.

❁ ❁ ❁

A pergunta "o que César irá fazer?" estava na boca de todos. Ninguém supunha que ele não marcaria o fim das guerras civis com uma completa reconstrução do Estado e da Constituição. Até os que haviam seguido Pompeu concordavam que as guerras tinham sido causadas tanto pela decadência da República como pela ambição de César. Poucos concordavam com o velho Cícero, que dizia ser necessário apenas uma mudança de atitude.

Cícero, por sua vez, havia se retirado, talvez por desgosto, para sua propriedade em Túsculo, onde se entretinha com a filosofia, não só escrevendo, mas também ensinando a um grupo de nobres que gostavam de lisongeá-lo. Ele falava em escrever uma história de Roma, mas foi dissuadido, em parte pela notícia de que César não via o empreendimento com bons olhos. Esta informação foi uma surpresa para ele, pois César o enaltecia a cada vez que se encontravam. Todavia, a oposição de César a esse projeto era real.

— Teria a vantagem de manter o velho ocupado e afastado da maledicência — César me disse. — Certamente é um argumento a favor; e todos apreciamos os floreados da retórica de Cícero. Ainda assim, não posso aprovar. Quando Cícero se põe a escrever, vai longe. Jogar conversa fora durante o jantar não me aborrece, mas eu não gostaria que Cícero desse a versão definitiva do meu caráter para a posteridade. E sua habilidade literária é tamanha que seria vista como definitiva. Por isso, avise o velhinho para não ir adiante, ouviu, Ratinho?

E avisei, para considerável preocupação de Cícero; ele ficou apavorado ao pensar que poderia ter incorrido na cólera de César.

— Como César pode pensar que um velho pode empreender tão árdua tarefa? — ele disse. — Por favor, diga a César que eu jamais escreveria algo além de elogios a ele.

Era mentira, como eu bem sabia, mas deixei passar, embora ele continuasse dizendo:

— Mesmo assim, desejo que você o conduza à ação correta. Ao pensar que Sila empregou sua ditadura no sentido de erradicar a fraqueza e restaurar a estabilidade da República, admiro-me da indolência e complacência de César. Sei que você o respeita e conhece a profundidade da minha afeição por ele. A consciência da minha própria virtude me autoriza a pedir que converse com ele a esse respeito. Agora, está em poder de César, maior que o de muitos desde Sila, maior talvez que o do próprio Sila, colocar as coisas numa base consistente. Soube que ele pretende indicar os cônsules e pretores para os próximos cinco anos, fazendo das eleições mera formalidade, uma zombaria das nossas nobres tradições de liberdade. Neguei a veracidade desses rumores, reafirmando que César nada faria de tão flagrante. Conte-lhe o que estou dizendo, conte-lhe que tudo faço para calar esses boatos insidiosos e avise que a proliferação dessas histórias pode prejudicar sua reputação. A reforma constitucional, conservadora e moderada, é sua tarefa mais urgente. Estou pronto a redigir os projetos do que deve ser feito. Meu caro Décimo Bruto, você sabe melhor do que ninguém... e assim digo porque admiro seu poder de percepção e julgamento... que sou o mais adequado para fazê-lo, dado que sou hoje um homem isento de ambição. Não se pode supor que, na idade de 62 anos, eu acalente esperanças, ou mesmo o desejo, de participação ativa na vida pública. Absolutamente; eu me contento com os meus livros e com o meu jardim. É apenas pelo intenso desejo de servir, de fazer algo mais, algo além dos grandes serviços que prestei e que me valeram o título de Pai da Pátria, que reverencio acima de todas as outras honras, que me prontifico a realizar esse último trabalho para Roma e para César. Portanto, comunique-lhe a minha boa vontade, mas sublinhe, imploro-lhe, a ausência de qualquer ambição pessoal nessa proposta.

E etc. etc. etc. Dava para beber uma ânfora de vinho inteira enquanto Cícero falava.

Na verdade Cícero estava muito envolvido com os problemas de sua vida privada para desempenhar tal tarefa, ainda que César o desejasse e embora Cícero tivesse competência para realizá-la (que eu julgava que ele não tinha mais) e efetuá-la de maneira agradável a César. Recentemente Cícero havia se divorciado de sua esposa, Terência, depois de estarem casados por mais de trinta anos. Ele alegava que ela o havia negligenciado durante a Guerra Civil, deixando de atender às suas necessidades. Disse também que ela havia contraído dívidas imensas, a ponto de deixá-lo pobre, que a sua casa estava nua em conseqüência da insensata extravagância dela, e que quando sua filha, Túlia, viajou para recebê-lo em Brandisi depois da Batalha de Farsália, Terência mandou-a para o Sul com um número insuficiente de criados e pouca quantidade de suprimentos. Tudo mentira. A verdade é que o velho filósofo tinha posto os olhos numa jovem com idade para ser sua neta e estava decidido a se casar com ela. A moça tinha o mérito adicional de ser rica e Cícero vivia realmente atolado em dívidas, mas ele, e não Terência, era responsável por elas. A verdade é que o velho garanhão tinha concupiscência pela jovem noiva e era esta a imagem que me enchia a mente durante seu palavrório sobre a necessidade da reforma constitucional e a disposição para tomar a si a tarefa de redigir os anteprojetos.

Capítulo 12

Não obstante Cícero ser hoje um falastrão pretensioso, não nego que o seu discurso tinha sentido. Tínhamos sofrido guerras terríveis, guerras que ninguém — nem mesmo César, como ele fazia questão de nos lembrar — havia procurado, desencadeadas por uma única razão: os sistemas políticos tradicionais da República não atendiam às necessidades do Império.

(Já lhe expliquei isto, Artixes, mas perdoe-me por dizer que o fiz então em termos excessivamente simples, à altura do entendimento de um jovem bárbaro, ainda que encantador.)

Esta questão me perseguiu durante todo o outono. Lembro-me que foi um outono dourado, uma estação em que cada dia parecia imbuído de uma claridade aguda que convoca o homem a adorar os deuses e, ao mesmo tempo, de uma calidez que o estimula a se entregar a todos os prazeres físicos. Os dias tépidos convidavam também ao langor e a suave brisa que soprava dos campos incitava à reflexão. Nós, velhos guerreiros, merecíamos o langor; nós, políticos que precisávamos refletir sobre a maneira de efetuar as reformas, exigíamos esses momentos de reflexão.

Casca caçoava da minha preocupação:

— Aceite com gratidão o que os deuses oferecem!

Na cidade circulavam rumores de que César pretendia introduzir tanto gauleses quanto outros bárbaros no Senado, e que nós, nobres romanos, seríamos objeto de desprezo.

— Não é possível! — diziam até os que se dedicavam mais intensamente a espalhar o boato.

— Qual é o propósito da carreira de um nobre romano na vida pública? — perguntou o meu sogro, e agora amigo, Cássio.

Ele mesmo respondeu:

— A busca de dignidade e poder.

Mas o que César pretendia?

Certamente ele realizou reformas menores: ajustou o calendário, por exemplo, a que atribuiu grande importância.

— Sou um homem prático, Ratinho! — ele disse. — Preocupado com questões práticas. Não existe nada mais prático que a medida do tempo. Na Antigüidade romana, os meses concordavam tão pouco com a evolução do ano que os festivais e os dias de sacrifícios foram caindo gradualmente em estações totalmente opostas às devidas. Assim, em determinado ano, o sacrifício destinado a abençoar o plantio podia cair na época em que o trigo já estava maduro. Existe algo mais absurdo, meu amigo? Pois bem, o Rei Numa, o grande criador de leis, tão venerado pelos nossos ancestrais, pensou numa solução. Ele ordenou que quando as épocas ficassem muito disparatadas, os sacerdotes decretassem a interposição deste mês chamado Mercidônio, que, como você sabe, é do tipo intercalário. Mas isto também mostrou ser ineficaz. Entretanto, eu me aconselhei com os maiores sábios, a maior parte deles gregos e egípcios, e propusemos um novo esquema, um novo calendário, que erradicará os defeitos antigos e colocará as coisas para sempre em ordem.

Ele continuava neste viés horas a fio. Era extraordinário: César, tão rápido na ação, tão rápido nas réplicas, que as damas o apelidaram de "Mercúrio", era capaz de ser a mais chata das criaturas.

Mas acho que isto se aplica à maioria dos homens quando abordam seu assunto predileto.

Eu sabia levá-lo a falar desses assuntos prediletos. Sabia levá-lo a discorrer sobre seu projeto de abrir um canal através do istmo de Corinto, para grande proveito dos mercadores, que não mais seriam obrigados a fazer o contorno da perigosa costa do Peloponeso. Ele falava ainda, também horas a fio, que o Tibre deveria ser navegável diretamente de Roma, por um canal aberto de Roma a Circeii, chegando até o mar, próximo a Terracina.

— Os mercadores de Óstia podem reclamar, mas e daí? Pelo menos vou tirar os segredos e obstruções perigosas da costa.

Depois ele propunha a drenagem dos pântanos de Nomento e Sétia para empregar as muitas mãos ociosas da agricultura.

E por aí continuava... Seus projetos de melhorias físicas e sociais não tinham fim.

Até aí estava tudo muito bem. Era uma prova de que a sua mente luminosa não havia perdido nada da costumeira invenção e atividade.

Mas quando eu me aventurei a perguntar, uma vez mais, como ele pretendia reformar a Constituição, com a implicação (admito) de que qualquer reforma efetiva tornaria impossível o futuro da carreira que ele escolhera, franziu o cenho e negou-se a responder.

Deixe-me, como tenho me empenhado desde o início destas memórias (que, volto a frisar, não têm o propósito primário de ser um trabalho de autojustificativa, e sim um tratado que poderá vir a edificar tantas gerações futuras quantas aprouver ao acaso), deixe-me tentar falar com toda a honestidade que sou capaz de arregimentar.

A restauração do Estado talvez esteja além dos recursos de qualquer homem. Dada a natureza universal do nosso Império, talvez seja impossível voltar a conciliar a ordem com a liberdade.

Discuti esta questão com o jovem Otávio e ele reagiu com o pessimismo característico da juventude:

— É preciso haver um governante supremo deste Império, e o meu tio se autoproclamou este governante, o que Pompeu não conseguiu.

— Sila era esse governante — eu disse. — Ele fez uma revisão da Constituição e se retirou da vida pública.

— E quanto tempo durou essa Constituição?

Conversávamos sob um arvoredo no jardim de seu padrasto. Galhos de azevinho nos protegiam do sol da tarde. Um lagarto passou correndo pelo muro. Um escravo trouxe vinho e o dispensamos. Fomos chamados então pelo padrasto de Otávio, Filipe, que se encontrava recostado, à vontade e meio bêbado, na outra extremidade do jardim. Falávamos em voz baixa, embora ninguém pudesse nos ouvir. Foi cerca de um mês antes de embarcarmos para a Campanha da Espanha, antes que Otávio deixasse clara a mudança da natureza do nosso realcionamento.

Eu disse:

— O que querem os homens? Dignidade, em primeiro lugar.

— Isto pode ser conseguido, não?

— Libertarem-se do medo.

— Mais difícil de garantir?

— A capacidade de exercer plenamente seus poderes.

— E se esses poderes se confrontam, o poder de um homem contra o outro, como o de meu tio contra o de Pompeu? E então?

Ele esfregou as coxas com as mãos. Eu me distraí por um momento, impressionado com a sua capacidade de estar tão consciente de seu corpo e ao mesmo tempo permitir que o seu cérebro trabalhasse independentemente dessas preocupações.

— Sabe o que mudou em Roma? — eu disse.

Quando recordo minhas conversas com Otávio, fico abismado — ficava abismado então, e hoje, mais ainda — diante do que só posso definir como minha consciência da dualidade. Em primeiro lugar, havia aquela dualidade exposta pelos filósofos, como nos diálogos de Sócrates, em que a pessoa está consciente de que a discussão de abstratas questões filosóficas se passa num clima altamente carregado de sexualidade. Esta dualidade é sempre perturbadora, sempre sedutora.

A outra dualidade me perturbava ainda mais. Nunca soube ao certo qual de nós dois — o general experiente, o homem de ação, o homem de negócios quase grisalho, ou o rapaz que depilava as coxas com cascas de amêndoas quentes e se deliciava com sua beleza como a maioria das mulheres desmioladas — era o mestre e qual o discípulo. Eu representava Sócrates para Alcebíades ou era Alcebíades dando lições a Sócrates?

Assim, quando perguntei "sabe o que mudou em Roma?", mesmo enquanto pronunciava as palavras, eu não sabia se iria instruí-lo ou se buscava informação.

É claro que eu devia estar pensando em instruí-lo, pois o que ele poderia me dizer sobre isto?

— Sim, é claro — ele disse. — Roma se fez, ou foi feita pelos deuses, como um conjunto de homens livres, exercendo seu direito de voto no Fórum em questões diretamente ligadas a eles e sobre as quais esperava-se que chegassem a uma opinião informada. Agora o populacho de Roma, que, pelo menos nominalmente, ainda exerce o mesmo direito de voto, que ainda alega ser a fonte do poder político, é composto por desocupados, ociosos, cujos votos são vendidos, ou a quem se oferece mais, ou a quem grita mais alto, ainda que seja a maior estupidez.

Fiquei em silêncio. Ele sorriu.

— Então, meu querido, ousa discordar?

— Você disse o que eu teria dito. E qual é a conseqüência?

— Desta vez, meu bem, já que concordamos, insisto que você dê a resposta.

— A resposta é que a política popular, a política das eleições, a política que determina as magistraturas, a política que escolhe os homens que guiarão os destinos de Roma se tornou uma farsa.

— Uma mentira — ele sorriu. — Um jogo em que o mais honesto dentre os nobres se sente compelido a jogar da forma mais cínica.

Ele bebericou o vinho e fez algo que eu nunca vira alguém fazer: pegou uma uva rosada do prato pousado na saliência de pedra ao lado do seu divã e descascou-a delicadamente com a unha do indicador.

— Ratinho, querido — ele disse. — Não há nada a fazer. Por isso é que homens inteligentes como você e eu... sim, e o meu tio acima de todos... são levados à ação, numa tentativa de nos convencermos de que resta algo que vale a pena ser feito. Por outro lado, veja o meu padrasto no extremo oposto do jardim. Mal começa a tarde e já está bêbado! Continuará bêbado. Por que não? É rico. Não tem um papel a desempenhar, não por julgar qualquer papel indigno de sua capacidade, que, aliás, ele exagera enormemente, mas por julgar sua capacidade indigna de qualquer tarefa que se lhe apresente no momento. Outro dia alguém me disse que um cínico é aquele que sabe o preço de tudo e o valor de nada. Sabe o que o meu amigo Mecenas respondeu? "Não é bem assim. O cínico sabe o valor de tudo e sabe que não vale o preço pedido".

Desagradou-me ouvi-lo citar Mecenas, mas não pude discordar do seu julgamento.

No entanto, Artixes, aqui estou, refém de seu pai, prisioneiro do seu pai, fadado a ser vítima de seu pai, pois ninguém pagará o preço que ele exigirá pela minha libertação.

Onde está o cinismo aqui?

Capítulo 13

Enquanto o outono ia terminando, César falava sobre outro tópico: a proposta da campanha contra a Pártia. Agora permita-me admitir que, em outras circunstâncias, esta proposta seria justificável. Os partos eram insolentes e agressivos. Depois de sua vitória sobre Marco Crasso, em Carrhae, passaram a desprezar Roma. Eram uma ameaça para a segurança da fronteira oriental do nosso Império. Havia também a questão da Armênia, aquele reino protuberante no Sul, que deveria ser dominado por Roma ou pela Pártia.

Mas estas não eram as verdadeiras razões para que César tomasse a decisão de se lançar num empreendimento que superava em audácia todas as tentativas anteriores, incluindo as suas próprias. Também não era verdade que ele fora influenciado por Cleópatra, agora instalada num palácio, se não me engano, no Esquilino, e com quem passava uma hora diariamente antes do jantar e às vezes ficava para a refeição ou por muitas horas a mais. Era verdade que, sendo oriental, ela ansiava por ver a Pártia humilhada e confessou-me que tinha ainda outra razão para isto.

— Ratinho, meu pobre Ratinho... — ela disse, num tom que seria carinhoso para qualquer homem em cuja lembrança não ecoasse a voz de Clódia — Descobri que aqui, nesta tediosa Roma, tão aborrecida... e ninguém me avisou que Roma era tão chata... aqui não posso ser nada além de um brinquedo de César... um rabo-de-saia estrangeiro, como um vagabundo me insultou um dia destes... e fiquei feliz ao saber que ele foi severamente açoitado por sua insolência! Mas no Oriente, na Pártia, César e Cleópatra podem reinar como o Sol e a Lua... acima de qualquer comparação. Então não vou insistir numa campanha contra eles? Mas César não precisa de insistência. César é um desses homens que sempre precisam mergulhar cada vez mais fundo, em territórios cada vez mais perigosos, para cumprir seu destino. E — ela sorriu como um gatinho crescendo — está em mim saber que Cleópatra é parte desse destino. Estamos unidos. Como ele consegue tolerar aquela horrenda Calpúrnia é um mistério para mim! Acho que faz parte do grande tédio de Roma!

Sem dúvida a insistência dela teve alguma influência. Sem dúvida ela não precisou insistir muito.

Pois a verdade é que César estava entediado. Aquela maravilhosa sagacidade, aquele equilíbrio, o senso do possível, pareciam tê-lo abandonado como os deuses abandonaram Hércules. César, que um dia dissera, beliscando minha orelha, "nunca se esqueça de que existem duas regras na política, Ratinho. A primeira é que a política é a arte do possível; a segunda é que o possível pode ser ampliado conforme o cair dos dados", agora via Roma e a política com aversão.

— O que consegui, Ratinho? Consegui grandes glórias! Somente Alexandre talvez tenha alcançado maior glória que a nossa. Dominei Roma como ninguém desde Sila. Sila! Você sabe como o desprezei, como o abominei. Contudo aqui estou, depois de tantas batalhas, tantas campanhas, não mais que outro Sila. Estou com 56 anos, Ratinho. Não é um fim digno de César dispor quem será cônsul no próximo ano, que nulidade assumirá a pretoria, quem será iludido com isto e quem com aquilo. Provei ser um protegido dos deuses, eu, descendente de Vênus, para me ver compelido a ouvir sermões de Cícero, ainda que embutidos em linguagem respeitosa, quando não tímida? Importa-me que facção de nobres almeja tais cargos e qual almeja outros? Importam-me as ovações da ralé, que qualquer homem de inteligência, sensibilidade e gênio só pode desdenhar?

— Não, Ratinho, que lucro terei em passar meus anos de declínio ajustando aqui, consertando ali, sancionando leis que o próprio César despreza para uma multidão malcheirosa que o adora enquanto ele oferece espetáculos e Triunfos, mas que o renegará tão logo a Fortuna o abandone?

— Você, Ratinho, que sempre amei como a um filho, sabe muitíssimo bem que César não pode se contentar com questões tão monótonas, com assuntos tão mesquinhos. O que conhecemos? Lutas vibrantes, nas quais o homem se renova, cidades em chamas, onde o homem vê sua glória reluzir à semelhança dos deuses, naufrágios enviando os inimigos aos deuses que regem o mar, mãos suplicantes, às quais está em nosso poder responder com a vida ou com a morte. E quer que eu renuncie a esse conhecimento por... pela administração de uma sociedade corrupta, deteriorada?

— Ratinho, pense na Pártia, aquele império sem fronteiras numa imensidão de areia, a areia em que Marco Crasso... meu igual por alguns meses no poder, meu superior em riqueza, meu inferior em tudo mais... as areias onde Marco Crasso tão ignominiosamente sucumbiu. Ouvi dizer que ainda restam legionários de seu exército feitos prisioneiros naquela terrível batalha e desde então vivendo em cativeiro. Não seria uma ação gloriosa resgatá-los e trazê-los para suas casas, para suas famílias, trazê-los de volta à tutela de seus deuses familiares?

— E a Pártia, Ratinho, é herdeira da Pérsia conquistada por Alexandre. Quando estive no Egito, me perguntaram se eu desejava visitar o túmulo de Alexandre, contemplar o semblante embalsamado do maior conquistador do mundo. César não quis, se recusou, e todos se admiraram! Alguns chegaram a sussurrar: "César tem vergonha de não ter se igualado ainda a

Alexandre". Ninguém ousou dizer isto a César, mas não pude deixar de notar os cochichos se alastrando... No íntimo do meu coração, eu sabia que falavam a verdade. Senti no peito uma intensa inveja de Alexandre, que passou a vida inteira livre dos constrangimentos mesquinhos das necessidades políticas que me aprisionam. E soube, em meu coração, que enquanto não me igualasse a ele em glória, não contemplaria o seu rosto...

— Mas César... — tentei dizer — pense na Gália, na Farsália...

Ele dispensou com um gesto a minha intervenção.

— Então, Pártia. Subjugar seu império como Alexandre subjugou Dario. Depois... seguir minha estrela... aonde ela me conduzir... à Índia, talvez, onde até Alexandre se deteve, ou, façanha ainda maior, uma campanha que seria por todos considerada a grande maravilha do mundo... atravessar os ermos hircanianos, marchar pelo norte do Mar Cáspio até onde o gelado Cáucaso desafia altivo o próprio céu, o Cáucaso onde Prometeu foi aprisionado, vítima de sua audácia ímpar. Depois, estender a guerra à Cítia, esta desconhecida terra de bárbaros terríveis, marchar ao longo do Danúbio até as florestas da Germânia, chegar ao Reno vindo desta nova e estranha direção. E, então, ser novamente recebido na Gália como um redentor divino. Seria traçar novas fronteiras do Império Romano, estender seus limites de um oceano a outro.

— Não seria culminância digna da carreira de César? E por que não? Não posso ficar inerte nesse antro de corrupção! César é um homem sem amarras, que não consente no confinamento...

Não posso jurar hoje, em meu atual infortúnio, que foram estas as palavras exatas de César. Ademais, condensei num único discurso a substância de inúmeras conversas que tivemos naquela época. Mas eu me lembro de três pontos que me vieram à mente em momentos diferentes, embora eu tenha optado por não lhe enunciar qualquer deles.

O primeiro foi a dificuldade com que avançamos poucas milhas pela brumosa Ilha da Britânia.

O segundo foi a minha lembrança de Clódia me contando que quando César lhe disse (na cama) que era um deus, ela pensou que ele a estivesse convidando a compartilhar uma piada. Só muito mais tarde ela percebeu que ele havia falado com a maior seriedade.

O terceiro foi o que um sacerdote me contara que estava escrito nos Livros Sibilinos, repositórios da sabedoria última: "Os romanos jamais conquistarão a Pártia, a não ser que sejam conduzidos à guerra por um rei..."

Artixes me disse:

— Mas, pelo que você diz, esse seu César era um louco! Na Gália veneramos esses seres, mas não lhes conferimos tal responsabilidade.

— Não se lembra, meu querido? — respondi — Já lhe contei que Cato disse certa vez que César era o único homem sóbrio disposto a destruir o Estado.

— Existem muitos loucos sóbrios — disse Artixes.

Capítulo 14

Preciso me apressar. Os dias se encurtam. Artixes afirma que ainda não chegou resposta pelos emissários enviados pelo seu pai, o Príncipe. Mas a expressão do seu olhar me diz que o seu pai não tem muitas esperanças de receber um resgate substancial.

À medida que os dias encurtavam no meu último inverno em Roma, a atmosfera da cidade se tornava mais tensa, cortante como uma lâmina afiada.

Certo dia, Casca comentou:

— Esquisito, não? Lutamos em tantas guerras e nada foi resolvido. Alguns grandes homens desapareceram... Infelizmente, nenhum dos meus credores. Os partidos foram reformados. Cícero agora tem menos a dizer. A não ser isto, nada mudou, exceto que, lamento dizer, Diosipo perdeu sua beleza. Nem a dieta que o obriguei a fazer funcionou; só fez mostrar a idade que ele tem. Por outro lado, meu agente no mercado de escravos trouxe boas notícias. Disse-me que em breve chegará uma bela carga da Frígia. Do jeito que está o mar, não vejo como isto pode ser verdade. Ou naufragarão ou chegarão muito feiosos, curtidos pelo vento. E se tiverem feito a viagem por terra, levará meses até que estejam em condições desejáveis.

Havia momentos em que Casca era um verdadeiro conforto. Mas ele prosseguiu, dizendo:

— Você não acha que o nosso amo e senhor anda meio estranho ultimamente? Bizarro demais para pôr em palavras. Outro dia ele apareceu usando botas vermelhas até os joelhos! Sim, e botas vermelho-vivo! Quando alguém teve a petulância de perguntar a troco de quê, ele declarou que os reis da Albânia, seus ancestrais, costumavam usar aquelas botas como sinal de sua posição. Para mim isto só serve para explicar por que os reis da Albânia não duraram muito. Nunca vi nada que dê tanta aparência de bobo quanto aquelas botas vermelhas, iguais às dos comediantes de pantomimas baratas. Mas o nosso amo e senhor... sei que ele tem pretensões a uma certa genialidade, mas nenhum senso de humor! Lembro-me de uma vez ter comentado com você que seria preciso uma operação cirúrgica para enfiar uma piada na cabeça de César! Você me deu uma bronca! Afinal, naquela época você achava que o sol nascia na bunda de César e, para ser franco, ele pensava coisa parecida a seu respeito... Como você sabe, eu o acompanhei com a mais admirável e irrestrita lealdade, mas por outra razão: vi que o camarada teria sucesso e, exceto nos jogos de azar, o velho Casca sempre preferiu o lado vencedor. Em todo caso, em se tratando de escolher entre o nobre e afortunado César e aquele monte de banha que chamavam de Grande Homem, era tão fácil para mim como escolher entre um garoto bonitinho e, digamos, Calpúrnia... Mas... estou divagando, e a garrulice é sinal de que estou preocupado. Bem, citando o homem que fez um núbio virar eunuco, para encurtar a história, você acha que o nosso estimado mestre está perdendo o prumo? Porque, querido Ratinho, se ele estiver, vou procurar outra cama para me deitar! O que você acha?

O que eu poderia dizer? Certamente não podia sair falando sobre os planos para a Pártia, as terras hircanianas e o gelado Cáucaso. Assim, respondi:

— Você sempre subestimou o senso de humor de César. Além disto, ele é um almofadinha. Sempre teve esta fama. E os almofadinhas cedem a estranhos caprichos. Lembra-se daquele... como era o nome dele... um Dolabela, não me recordo qual... que cacheava os cabelos com xixi de bode para dar-lhes um brilho especial?

Mas outras pessoas também se preocupavam. Calpúrnia era uma delas. Ela mandou me chamar, tomando precauções para que eu comparecesse numa noite em que César estivesse com Cleópatra.

Obedeci, sem entusiasmo. Como já deixei bem claro, sempre detestei Calpúrnia. Ela era mais desgraciosa do que qualquer outra mulher do meu conhecimento, com exceção da "Madame" que administrava um certo bordel em Cádiz.

Naquela noite, com os cabelos tingidos de um vermelho desbotado, ela parecia mais descarnada e nervosa do que nunca. Tinha bebido; seu hálito recendia a vinho branco acidulado. Suas mãos, com os dedos carregados de anéis, não paravam quietas. Ajeitavam os cabelos, beliscavam o pescoço, torciam-se uma à outra. Ela não conseguia ficar quieta. Mal nos sentamos num divã, levantou-se de um salto e começou a andar pela sala com passos incertos, mergulhada num monólogo:

— Está enfeitiçado, é isto! Não sei se foi alguma poção que aquela mulher lhe deu, mas ela o enfeitiçou! Ela nem ao menos é bela, você já tinha me avisado, e outros me confirmaram; então, o que ele vê nela, a não ser que esteja enfeitiçado? Sou capaz de estrangular aquela mulher com as minhas próprias mãos, com certeza, bem assim, como se torce o pescoço de uma galinha, e dizem que ele a chama de galinha. E esse menino que ela trouxe, essa criança, que ela diz que é filho de César! Não acredito nisto, e tenho boas razões: veja quantas mulheres César teve, e alguma delas diz que teve um filho de César? Não, claro que não! Bem, essa vagabunda da Servília às vezes insinua, ou deixa os outros insinuarem, ou não desmente, que aquele sapo, Marco, é filho de César. Mas não é verdade, porque acho que ele não... olhe, eu nunca disse isto a ninguém, e não repita, mas, embora eu não tenha filhos, tive três abortos do meu primeiro marido e César nunca me engravidou. Qual é a conclusão? É óbvio que ele é estéril, não? Aqui entre nós, foi por isso que ele resolveu ser um Grande Homem. Para compensar a sua vergonha de não ser... bem... normal... de não ser capaz de fazer um filho. Esta é a verdade, e aquela vagabundinha tem o desplante de chamar o menino de Cesarion! E ela enche a boca com essa história de filho... mas não é verdade. (O que Calpúrnia dizia era absurdo. César e a sua primeira esposa tiveram uma filha, Júlia, mais tarde casada com Pompeu.) Agora decidiu armar essa expedição à Pártia, é uma loucura, já disse a ele, mas você o conhece a vida inteira, é claro, sua mãe foi amante dele, e não me importo, foi antes de ele se casar comigo; você acha que ele está ficando louco?

— Há uma profecia, você deve ter ouvido falar, de que os romanos só conseguirão conquistar a Pártia sob o comando de um rei, e quando eu disse isto a César, ele riu, dizendo que profecia é bobagem. Ainda ontem ele disse, com a maior naturalidade, e não estávamos brigando nem nada, "vou me divorciar de você e me casar com a rainha". Talvez ele pense que isto fará dele um rei do Egito, imagine! Mas sabemos o quanto ele é supersticioso, quando é do interesse dele. É sempre quando interessa a ele, ele, ele, nunca por consideração a mim ou a quem quer que seja! Eu lhe disse: "Olhe aqui, você já tem confusão suficiente para resolver aqui em Roma, por que não a resolve e pára com essa maluquice de Pártia?" Ele deu uma risada e disse que eu não entendia nada de política. Mas entendo, e muito, não sou idiota! Sei que você não gosta de mim, Décimo Bruto, e posso não ser agradável, às vezes reconheço, mas não sou idiota. Sua mãe pode confirmar. Assim, vou lhe dizer o que está acontecendo. Vão matar César. Não sei quem será, mas as pessoas estão com mais medo dele agora do que jamais tiveram antes, não só porque ele é poderoso demais, mas também porque começou realmente a perder o juízo. Essa história de clemência. Eu lhe disse: "Olhe aqui, você sabe que tem inimigos. Acha que eles são gratos só porque os perdoou por lutarem pelo outro lado, mas você é um tolo, César. Não entende que a única coisa que as pessoas não suportam é você estar na posição de dizer 'eu te perdôo'? E você diz isto como se fosse um ser superior, um deus! As pessoas não agüentam! Na política, se você derrota os inimigos, tem de se livrar deles, acabar com eles, foi o que Sila fez, e também seu tio afim, Caio Mário. Eles sabiam como as pessoas se conduzem e como se sentem. Mas você se esqueceu. Acha que porque é um Grande Homem tudo será fácil e o mundo se adequará ao seu gosto. Não é assim, César". Sabe que provo todos os pratos colocados diante dele, eu mesma, em pessoa, provo antes, para o caso de ter veneno, sim, arrisco minha vida por ele em cada refeição? Eu me arrisco, e você pensa que ele fica agradecido? Ah, não, ele ri e me diz para não ser boba. E só posso provar quando ele come em casa ou quando vamos juntos a um jantar. Na semana passada, quando fiz isto na casa de Cícero, ele ficou furioso! Disse que era um insulto ao anfitrião. Respondi: "Melhor insultar o anfitrião do que você morrer envenenado". Ele riu e disse: "Mas como todos sabem que você adquiriu esse curioso hábito, pode-se pensar que alguém quer matá-la, e não a mim". Veja só, ele faz tudo virar piada! É loucura, não é? Depois ele riu de novo, como se outro pensamento tivesse lhe ocorrido, e disse: "E se usarem um veneno de ação lenta? Não pense que eu vou deixar o meu jantar esfriar para ver se você morre de um veneno lento. Além disto, pode ser tão lento que mate a ambos...".

— Décimo Bruto — ela fez uma pausa e parou ao meu lado, torcendo as mãos —, só há um modo de salvar César. Não basta tirar a rainha de Roma, pois isto só iria piorar a mania de Pártia. Ele seguiria aquela vagabunda ao Egito para deflagrar a campanha de lá. Ele só pensa nisto. Não, aquela vagabunda tem de morrer! Quero que você providencie...

Ela prosseguiu no mesmo diapasão, explicando o que eu deveria fazer para assassinar a rainha do Egito (de quem, como já disse, eu gostava muito). Apresentou diversas propostas com relação ao melhor método. Perguntava-se se seria possível matá-la por meio de magia. Ela ouvira falar de um abissínio especialista em rogar pragas (se é que rogar serve para uma praga) realmente eficazes. Dava a entender que a vítima da praga simplesmente virava o rosto para a parede e definhava.

— Em questão de dias, segundo me disseram!

Infelizmente o seu informante não sabia dizer exatamente onde encontrar esse abissínio milagreiro. Em algum lugar do Trastevere, diziam. Alguém com os meus recursos não teria dificuldade em localizá-lo. Ela mesma o faria, mas poderia despertar a curiosidade das pessoas.

Ela continuou falando, mais enlouquecida do que esses sacerdotes orientais que se mutilam por prazer, mais enlouquecida do que os mais loucos judeus que, como se sabe, sacrificam crianças roubadas na lua cheia. Na verdade, não o fazem, mas, por alguma razão, Calpúrnia trouxe o assunto à baila.

Por que teria sido?

Ah, sim, ela comparou César a eles, dizendo que César era ainda mais louco.

Tive vontade de perguntar "se realmente você acha que ele está louco, por que se dar a tanto trabalho para salvá-lo?", mas me contive. Ela responderia que, livre de Cleópatra, César recobraria o juízo.

Mais tarde, fui embora. Saí com um novo sentimento no coração. Pela primeira vez tive pena de César. Ele me havia inspirado muitas emoções, mas nunca imaginei que me despertasse piedade.

Mas quem não teria pena de um homem casado com Calpúrnia?

Não é de admirar que ele estivesse tão entusiasmado com a expedição à Pártia.

Foi um alívio, um alívio diferente, escapulir de Calpúrnia para o movimento noturno da cidade. Subi o Capitólio e contemplei o Fórum lá embaixo. Era uma noite fria, a lua cheia ameaçava geada. Estrelas cintilavam, remotas, inacessíveis. Lembro-me de ter me perguntado como os homens eram capazes de acreditar que a distribuição daqueles pontinhos de luz na hora do nascimento poderia determinar o destino de uma pessoa. Olhando para baixo, vi as linhas sinuosas de tochas carregadas por escravos escoltando as liteiras em que meus iguais eram levados e trazidos de festas e jantares. Estaria César entre eles, saindo dos braços cálidos de Cleópatra para a língua amarga de Calpúrnia?

O alarido era ininterrupto, pois o decreto assinado meses antes por César, proibindo que os carros de transporte, salvo os de operários de construção, passassem pela cidade à luz do dia, limitava o trânsito de carroças de entregas e outros carros à escuridão da noite. Em conseqüência, não restava uma hora livre do bater dos cascos de cavalos, do chiado das rodas de ferro, das imprecações dos condutores abalroando-se uns aos outros e se perdendo nas vielas estreitas.

Era desta Roma de alvoroço constante, de incontrolável agitação, que César desejava fugir. Alonguei o olhar para o outro lado do vale, para as silhuetas negras dos pinheiros do Palatino; virei-me para contemplar o rio onde a lua derramava luz do alto do Janículo. Não entendia a repulsa de

César pela cidade. Lá embaixo, na aglomeração confusa das ruas emaranhadas em direção ao rio, talvez salteadores e assassinos se esgueirassem à procura de vítimas. Ainda assim, Roma à noite...

É por saber que nunca mais sentirei o bater de seu pulso que hoje penso nela com ternura?

Desci o Capitólio e entrei numa taverna barata. Minha aparência silenciou os fregueses, até o momento em que dei indicações de que estava lá por assunto meu. O proprietário trouxe um jarro de vinho e, após uma rápida consulta, conduziu-me a um quarto nos fundos iluminado por uma única lamparina. Lá dentro estava uma moça sentada numa cama, vestida apenas com uma túnica. O proprietário fez um gesto em direção a ela e nos deixou. A moça levantou os braços, ficou de pé e, aproveitando o movimento para pegar a túnica pela bainha, num único gesto langoroso, tirou-a pela cabeça e atirou-a ao chão. A chama bruxuleante da lamparina lançava estranhas sombras sobre o seu corpo à minha espera. Ela era muito jovem. Pousei minha mão esquerda no seu ombro, a direita entre suas pernas, sentindo no punho o roçar áspero dos seus pêlos pubianos. Acomodei-a na cama e beijei seu ventre. Despi minha toga, dobrei-a cuidadosamente, coloquei-a na cabeceira e usufruí da moça. Era calada, hábil e aquiescente. Quando me exauri, deitei-me a seu lado até a chama se extinguir. Nada lhe dei além de dinheiro. Ela me deu um lampejo de desolação. Não fosse o temor, eu teria dormido lá.

Quando paguei ao proprietário, sem informar que havia dado uma moeda à moça, mandei que ele buscasse um vigia noturno para me levar até em casa em segurança

Entrei no meu quarto. Longina acordou.

— Marido, você está cheirando a puta untada com óleo de peixe.

Beijei-lhe os seios.

— Sim — eu disse. — E você gosta!

Ela me excitou rapidamente. Nossa união foi intensa, enérgica, violenta. Longina era pura ânsia. Tomou a liderança. Desta vez fui eu quem se entregou primeiro à indiferença. Ela se inclinou, mordeu o meu pescoço, deitou-se em cima de mim. Passei os braços em torno dela, a apertei e beijei como se os nossos ossos se esfregassem.

Ela era maravilhosa. Eu ainda estava só, no fundo de um vale, quando a luz fraca da manhã de inverno se insinuou sobre nós.

— Onde está o seu pai? — perguntei. — Preciso conversar com ele.

— Está nas terras dele na Campânia. Por que você precisa conversar com ele?

— Porque estou perdido... — eu disse. — Porque talvez todos nós estejamos perdidos.

— Marido, marido, marido, e isto tem importância? Sinta o meu ventre! Em poucos meses você sentirá nosso filho se mexer.

❉ ❉ ❉

Por dois dias, talvez três, deixei-me ficar. Fiquei em casa com Longina. Ela me abraçava com desejo, e uma afeição que era quase amor. Nós, romanos, nunca fomos uxórios. Fomos educados para respeitar as mulheres, mas, em geral, não permitimos que elas participem da vida pública. Aquelas que vão além e teimam em ser consideradas dotadas de valor político — mulheres como Servília e Calpúrnia — provocam a devida indignação. Tornam-se facilmente objeto de escárnio. Longina não tinha tais ambições. Mas o que ela desejava de mim, eu não podia conceder com honra. Ela temia por mim. Gostaria que eu me retirasse da vida pública e me recolhesse a uma domesticidade que meus pares considerariam abjeta.

— Você sabe — ela disse — que eu me casei porque o meu pai ordenou. Eu não gostava de você. Achava-o distante, gélido. Além disto, antes de conhecê-lo, eu já amava Ápio Pulcher. É claro que ele não foi meu amante antes que eu fosse uma mulher casada, porque todo mundo sabe que uma dama tem de se casar virgem e fui educada com muito rigor. Mas eu ainda o adorava, e quando você foi para a Espanha, o aceitei como amante. Quando você voltou, nos encontrou juntos, lembra-se?

— Sim, querida, eu me lembro...

— Ah... — ela passou os braços em torno do meu pescoço e se apertou contra mim. — Aquele dia vi a diferença entre um menino, um menino bonito que foi ótimo, e um homem que teve grandes conquistas. Você me fez sentir mulher, não apenas uma menina. E me incentivou a flertar com César, sim, não tente negar, fiquei lisonjeada e, como você queria, fui para a cama com ele. Quem não iria?

— Quem não foi?

— Muito bem, é isto mesmo, mas passei dias com ódio de você, desprezando-o porque você parecia crer que a boa vontade de César era mais importante do que qualquer coisa entre nós. Mas... César... depois da primeira vez... sabe, marido, marido, marido... — sua língua buscou a minha.

(Eu me torturo com estas lembranças, o calor, a presença dela nos sonhos em minhas noites cada vez mais vazias de tudo, salvo o desespero... não medo, pois eu não admitiria... mas desespero de nunca mais... Artixes, com quem tento me distrair, em cujo ser procuro recuperar algo mais solar... em nada me conforta quando me lembro, como todas as noites, dos abraços de Longina... perdida... sacrificada... em nome do quê? Do dever? Da ambição?)

— Marido — horas depois, na cama, aquecidos, juntos, colados de paixão e felicidade. — Marido, César teve muitas mulheres, você sabe, mulheres demais, e nada sentia por elas. Elas são uma conveniência. Ele me usou, como você pode me usar, e não sei o quê, não tenho o dom das palavras, mas havia um desdém na maneira como ele me tratava... você acha que a rainha do Egito sente isso também?

— Acho que a rainha do Egito é uma moça com pleno domínio da própria vida, de ambição desmedida, capaz de passar por cima de César...

— Eu não fui capaz. Cada vez que ele deixava a minha cama, eu me sentia diminuída. Não porque ele ia embora, mas pelo modo como me dispensava. Até o dia em que ele chegou e eu disse "não". Sabe o que ele fez? Riu... ele riu. Sabe por quê?

— Por quê?

— Porque é a única resposta de César à rejeição. Outro homem ficaria furioso, mas César não se submete à fúria; precisa manter a superioridade. Então, ele ri. O olhar que ele me lançou... horrível! Jogou uma jóia no meu colo e foi embora. Marido, marido Ratinho, eu te amo, sabia?... Pronto! Já disse! Jurei que nunca diria. Dizer a alguém que o ama é se colocar sob o poder dele. Mas, por favor, por favor, por favor...

Por favor o quê? O que ela queria? Eu sabia, mesmo então eu sabia que ela me pedia algo que estava além do meu alcance, e que, caso fosse concedido, valeria, com o correr do tempo, seu desprezo por mim.

Pois isto aprendi: o que mais amamos é o que nos é negado. Naquele inverno adorei Longina, e ainda adoro a lembrança dela; só porque não pude fazer o que ela desejava. Não podia conceder o que ela pedia, minha submissão à sua vontade; e se tivesse concedido, ela teria me abandonado. Ela me amava, tinha de me amar, por minha virtude. E minha virtude fugiria se eu me submetesse à uxoridade.

Existe apenas um personagem absolutamente desprezível em Homero: é Páris, que deixou sua paixão por Helena desumanizá-lo. Acho que Helena passou a desprezá-lo, e todos os que leram a *Ilíada* o desprezam.

A intensidade daquele dias era maior, mais revigorante, mais agradável, porque ambos sabíamos que os deuses ordenam que homens e mulheres só devem exigir um do outro o que o outro não pode dar sem perder a honra?

Nosso idílio se quebrou. Primeiro foi quebrado por uma carta que recebi de Otávio, que continuava na Grécia.

Ratinho,

Chegam a mim rumores inquietantes. Compreenda que devo ser cauteloso, pois é tolice dar crédito a boatos. Todavia certos rumores persistentes ameaçam minha futura carreira, pela qual sei que você continua a ter um vivo e afetuoso interesse. Mecenas, que você detesta, mas que é um sábio conselheiro, bem como uma inesgotável fonte de mexericos, ouviu dizer que a paternidade de certa criança deve ser reconhecida. É desnecessário dizer que, se isto for feito, e naturalmente é muito improvável que seja, minha posição estará desfavorecida. Certamente meu tio é o mais digno dos homens e não contemplaria a possibilidade de tal reconhecimento que, estou certo, não se baseia na verdade. No entanto, os rumores persistem. Dado que os seus conselhos são altamente valorizados por todas as partes envolvidas, não creio que se possa tomar qualquer atitude sem antes ouvi-lo. Assim, escrevo-lhe, não por pânico, mas porque os rumores são insidiosos e porque podem trazer conseqüências imprevisíveis, que, apesar de imprevisíveis, podem, outrossim, ser antevistas, até certo ponto, como desfavoráveis para mim (e talvez para você). Compreendo que a dama em questão tem boas razões para tentar forçar o curso de ação que se comenta. Posso pedir-lhe que efetue as investigações possíveis com prudência e sagacidade? Pergunto-me se seria sensato de minha parte abandonar os estudos, agradáveis e estimulantes como são, e retornar imediatamente a Roma a fim de proteger os meus interesses. Naturalmente concordarei com o que quer que se decida, é claro, e caso precise buscar outra via para a fortuna, deverei fazê-lo com toda a resolução e inteligência de que disponho. Mas não desejo tomar qualquer decisão que você, meu muito estimado amigo e conselheiro, julgue precipitada, insensata ou desnecessária.

Envio-lhe calorosas saudações e a certeza da minha afeição,

Otávio

Naturalmente eu me perguntei quem teria tido a bondade de pôr em circulação o boato de que César contemplava a possibilidade de reconhecer Cesarion como seu filho. Apesar da alusão de que vinha através de Mecenas, não pude deixar de suspeitar de Calpúrnia. Ela devia julgar ser de seu interesse criar problemas entre César e seu sobrinho e herdeiro presuntivo. Seria de grande ajuda para a sua campanha levar à opinião pública os rumores sobre Cesarion, pois quanto mais discussão gerasse, mais César perceberia o quanto a nobreza romana consideraria insultuosa a menor insinuação de que ele fizesse de um bastardo estrangeiro seu herdeiro.

Assim, respondi, em tom apaziguador:

Meu querido Otávio,

Parece haver algo de inquietante no clima da Grécia que estimula a imaginação e perturba o julgamento. Os rumores que você ouviu não passam de rumores. O que você receia não se concretizará. Você diz confiar no meu julgamento: pois bem, fique tranqüilo, dado que as influências temidas são exageradas.

Por outro lado, ouvi dizer que o seu amigo Mecenas não passa sem três novas calamidades por dia.

Este rumor é verdadeiro?

Seu sempre grande amigo, dentre todos o mais dedicado,

Décimo Júnio Bruto

Nada havia, pensei, de comprometedor naquela carta, que certamente seria interceptada em algum ponto, e uma cópia enviada a César. Se ele viesse a saber por esse meio que Mecenas era uma companhia ignóbil para o jovem Otávio, tanto melhor. Mas ele já devia saber disto. Esta idéia me levou a pensar se seria verdade o que dizia Marco Antônio: que Otávio havia sido usufruído por César.

Em todo caso, minha malícia não tinha cabimento. Por mais que eu desprezasse Mecenas, era mais sensato cultivá-lo. Sei que ele envenenou o ouvido de Otávio contra mim. Foi a última carta em que Otávio me falou em termos de confiança e afeição. Eu devia ter percebido que Mecenas tomara o meu lugar de principal influência sobre o rapaz. Ele tinha a vantagem de estar ao seu lado e de se entregar a todos os vícios, o que sempre atrai e encanta os jovens. Tivesse eu pensado nisto e teria elogiado Mecenas (que, como todos os afeminados, são peculiarmente suscetíveis a elogios). À moda de seu tipo, ele é também ciumento, malicioso e vingativo. Mais tarde tornou impossível que eu efetuasse uma reconciliação com Otávio. Não fosse sua malícia, eu não me encontraria na malfadada situação atual.

Outra coisa: me ocorreu que se Calpúrnia tivesse razão e César fosse de fato estéril, Cesarion poderia ser meu filho, e não dele, fruto de um único encontro lascivo com a rainha. Em qualquer um dos casos, as datas casavam bem. Este pensamento me divertiu, mas não considerei sensato compartilhá-lo com Longina e, certamente, muito menos com César.

Capítulo 15

Durante o Festival da Saturnália*, na tarde escura do dia mais curto do ano, Marco Antônio veio à minha casa, ainda tonto pela ressaca da farra da noite anterior. Pediu vinho e lançou olhares a Longina, que, decentemente, retirou-se para o seu quarto.

Antônio desabou num divã, bebeu o vinho de um gole e estendeu a taça para que um escravo lhe servisse mais.

— Você é um homem de sorte, Ratinho, sempre foi — ele disse, virando para o lado e vomitando no piso de mármore.

Com a curva de um sorriso nos lábios — um sorriso que contradizia seu olhar turvo —, ficou olhando o escravo limpar a sujeira.

— Desculpe! O remédio é mais vinho! O único jeito é botar para dentro até passar.

— Antônio, você é sempre bem-vindo à minha casa, dentro dos limites da razão!

— Você é um espertinho, Ratinho, sempre foi. Vou lhe contar o que estou resolvendo. Estou comemorando, ou não?

Tomou mais um gole de vinho, apoiou-se no cotovelo.

— Melhor assim... Mande esse pirralho embora! Não quero escravos ouvindo a nossa conversa. São uns fofoqueiros, todos eles! Sai fora, ouviu? E deixe a droga do vinho aí! Isto!

Serviu-se de outra dose com a mão tão trêmula que a ânfora raspou na taça.

* Festas em honra ao deus Saturno. (N. do R.)

— Está entendendo? Estou comemorando, ou não?

— Diga-me você, Antônio. Deve saber melhor que eu.

— Ah, sem-vergonha... sem-vergonha... mas é isso aí, sei lá. Por isso eu vim aqui, Ratinho, para descobrir. E quando digo "eu", quero dizer você também. Estamos comemorando, não? Ei, você não está bebendo. Bebe! Não é civilizado deixar um homem bebendo sozinho. Nem civilizado, nem generoso. Mas eu sou generoso, e lhe ofereço um pouco.

— Muito bem! Vou responder à sua pergunta. Parece estar comemorando, mas sem muita alegria.

— Acertou em cheio! Eu sabia! Pensei: o maldito Ratinho vai entender a maldita coisa. Estou comemorando há dois, três, quatro dias, mas sem alegria. Bom. Então, à próxima pergunta, próxima pergunta... Essa é difícil. Por quê? Tenho tudo para ser feliz, não tenho? Antônio assume o consulado em dez dias, talvez quinze, digamos que isto é certo. Mas não está feliz. Por quê?

— Não sei a resposta. Deveria estar feliz. Você será um ótimo cônsul.

(Desde que dê um jeito de estar pelo menos meio sóbrio nas cerimônias oficiais, pensei.)

— Ratinho, assim você me decepciona! Ratinhozinho decepcionou o velho Antônio. Nunca pensei... Eu mesmo respondo. Vou lhe dizer por quê. Ganhamos a maldita Guerra Civil, não foi? Sim, não se pode negar. Mas estamos perdendo a paz. É isto. Todos os patifes do outro lado, como o seu estimado sogro, como aquele pedante do seu primo, Marco Bruto, estão voltando devagarinho ao poder. Por Hércules! Tem um maldito estábulo de Áugia recusando ser limpo, e ninguém faz nada! Tem complôs contra César, e Antônio, o fiel Antônio, vai falar com o general e ele ri, diz: vai dormir que isso passa, vai, meu camarada. Então, resposta. Não estou comemorando...

E adormeceu.

Estou ciente de que, nestas memórias, venho apresentando Antônio sob uma luz desfavorável: grosseiro, mal-educado, impetuoso, insensato. Ele era tudo isto. Mas era algo mais, tinha algo diferente, que os que não serviram ao seu lado não percebiam. Seu charme era extraordinário. Quando o exercia, a radiância do seu sorriso, a intensidade com que investia na vida iluminava a existência dos que o cercavam. E ele não era tolo. Dizia muitas tolices, mas era capaz de rasgos de inesperada inteligência. O mais estranho é que esse homem, que parecia tão alheio à impressão que causava, que às vezes parecia se deleitar em se apresentar da maneira mais vergonhosa possível, era também possuidor de uma rara sensibilidade: uma sensibilidade que vibrava como um raio de sol em reação aos sentimentos dos outros. Era uma das razões pelas quais os soldados o adoravam. Não há general que os homens sigam com tanto empenho quanto o que possua um entendimento intuitivo de como eles se sentem em diferentes momentos. Antônio tinha essa qualidade. Mesmo na embriaguez, nunca se desligava — como outros bêbados se desligam — do que os outros sentiam. Era um ser visceralmente social, alguém impossível de se imaginar isolado. E porque ele era assim, compreendia muito mais do que quem está sempre encerrado nas próprias preocupações.

Antônio abriu um olho.

— Foda-se a rainha do Egito, eu disse. Mas quando tentei, ela disse "vá se foder, rapaz."

Tornou a fechar o olho e começou a roncar.

Se Antônio acreditava que homens como o meu sogro e Marco Bruto tramavam contra César, devia estar correto.

Isto me deixava numa posição alarmante. Como adepto mais próximo de César, sabidamente o predileto dentre os generais sobreviventes, eu seria objeto da conspiração também? Seria possível tramar contra César deixando seus partidários ilesos?

No dia seguinte, encontrei Antônio no Fórum. Ele acabava de sair do barbeiro, composto, barbeado, empomadado e sóbrio.

— Acho que fui meio chato ontem, meu velho. Desculpe por tudo. Espero não ter falado o que não devia, principalmente à sua encantadora esposa!

— Absolutamente! Você insinuou que não teve muito sucesso com a rainha do Egito, só isto.

— Eu contei? Aqui entre nós, meu velho, quero distância dela! Pode ser uma criança, mas é uma devoradora de homens, não há dúvida!

— Antônio — eu disse, tomando seu braço —, e a campanha da Pártia. Ele levará isto adiante?

— Ah, eu diria que sim; você não? O velho anda entediado.

— E depois?

— Depois? Bem, eu diria que será o fim. Primeira norma de guerra: não invadir a Pártia. Venho tentando dizer a ele. Imagino que você também, mas com outras palavras. Não adianta coisa nenhuma. Portanto, lá vamos nós cantar a canção do deserto, lá vamos nós... quem sabe o quê?

Ele levantou a cabeça, como um leão farejando o vento.

— Sopra um vento frio do Leste. Acha que pode deter esse vento, meu velho?

Eu tinha de admitir que Antônio estava certo. Meus temores se intensificaram ao saber que vários membros do partido de Pompeu, incluindo alguns que afetavam estar mais estreitamente reconciliados com o governo de César — pois era disto que se tratava, apesar do minucioso cuidado com que se preenchiam os cargos tradicionais da República — que alguns desses, como eu dizia, instavam para que ele deflagrasse a campanha da Pártia. A ignomínia da derrota de Crasso era uma mancha na reputação de Roma, diziam, e César era o único homem capaz de removê-la. Naturalmente isto soava como música aos seus ouvidos e ele não ponderava que esses homens insistiam na guerra com a esperança de que ele fracassasse.

Confesso que a mesma idéia me ocorreu: que a morte de César na campanha da Pártia seria a saída mais honrosa das dificuldades que sua ascendência contínua e cada vez maior punha em evidência. Mas eu não podia aceitar honrosamente essa via de escape.

Em vez disto, fui à casa de César pela manhã, escolhendo uma hora em que ele não estivesse exausto em resultado das transações que vinha fazendo, pois eu havia notado que nos últimos meses ele se mostrava mais receptivo à razão na primeira parte do dia. Quando estava cansado, soltava a mente em vôos ainda mais extravagantes.

Ele me recebeu com amabilidade, como era do seu feitio, e dispensou seus secretários quando falei que desejava abordar questões importantes.

Por um momento ficamos em silêncio. Subitamente ele me pareceu um velho. Foi a primeira vez que esta idéia me ocorreu e senti uma onda de ternura e afeição.

— Então, Ratinho — ele disse —, deve ser um assunto grave, o que o traz aqui a esta hora da manhã, quando você sabe que costumo estar trabalhando.

— É precisamente sobre trabalho que venho lhe falar.

Expliquei então as causas da minha ansiedade: haviam se passado nove meses desde a Batalha de Munda e não havia dúvida de que as guerras civis estavam, finalmente, concluídas. Mas a meu ver não estávamos mais próximos de uma resolução dos problemas que haviam provocado as guerras.

Ao me ouvir, franziu a testa, como se para me lembrar de que, na sua opinião, a causa das guerras havia sido o empenho de seus inimigos em destruir César.

Assim, para impedir que ele levantasse este argumento, provocando uma discussão que poderia me desviar do curso pretendido, interpolei o reconhecimento de que esta havia sido a causa imediata das guerras e que, eu era o primeiro a admitir, fora superada. Mas me apressei a acrescentar que ambos, na qualidade de historiadores e políticos versados nestes temas, sabíamos que as causas subjacentes às guerras se situavam além das personalidades e se concentravam na questão da Constituição. Agora César tinha assegurado o título de Ditador Perpétuo, o que garantia a manutenção da autoridade em Roma e em todo o Império. Entretanto, disse eu, reunindo todo o respeito possível, eu não via como uma ditadura perpétua poderia corresponder.

— Devo adverti-lo — eu disse — de que alguns chegam a insinuar que César quer ser coroado rei. Naturalmente é um boato que nego a cada vez que ouço.

Franziu a testa novamente e fez um gesto para me indicar que prosseguisse.

Muito bem, eu disse; ele havia feito pequenas reformas. Havia ampliado o Senado e, embora vários pares da nobreza reclamassem que os novos admitidos mal poderiam ser chamados de senhores, eu concordava inteiramente quanto ao valor da ampliação. Da mesma forma eu era a favor de sua decisão de aumentar o número de pretores e questores, não só porque concedia a mais homens as compensações do posto, mas também porque concorria para maior número de negócios públicos e maior variedade de tipos de transações. No entanto, dificilmente se poderia considerar estas reformas suficientes para dar conta dos problemas fundamentais.

Acelerei um pouco aqui, pois via que ele começava a se entediar e eu não queria abusar da sua paciência.

Agora, disse eu, César se dedicava a preparar a guerra contra a Pártia. Havia boas razões para tal empresa. Contudo, poderia nos distrair de outros assuntos por dois ou três anos e, neste ínterim, estando César ausente de Roma, não se podia imaginar que as causas dos nossos descontentamentos seriam removidas. A expedição a Pártia, perigosa em si mesma, seria, em certo sentido, um ato de evasão. Falava respeitosamente, mas, a meu ver, a tarefa mais urgente diante dele era consertar as fraturas do nosso Estado...

Parei, estupefato. Ele não me ouvia mais. Seu olhar vagava ao longe. Havia se recolhido, talvez ao tédio, talvez aos sonhos. Então, tomando conhecimento do meu silêncio, sorriu com todo o seu antigo charme.

— A rainha do Egito me diz que o título de rei seria muito útil no Oriente. Não dou a menor importância a esta bobagem de títulos, mas talvez ela tenha razão. Naturalmente haverá objeção de muitos em Roma, pois os homens se apegam aos velhos hábitos e detestam inovações. Talvez algum dia, porém, o nome César venha a significar mais que "rei". Quem sabe? Mas venho pensando se devo permitir que me chamem de rei fora das fronteiras da Itália, mantendo em Roma o estilo simples de Ditador Perpétuo. Pode ser uma maneira de sair do dilema. O que você acha, Ratinho?

O que eu achava era que ele não tinha prestado a menor atenção à minha argumentação. No entanto, respondi:

— Entendo que os argumentos da rainha são naturais para ela, mas não vejo como isto poderia resolver alguma coisa. A questão, César, não se resume a títulos... e você tem razão em supor que todos em Roma desaprovariam a adoção do título de rei. Trata-se de uma relação em que, de um lado, está você com o imensurável poder que detém e, do outro, os meios de reavivar as instituições tradicionais da República.

— Você não está entendendo, Ratinho. Quem sabe tem ouvido muito Cícero? Respeito Cícero, e aprecio sua conversação, desde que ele limite os tópicos à literatura e à filosofia. Aliás ele está fazendo um trabalho excelente, buscando equivalentes latinos para os termos gregos necessários ao desenvolvimento dos temas. Mas quando ele fala de Constituição, fala de algo tão mítico quanto o Minotauro. A despeito de todo o seu brilhantismo, ele não entende a história em que vivemos. Quando fala de Constituição em termos respeitosos, admiro seus sentimentos, mas está falando de algo que deixou de existir antes do nascimento dele. Em que Cícero realmente acredita? Ele acha que nossos exércitos devem ser comandados por um militar nobre, antes por Pompeu e, agora, forçosamente, por César, enquanto Roma, a Itália e as províncias pacificadas são governadas, ou administradas, pelo Senado, sob a direção de ilustres conservadores repletos de espírito público, preparados para se orientar por sua brilhante oratória. Ele deveria saber que esta montagem não existe, ainda que já tenha existido, e deveria ter a moderação de reconhecer que a sua própria atuação é maculada por erros crassos e más interpretações.

César se levantou e atravessou a sala. Na casa dos cinqüenta, ele ainda se movimentava com o atletismo tão admirado por seus soldados.

— Você, Ratinho, que acompanhou César, deve saber que a nossa República... este título ressonante, magnífico, moribundo... nas últimas duas ou três gerações mostrou ser incapaz de realizar a mais simples e necessária parte do governo: a manutenção da lei e da ordem em Roma. Neste período, mais romanos, incluindo membros da nobreza, tombaram nas guerras civis, foram mortos em brigas de rua ou simplesmente assassinados, do que em qualquer guerra com estrangeiros. Não em conseqüência da minha ambição, da ambição de Pompeu, da ambição do meu tio Caio Mário, nem mesmo da ambição do odioso Sila, e sim porque as velhas instituições já não são adequadas às circunstâncias...

— Você pede reformas, Ratinho. Não tenho reformas a oferecer. Talvez um dia eu também tenha pensado que uma erradicação dos abusos pudesse efetuar a restauração. Não penso mais assim. Essa esperança não passa de um sonho vão. Você deixa implícito que existe um ressentimento porque indiquei cônsules, pretores e outros magistrados, e fiz das eleições mera formalidade de confirmação. Mas no íntimo você sabe que, desde muito antes de você nascer, ou as eleições são fraudulentas ou não passam de uma farsa. Além disto são perigosas, pois já provocaram violências que o governo deveria conter e que a República não conseguiu conter.

— Assim, eu digo... a República morreu. Não se pode dar vida a um cadáver. O que resta é um simulacro, um simulacro perigoso!

— É preciso mudar as coisas. Mas a mudança será gradual, à medida que os homens se acostumarem a novas realidades. A primeira realidade é que o poder está hoje com o exército e com quem o controla. Felizmente, para Roma César tem o controle do exército. Enquanto César controlar o exército, terá o controle de Roma. Esta é a realidade, contra a qual os sonhos de Cícero se esfarelam como uma peça de cerâmica atirada contra uma parede. Tempo, esta é a palavra de ordem. O tempo e eu contra qualquer par, esta é a minha fé.

— Sim, irei à Pártia, porque é necessário. O que chamo de Eu é imaterial. Em Roma, sou César, e César governa. Nas províncias, César pode ser um rei, ou um deus, não importa. O que Roma precisa é de um período de calma, livre das disputas civis. Somente César pode proporcionar este período, e somente enquanto comandar e controlar o exército. Esta é a realidade, Ratinho!

— Portanto, não dê ouvidos a Cícero. Ele representa o passado. O futuro é muito diferente, porque será baseado num entendimento da realidade última do poder: a espada! Naturalmente, o Senado sobreviverá. César não o renovou, como você mesmo admitiu? Os magistrados também sobreviverão, pois seu trabalho é necessário. Mas lembre-se: os fortes governam o mundo, e enquanto comandar a força das legiões, César será o mais forte.

— Sem o suporte das legiões ninguém jamais terá poder sobre Roma. Se confiar o poder a outros, será liquidado. Roma não é uma Cidade-Estado, é um Império. Diga-me sinceramente: não é absurdo confiar a escolha dos governantes a uma chusma de plebeus sebentos, imundos, quando os governantes têm a responsabilidade sobre todo o mundo mediterrâneo... e depois da minha campanha pelo governo da Pártia...

* * *

Saí de lá desesperado, pois ele havia esboçado um futuro em que a liberdade estaria morta e a honra, à disposição de quem quer que se apossasse do poder... Não foi por isso, não foi para chegar a isto que lutei do Rubicão à Grécia, não foi para isto que salvei a situação em Munda.

Capítulo 16

Embora o ano começasse tradicionalmente nas calendas de março (data alterada por César na reforma do calendário), meu sogro, Caio Cássio, tinha o hábito de dar uma festa nas calendas de janeiro, pois, como ele dizia com muita propriedade, "Jano, o guardião dos portais, o deus que preside o começo de todas as coisas e de todos os empreendimentos, merece o nosso respeito". O fato de que a festa, realizada logo depois da libertinagem da Saturnália, era famosa por reviver o espírito deste festival, vindo a degenerar em algo que poderia, com justeza, ser classificado de orgia, não alterava a determinação do meu sogro de prestar homenagem ao deus.

Naquele ano momentoso a festa adquiriu um significado extraordinário, pois Cássio cortou da lista todos os que eram conhecidos por sua dedicação a César, embora, como precaução, tenha julgado necessário convidar o ditador.

Talvez a minha presença tenha dado a César uma garantia de que ele não estava entre inimigos, pois durante seu breve comparecimento à casa de Cássio ele esteve brilhante. Alguns dizem que foi a presença do meu primo Marco Bruto que acalmou a agitação demonstrada por ele ao entrar no salão, mas não foi bem assim: César andava estremecido com ele devido a boatos de que meu primo ambicionava substituí-lo na ditadura.

— Bruto pode muito bem esperar até que este corpo cansado dê o último suspiro! — disse César.

Ademais, todos os presentes àquela noite — alguns dos quais já não estão mais entre nós — podem confirmar que foi a mim que o ditador dirigiu a maior parte da conversa. Cássio me encarregara de cuidar para que César fosse agradavelmente entretido e, naturalmente, aceitei com prazer o encargo. Meu sogro sabia que o ditador não lhe tinha afeição nem confiança. Assim, após breves e cerimoniosos cumprimentos, Cássio ficou feliz ao me ver tirá-lo de suas mãos.

César se retirou cedo, dizendo que por mais festiva que fosse a ocasião ele precisava trabalhar.

— Trabalhar com a rainha do Egito! — o jovem Cina ironizou tão logo o ditador se afastou.

Depois de bebermos e comermos — lembro-me do leitãozinho delicioso, pois Cássio me contara que as porcas da sua fazenda perto de Tívoli eram criadas com uma dieta rica em leite, para que, por sua vez, produzissem um leite rico e abundante — Cássio dispensou os escravos, ordenando antes que deixassem um vasto suprimento de vinhos tinto e branco. Uma de suas máximas era a de que, em honra de Jano, era apropriado beber taças alternadas de cada tipo.

Havia cerca de vinte convidados, reclinados em divãs, e aparentemente muito à vontade. No entanto, quando os escravos saíram, um tremor percorreu o salão, como se todos sentíssemos a iminência de um momento importante. Devo dizer que o meu sogro não me avisou de suas intenções, o que prova sua confiança em minha virtude.

As pessoas eram as mais variadas, deixe-me esclarecer desde já. Cássio e Marco Bruto eram soldados de Pompeu; haviam lutado (ou, no caso de Marco, encontrado ocupação mais segura) na Farsália. Quinto Ligário também, perdoado (conforme fui informado) em resultado da eloqüência de Cícero. Décimo Turílio e Quinto Cássio (de Parma), figuras mais obscuras, também haviam lutado no exército de Pompeu. O jovem Cato, menos soturno e descortês que seu pai, e bem mais inteligente, era tão devotado quanto ele à República, mas era capaz de uma avaliação mais acurada das possibilidades; com seus cabelos castanhos e sua expressão melancólica, o jovem possuía certo encanto. Vinha a ser, naturalmente, cunhado de Marco Bruto, mas no início da reunião eu havia me divertido ao observar que ele se mantinha afastado do meu primo, e não só porque Marco tinha o infeliz hábito de cuspir ocasionalmente na face do interlocutor — este hábito era a seqüela de uma enfermidade de infância que ele nunca superara completamente, e não fruto de maus modos. Provavelmente Cato sabia disto. Assim, imagino que ele se afastava apenas porque se aborrecia. Eu não o culpava por isso. Outro soldado de Pompeu, Lúcio Cornélio Cina, era casado com a filha do Grande Homem.

Mas havia também velhos companheiros meus: Casca, Lúcio Tílio Zimbra e Caio Trebônio, homens com quem eu lutara lado a lado. Em outros presentes, cuja posição era mais dúbia, não me inclinava a confiar: Sérvio Sulpício Galba, bem-nascido, exímio nas artes militares, mas de disposição amarga e truculenta. Eu sabia que ele odiava César, porque este tinha recusado, para qualquer dos anos imediatamente subseqüentes, sua solicitação para ser nomeado cônsul. De pior reputação era Lúcio Minúcio Basílio, a quem César havia negado o governo de uma província, com base em que ele não era qualificado para o cargo. Em compensação, César lhe ofereceu dinheiro. Basílio declarou ter sido insultado, mas pegou o dinheiro mesmo assim.

Pelo jeito do meu sogro, eu sabia que aquela festa não era uma reunião puramente social. Apesar de todos se portarem com cortesia e delicadeza durante a recepção e o jantar, eu sentia que os seus nervos estavam tensos como a corda de um arco.

— Outro dia Balbo me contou uma história estranha — disse meu vizinho, o Cina mais jovem. — Balbo, o banqueiro, você o conhece.

— Claro que conheço Balbo. Qual é a história?

— Bem, parece que alguns dos veteranos dispensados que receberam terras na região de Cápua estavam demolindo tumbas antigas para usar as pedras na construção de casas. Uma destas tumbas pertencia a Cápis, fundador da cidade, e encontraram nela a seguinte inscrição: "Se os ossos de Cápis forem perturbados, um homem da estirpe troiana será assassinado por amigos e parentes e depois será vingado com alto custo para a Itália". O que você acha disto?

— Nada demais — respondi. — Afinal, suponho que os romanos podem alegar pertencerem remotamente à estirpe troiana, e diariamente temos romanos assassinados por amigos e parentes.

— Não, mas... Naturalmente, não sou supersticioso — ele disse —, mas dá o que pensar, não?

— Dá? — disse Casca. — Bem, é uma proeza e tanto, meu caro. Por outro lado, quando se dá ouvidos a essas conversas de comadres, vê-se que elas não têm fim. Ainda ontem minha velha e gorda mãe me contou uma história ouvida de fonte segura... deve ter sido a manicure dela... de que uma tropa de cavalos que o nosso amo e senhor dedicou ao Rubicão, por conta do significado do rio para sua carreira, cruzou o riacho... um mísero córrego, como bem sabe quem estava lá conosco... e começou a pastar o capim do outro lado. Minha mãe disse que, mal começaram a pastar, manifestaram forte repugnância e alguns chegaram a vomitar.

— Céus, isto é extraordinário!

— Não é? Seria mais extraordinário, meu caro, que César tivesse dedicado uma tropa de cavalos àquele riachinho ridículo. Você imagina César se dando a este trabalho?

— Seria mais extraordinário ainda — eu disse — que um desses cavalos, se é que existiram, vomitasse. Cavalos não vomitam. Por isso morrem de cólicas com tanta facilidade. Se você tem enjôos, vomita. Os cachorros também. Mas os cavalos, não. Fim da história.

— Bem — disse o jovem Cina —, admito que nada sei sobre cavalos, não agüento estes bichos que mordem de um lado e escoiceiam do outro. Não que eu tenha medo, é que eles têm um efeito adverso sobre mim! Portanto, eu não sabia disto. Mas é o que torna a história ainda mais extraordinária! É contra a natureza, e quando acontece alguma coisa contra a natureza é realmente significativo.

— Ah, deuses! — eu disse.

Era o tipo de história e o tipo de conversa comuns em Roma naquele inverno. A credulidade corria à solta.

A conversa foi interrompida por Cássio batendo o cabo de uma faca na mesa para atrair a atenção de todos.

Ele disse:

— Amigos, não pretendo fazer um discurso. Como vocês sabem, detesto discursos depois do jantar. É por isso que Cícero não está aqui. (Uma risadinha obediente correu em torno da mesa.) Mas tenho certas coisas para dizer. Não é inteiramente seguro dizê-las. Se me ouvirem, podemos mudar nossas vidas e restaurar a liberdade em Roma. Portanto, antes de iniciar, peço-lhes duas coisas. Primeiro, se alguém não estiver preparado para assumir a responsabilidade da ação, peço que se retire agora...

Ninguém se mexeu.

— Vejo que os julguei bem! Segundo, peço a todos que jurem pela honra e pela reputação de seus ancestrais e em nome dos deuses que cultuam que tudo o que for dito aqui será confidencial, que não dirão a ninguém, a não ser com a minha permissão, e que não conversarão sobre isto em outros círculos e em outras companhias. Juram? Farão este juramento?

Novamente ninguém se mexeu, ninguém respondeu.

Fui o primeiro a ficar de pé e fazer o juramento formal, nos termos solicitados. Um após o outro, alguns lentamente, como se estivessem com medo, todos se levantaram e juraram, empregando as mesmas palavras que Cássio, e depois eu, tínhamos pronunciado. Por fim, meu primo Marco permaneceu sentado.

— Marco Júnio Bruto, herdeiro de um dos nomes mais nobres na História romana, você jura...

Marco esfarelava um pão.

— Isso me perturba — ele disse. — Ultimamente tenho me sentido muito perturbado. Venho sendo importunado por muitas perplexidades, idéias que julgo mais conveniente guardar comigo. Vocês sabem que o meu amor à honra é maior que o meu temor à morte. Mas, neste momento, suspeito que você irá sugerir um curso de ação que a honra não me permite aceitar.

— Vamos, Bruto — disse Cássio. — Não há homem em Roma mais altamente respeitável do que você. Houve quem dissesse desejar que o jovem Bruto tivesse olhos para ver o que é evidente para os outros. Talvez você esteja preso demais a suas próprias perplexidades. Não posso forçá-lo a jurar, mas insisto, até suplico. Não queremos nos privar dos seus conselhos.

— Naturalmente — ele disse, com o pão completamente esfarelado — sinto-me honrado por sua alta consideração. Mas suponha que eu ouça algo nesta sala que a honra me obrigue a revelar; premido por um juramento a permanecer em silêncio, minhas perplexidades serão muito piores. Cássio, você sabe que o amo e que o respeito, mas não posso me desviar do senso do que é certo...

(Pretensioso de uma figa! — Casca murmurou. — Merdinha covarde, pretensioso!)

— Portanto, em respeito a Cássio, não posso concordar em fazer a promessa exigida. Assim, devo me retirar, e o faço com os meus melhores votos a todos, desejando que tenham um juízo acertado em tudo o que deliberarem.

Dobrou seu guardanapo, se levantou, contornou a mesa, abraçou Cássio e saiu. Sempre se disse que ele se retirou com dignidade. Na minha lembrança, ele se escafedeu do recinto como um coelho assustado.

Por um instante o jovem Cato deu a impressão de que seguiria o cunhado. Seu olhar cruzou a mesa, encontrou o meu, e ele ficou onde estava. Apenas um jovem, cujo nome eu não sabia (mais tarde descobri que era Favônio) seguiu Marco.

Depois que saíram, Cássio voltou ao seu divã e fez um gesto para que o imitássemos. Só então começou a falar:

— Lamento que Marco Bruto, a quem admiro tanto quanto vocês, tenha se sentido incapaz de permanecer conosco. É um homem de honra e respeito. Talvez, dirão vocês, seja hiperescrupuloso.

— Hoje tivemos aqui a presença de outro homem de quem não se pode dizer o mesmo. Todos sabem que eu me refiro a César. Muitos disseram muito sobre César, mas não creio que alguém o tenha acusado de excesso de escrúpulos...

— Gostaria que pensassem nas relações que mantemos hoje com César, nas relações que Roma mantém com César.

— Não sei o que vocês e os outros pensam da vida que levamos, mas, falando por mim, eu preferiria cessar de viver a continuar a viver em... temor... de um homem que não é diferente de mim.

— Como César, nasci em liberdade. Nasci seu igual. Somos homens iguais, aquecidos pelo mesmo sol no verão, fustigados pelas mesmas rajadas frias no inverno.

— Eu disse iguais? Lembro certa vez, quando jovens, em que César me desafiou a atravessar o Tibre a nado. O rio estava cheio, mas mergulhei. Ouvi então um grito, e olhando sobre o ombro, vi que César estava em dificuldades. E assim como Enéias, nosso nobre ancestral, salvou Anquises das chamas de Tróia incendiada, salvei César das águas turbulentas, carregando-o em segurança para a margem do rio. Podem imaginar que, desde então, me detive muitas vezes a pensar nesse momento.

— Outros realizaram feitos semelhantes. Ora, o meu genro, Décimo Júlio Bruto Albino, presente aqui hoje... — ele voltou o olhar diretamente para mim — ... ora, você não salvou César da tormenta na Batalha de Munda?

— Sim, posso dizer que sim.

— E hoje... — Cássio prosseguiu, baixando a voz num sussurro, como fazem os atores quando querem silenciar os murmúrios no teatro — ... hoje César é um deus, e Cássio, e Décimo Bruto, ou Metelo Zimbra, que realizou façanhas na guerra, e Casca, e o jovem Cato, fruto da mais nobre estirpe de Roma, e qualquer um de vocês aqui — qualquer um no Senado, nos quartéis e nos templos, deve se curvar, se dobrar até o chão e corar de prazer quando César condescende em nos cumprimentar com um gesto de cabeça.

— Isto é um modo honroso de vida?

— Labieno, o nobre e honrado Labieno, me contou que certa vez César adoeceu na Gália e, prostrado em sua cama, pediu água, patético como uma menina!

— Alguns de nós já o vimos ter ataques, já o vimos em convulsão, o deus com tremedeira, sem controle de seus membros.

— Esse deus... esse homem igual a nós... é a oitava maravilha do mundo! Ora, ele cavalga o mundo, como o Colosso que vocês viram em Rodes, enquanto nós, homenzinhos, coisinhas insignificantes, devemos andar espiando por baixo de suas pernas, como se à procura de um túmulo desonroso.

— César fala de destino. Não há palavra mais freqüente em sua boca. As estrelas, as estrelas, como se o Destino houvesse decretado que fôssemos subordinados, subjugados, subservientes.

— Mas eu digo... — e se calou novamente, bateu na mesa com o cabo da faca, se calou, nos mantendo em suspenso, esperando e temendo a conclusão a que ele inexoravelmente nos conduzia. — Digo que a culpa não recai sobre as estrelas. A culpa recai sobre nós.

— De que carne César se alimentou para vir a ser tão grande?

— E se os nossos ancestrais, os homens que venceram Aníbal, aniquilaram Cartago, levaram à derrota o grande rei Mitidrates, conquistaram a Espanha, a África e a Ásia... e se esses homens que veneramos nos vissem hoje? E se pudessem contemplar nosso Estado alquebrado? E se eles vissem como somos aviltados hoje? E se vissem como César, um homem da nossa estirpe, um jogador, devedor, libertino, que rompeu os laços históricos que mantinham unido o Estado, se vissem como ele se assenhoreia de nós, nos domina, nos trata como... súditos? Se vissem, iriam rir ou chorar, ou chorar rindo e rir chorando?

— Esta é a pergunta que eu lhes faço hoje: vocês se envergonham tanto quanto eu de termos chegado a esta condição abjeta? Ou estão dispostos a se curvar em adoração a César, chamá-lo deus, ou mesmo rei, vê-lo como criatura de uma ordem totalmente diversa da nossa, que somos seus pares na nobreza de Roma?

Cássio se calou, muito pálido, tomou um pequeno gole de vinho, olhou firme para cada um de nós. Em silêncio, os olhos se desviaram um a um, incapazes de sustentar seu olhar. O silêncio foi quebrado pelo único homem que não enfrentou seu olhar, pela excelente razão de que seus olhos estavam fechados e ele continuava deitado no divã, com aparente indiferença: Casca, é claro.

— Palavras, palavras, palavras, Cássio, Cássio, Cássio, você foi mais Cícero do que Cícero. Realmente não havia necessidade de convidar o velho hoje, pois ele não daria melhor exibição de retórica do que a que você nos serviu...

— Acha que não passam de palavras?

— Não sei ao certo, filhote, não sei — disse Casca, alçando meio corpo e coçando a barriga. — Estou gordo, muito gordo. Você nos ofereceu um bom jantar, Cássio. César acha que somente os magros são perigosos, e eu sou gordo.

Metelo Zimbra interrompeu:

— Chega desta comédia! Você nos deu muito o que pensar, Cássio. Se lhe agrada saber, você trouxe o rubro da vergonha à minha face.

— À minha também.

— E à minha.

— E à minha... ora essa!

— E então, Casca? — disse Cássio.

— Faz tempo que pus a vergonha de lado, queridinho! Dá-me conforto, vinho, carícias, mate meus credores, ou deixe-os viver, contanto que bem longe de mim, e o que mais Casca pode querer da vida? Estou muito gordo.

Palavras, palavras, palavras. Pois bem, vou responder em palavras: quem não arrisca, não petisca... que tal o provérbio? Seu cozinheiro tem a mão leve para os petiscos, Cássio. Dê-lhe parabéns pelos filezinhos de lagosta...

Novamente, Metelo quebrou o silêncio:

— Cássio, o que você disse é apenas o começo. Gostaria que Marco Bruto tivesse ficado. Respeito a opinião dele. Mas todos vocês demonstraram o que pensam. Assim, convido todos os presentes para jantar em minha casa daqui a sete dias. Até lá devemos refletir sobre esses temas, consultar o coração, a consciência, o interesse, ou o que for, e observar o juramento de silêncio feito aqui. Casca, você verá que o meu cozinheiro armênio também tem boa mão para petiscos e uma louvável imaginação para os recheios. Portanto, podemos encerrar aqui e retomar o debate conforme meu convite?

Todos assentimos, mas quando nos preparávamos para partir, Cássio fez um aceno em minha direção e pousou a mão no ombro do jovem Cato, detendo-o. Quando nós três ficamos a sós, ele disse:

— Resposta interessante, melhor do que ousei esperar. Mas agradeço se pudermos ter uma palavrinha antes que acompanhem seus amigos.

Assim, voltamos aos divãs. Cássio serviu mais vinho.

— Ratinho — ele disse —, você conhece César melhor do que qualquer um de nós.

— Devo muito a ele.

— Tanto quanto ele deve a você.

— Sim... não posso negar.

— Você sabia o que eu pretendia... e ficou.

Cuspi um caroço de azeitona.

— Existem lealdades e existe lealdade.

— Como assim? — Cato perguntou.

— Se alguém deve alguma coisa aos amigos e benfeitores, deve mais a si mesmo, e mais ainda a Roma.

— Exatamente o que eu penso — disse Cássio.

— Ah, você deixou isto bem claro! Apenas faço eco ao que você disse. Há meses venho procurando uma alternativa, e não encontrei nenhuma.

— Se César tomar o título de rei — disse Cato —, o próprio povo nos isentará de responsabilidade. Vão estraçalhar César!

— É possível — eu disse. — Em todo caso, ele não assumirá o título logo, tampouco o fará em Roma. Se for para a Pártia, sim; quando chegar ao Oriente se permitirá, com um sorriso condescendente, ser chamado rei. Talvez compartilhe o trono com a rainha do Egito. Será uma campanha longa, de dois ou três anos. Neste ínterim, o povo se acostuma. Quem sabe? Mas talvez não use o título em Roma. César é indiferente a palavras. Recentemente ele insinuou que o nome "César" pode vir a ser mais grandioso do que "rei". É possível. Cássio, se eu disse que não via alternativa ao que você não conseguiu dizer explicitamente hoje, foi porque já havia sondado a possibilidade de uma abdicação, a exemplo de Sila, e o recolhimento à vida privada. É claro que eu não falei com ele sobre Sila, pois sabemos que ele mal suporta ouvir este nome, qualquer menção o desagrada! Ele está decidido a manter o poder. Está decidido a conquistar a Pártia!

— Talvez ele não volte da Pártia — disse Cato.

— Talvez não — disse Cássio —, mas não podemos correr este risco, porque, se voltar em triunfo...

Ele levantou a mão com a palma em sua direção e virou o polegar para baixo.

— Roma, e todos nós... para sempre arrochados, a liberdade para sempre extinta. Cato, você e eu temos o mesmo parentesco com Marco Bruto... — era verdade, pois a irmã de Cato era casada com Bruto, e Cássio tinha tomado a meio-irmã de Bruto como sua terceira esposa no verão anterior. — Se você estiver de acordo com o que sugeri, tente convencer Bruto. Eu também tentarei, em conversa particular. Sua natureza é lenta, relutante. Não me surpreendi com sua saída abrupta. Mas temos de contar com Bruto. Pode falar com ele?

— Certamente. Falarei também com minha irmã, Pórcia. Como você sabe, ela era muito leal ao nosso pai e, na verdade, cultua a memória dele. Conseqüentemente, odeia César mais que ninguém. E tem grande influência sobre o marido.

— Excelente! — disse Cássio. — A poucas mulheres confio as minhas intenções, mas não hesito em abrir exceção para a filha de Cato!

Quando Cato saiu, meu sogro me olhou com uma expressão próxima à afeição.

— Está pronto para receber as acusações de traição que recairão sobre você?

— Sim — respondi.

— Sei que você não compartilha do meu ponto de vista quanto ao seu primo Marco, nem a alta conta em que o têm. Creio que você o subestima. Às vezes chego a pensar que as excelentes opiniões dele despertam sua inveja.

— Inveja do Marco? Não! Questiono sim, a sua capacidade, e não vejo por que você o considera tão essencial.

— Você disse a palavra certa! Eu o considero essencial! Tanto mais porque creio que não temos chance se ele recusar se aliar a nós. Certamente podemos ter sucesso em nosso objetivo imediato. Não precisamos dele para isso, mas, sim, porque o povo o tem em alta estima.

— Ah, sim... o modelo da "velha virtude romana"... Marco. É incrível!

— E os senadores... acredito plenamente que a adesão de Marco seja necessária para o objetivo final... a restauração do Estado livre. Se ele se unir a nós, nosso ato será considerado desinteressado. Se recusar, nossa visão da República será desacreditada. Portanto, peço-lhe que deixe de lado o preconceito e tente persuadi-lo.

— Contraria minha natureza...

— Porém...

— Muito bem! Embora com relutância, aceito seu julgamento.

— Obrigado! Como vai Longina?

— Maravilhosa, cheia de alegria! Na verdade estamos tão felizes que eu me sinto tentado a aceitar me satisfazer com a domesticidade!

— Não, meu genro, você é romano demais! E hoje nos engajamos no mais nobre e mais romano de todos os projetos!

E nos levantamos. Ele me abraçou e tomei o meu caminho na noite nublada.

Capítulo 17

— A sorte está lançada!

Nos dias que se seguiram, estas palavras de César me voltaram à mente várias vezes.

"A sorte está lançada"... seja qual for o resultado. Sua atitude me deixou perplexo — eu nunca fui jogador. Marco Antônio fazia troça da minha relutância em apostar. Eu lhe respondi que era muito bom para um gênio como César, mas até um gênio tinha necessidade de homens sérios como Labieno e eu para mantê-lo na linha.

— E eu? — Antônio perguntou.

Eu não soube responder à pergunta. Não conhecia a capacidade de Antônio. Suponho que ele me fascinava pela sua displicência em tudo o que fazia, sem se preocupar com a sua reputação ou com as conseqüências dos seus atos. Eu discutia comigo mesmo e com Cássio se deveríamos convidá-lo a se juntar a nós. Naquele ano Antônio era cônsul. Era um ponto a favor, pois isto significava contar com o respaldo de uma autoridade legitimamente constituída. Por outro lado, não se podia prever a resposta. Ele era imprevisível. E ainda havia o risco de que revelasse segredos quando estivesse bêbado. Cássio fez duas observações: primeiro, que a adesão de Antônio afastaria Marco, cuja participação ele tanto desejava; segundo, que seria fácil chegar a Antônio depois do fato consumado.

— Ele estará temendo pela própria segurança! Não terá escolha senão concordar!

Eu gostaria de ter a mesma opinião.

Longina me beijou levemente nos lábios. Meus dedos dançaram em seu ventre, ainda quase nada intumescido.

— Meu pai... — ela disse — estou preocupada por você e por ele... não sei como dizer... Meu pai finge ser altruísta. Que diz a filosofia dele? Moderação em tudo, não? Mas ele concorda somente em teoria. Meu pai é impetuoso, impulsivo, perigoso. Sempre encontra uma razão respeitável para o que quer fazer, mas o verdadeiro motivo é outro. Eu o observei a vida inteira. Vou lhe dizer uma coisa que eu nunca disse... ele sempre me amedrontou. Porque ele é amargo, frustrado!

— Não se preocupe... — respondi, beijando-a para espantar seus medos.

— Eu não quero perder você! — ela disse. — Este é o risco de eu estar com o meu pai. Ele custa às pessoas o que elas prezam.

Por um momento sua ternura me desarmou. Em seguida pensei no filho que teríamos e nas duas opções diante dele: a liberdade de um nobre romano ou a existência subserviente de um súdito.

— Cidadãos! — Assim César se dirigiu aos soldados amotinados da Décima Legião. Que não deixava de ser um título honroso. Por quanto tempo este título sobreviveria na Roma de César?

O *tramontana* continuava a soprar sem tréguas, do Norte. César se ocupava do plano de sua próxima campanha. Como sempre, ele planejava meticulosamente os meios de suprimento das suas legiões — ou exigia que os outros fossem meticulosos.

Ele me disse:

— Você sabe que assumirá o governo da Gália Cisalpina e, naturalmente, está indicado para o consulado em 42. Mas será preciso encontrar um substituto para o governo da Gália, pois vou precisar de você no Oriente. Agora que nós não temos mais Labieno, você é o único general em quem posso confiar para uma operação independente.

— Temos Antônio — respondi.

— Sim, sempre temos Antônio. Mas não sei quando posso confiar em Antônio e quando não posso. Sempre confiei em você, Ratinho. Por isso eu o nomeei, em meu testamento, guardião do meu sobrinho e herdeiro Otávio.

— Correm rumores de que você reconhecerá o filho da rainha do Egito como seu.

Ele franziu a testa.

— Silencie esses rumores, por favor! Eles só servem para aborrecer Calpúrnia!

— Sempre confiei em você, Ratinho.

Estas palavras me voltaram à noite. Estendi a mão para minha esposa adormecida e a acordei para mandar a lembrança embora.

Calpúrnia ainda insistia em que eu localizasse o mago da Numídia.

— Ele continua na cidade.

— Talvez escondido, devido aos crimes que cometeu.

— Acho que você não tentou encontrá-lo realmente... Chego a pensar que você está do lado de Cleópatra!

A aflição a tornava ainda mais encovada, a tez mais amarelada do que nunca. Não conseguia ter pena, eu a via apenas com repugnância, perguntando-me novamente por que César aturava esse casamento desigual. A rabugice de Calpúrnia o irritava. Era talvez a única pessoa em Roma que não se dava ao trabalho de fingir considerá-lo uma figura divina. Não perdia uma ocasião de denunciar sua fragilidade. Talvez ele a mantivesse a seu lado como um lembrete salutar de que a imagem apresentada ao público era falsa. Esta hipótese me levava a sentir pena dele, mas talvez fosse irrefletida. Talvez César ainda pudesse se redimir. Se ainda cultivasse alguma dúvida no âmago do seu ser, quem sabe ele poderia ser dissuadido de prosseguir no caminho que prenunciava desgraça para ele e conseqüências inimagináveis para Roma.

— César — eu disse e hesitei, como um pescador que contempla o mar turbulento, hesitante entre desatracar o barco ou permanecer a salvo no porto. Engoli em seco duas vezes e me lancei ao mar.

— César, quero sugerir fortemente um curso de ação, mas receio uma recusa imediata.

— Sugestão portentosa, Ratinho!

— Lutei com bravura por muito tempo a seu lado, em defesa de sua causa. Você teve a bondade de elogiar o meu desempenho. Nenhuma batalha exigiu a coragem que necessito agora: dizer o que você não quer ouvir.

— Nunca duvidei da sua coragem. Prossiga. Dizem que é bom ouvir opiniões que desagradam... uma vez ou outra. Eu o ofendi, Ratinho?

— Você ofendeu Roma, César.

— Cuidado com o que você diz.

— Você ofendeu Roma, César. Todas as opiniões de homens da nossa estatura, sim, e de inferiores também, levam a esta conclusão. O monopólio do poder provoca indignação cada vez maior, até nos seus melhores amigos. E não é só isto. Outro dia, escrevendo uma carta, não importa a quem, me surpreendi escrevendo a frase "É uma rara felicidade poder pensar e dizer o que se pensa; até quando isto nos será permitido?". Risquei a frase e não enviei a carta. César, eu o conheço tão bem quanto qualquer homem pode se gabar de conhecê-lo. Sei que você não é um tirano. Muitos, que não o conhecem tão bem, acham o contrário. Talvez isto não tenha importância, mas eu não posso afirmar, e menos ainda em vista de sua recusa em se cercar de uma guarda pessoal. Mas você vem erigindo um sistema que dará vez à tirania. Você tem o controle do exército, aboliu as eleições! Todos os compromissos públicos são realizados por obra e graça de César! Seu sucessor consolidará esse sistema e seus sucessores não levarão em conta a possibilidade de outros modos de governo da República e do Império. Eles não terão as suas virtudes! A liberdade desaparecerá e não poderemos mais usufruir da rara felicidade de sentir o que quisermos e falar o que pensamos.

Enquanto eu falava, mantinha os olhos fixos em César, atento a qualquer sinal de raiva, que eu conhecia tão bem: um aperto do lábio superior, uma aspereza no olhar, a mancha vermelha na bochecha esquerda e o tamborilar dos dedos nas costas da outra mão. Não vi nenhum deles. Em seu lugar, um sorriso amigável iluminou seu rosto.

— O que você me aconselharia, Ratinho?

— Eu o aconselharia a renunciar, a abandonar, ou pelo menos a adiar a campanha da Pártia, e dar às nossas instituições a oportunidade de trabalhar com liberdade sob seu olhar benevolente. César, enquanto você viver sua autoridade será superior à de todos. Mas é preciso distinguir entre autoridade e poder. Você não pode dividir a sua autoridade, pois foi conquistada por seus próprios feitos e por sua virtude; mas pode renunciar ao poder. Você estabilizou o Estado; agora pode restaurá-lo!

— Muito bem, Ratinho, é preciso ter muita coragem para se atrever a falar assim com César. Mas a sua recomendação é absurda, impraticável. Eu já lhe expliquei. A República está moribunda! As instituições já não pertencem à esfera do governo. Se eu renunciar, como você me aconselha, a ordem que restaurei será novamente desintegrada. Roma voltará a ser um espólio disputado por facções em litígio. Liberdade é uma bela palavra, mas fruída somente quando há segurança. César trouxe segurança. Em Roma, e em todo o Império, hoje existe liberdade com ordem. É disto que os homens precisam. O Império só pode ser governado sobre este fundamento. Não pense que eu não refleti longamente sobre essas questões. Elas ocupam as minhas noites. Você me oferece uma grande tentação... Imagina que não há momentos em que anseio pela tranqüilidade da minha *villa* no Lago Albano, onde eu empregaria produtivamente meus últimos anos, me dedicando aos prazeres da literatura, da filosofia e da vida campestre? Fomos ensinados a venerar a memória de Cincinato, que, recebendo um chamado para deixar o arado e salvar Roma, executou a missão necessária e voltou ao lar para continuar a criar seu gado. Cultuamos a memória de Cipião, o Africano, meu grande predecessor nos anais da guerra romana, cujos feitos quase se igualaram aos de César, e que, depois de vencer Aníbal e Antíoco, repugnado com as rixas e ciumeiras do Senado, se retirou para o seu sítio de Literno, na Campânia. Sim, o exemplo de Cipião é uma tentação, pois sua virtude lhe valeu fama eterna. Mas Cipião é também uma advertência. Como a César, ofereceram-lhe ditadura vitalícia; ao contrário de César, ele recusou. Seu ato de renúncia contribuiu para uma Roma melhor? Ou a sua falta de disposição para aceitar o poder abriu caminho para um mar de problemas? César resistirá à tentação. César cumprirá seu dever, a despeito dos perigos — e estou bem ciente deles. Volto a repetir: não se pode insuflar vida num cadáver. E a República está à beira da morte. Roma e o Império exigem o governo de uma só pessoa. Isto significa a concentração da autoridade e do poder num único ser superior. Não importa o título: ditador, rei, imperador, César, Deus! Os nomes são expedientes para satisfazer o vulgo. A realidade é diferente. Aqueles que imaginam que a República pode ser restaurada, que Roma pode voltar a florescer com o suporte de instituições adequadas a não mais que uma Cidade-Estado, se iludem com sonhos impossíveis...

Levantando-se, César se aproximou por trás, pegou o meu pescoço (e senti os meus cabelos se arrepiarem) e beliscou a minha orelha.

— Realidade... — ele apertou minha orelha com força. — Leia Tucídides, Ratinho, e não Platão, leia História e não Filosofia. É a coragem frente à realidade que distingue Tucídides de Platão. O grande filósofo é um covarde perante os duros imperativos da realidade. Por isso foge para o Ideal, onde, aliás, Cícero o segue. Tucídides enfrenta os fatos, exercita o autocontrole. Portanto, mantém o controle sobre as coisas. Assim é César! Todos os idealistas são covardes, pois não admitem as coisas como elas são. A deusa de César é a Necessidade. Por ela, César se guia!

Saí de lá invadido pela tristeza. César era um grande homem e devia-lhe muito, mas quanto maior era a sua estridência ao falar da realidade, menor era a acuidade do seu ouvido a qualquer murmúrio que perturbasse a contemplação devotada à sua própria glória. Oh, soldados, o que é o mundo? É César! O que é essa imensidão de areia senão César? O que é Roma senão César? O que é a Pártia senão o meio de cumprir o destino de César?

— É uma estranha contastação — disse Cícero —, mas César não tem hinterlândia.

— Como assim? Não compreendo — disse meu primo Marco Bruto, franzindo a testa. — Não tem hinterlândia? Não estou entendendo... — ele parecia um soldado avançando além da fronteira, perdido tão logo se afastara dos marcos da estrada.

Era um jantar íntimo na minha casa. Minha primeira intenção fora a de convidar apenas Marco e sua esposa, Pórcia. Mas convidei Cícero, contando com sua indiscrição, que seria estimulante. Além disto, com a presença de Cícero, Marco não desconfiaria tanto das minhas intenções. Convidei também a jovem esposa de Cícero para satisfazer minha curiosidade, mas ele não a trouxe. Estavam brigados, talvez para sempre.

— Ah, não entendeu, Marco? — Cícero adorou que Marco admitisse. — É natural! O gênio de César é ofuscante! Mas levo vantagem sobre você, pois eu o conheci bem antes que ele se tornasse César, com todas as conotações atuais deste nome ilustre. Certamente ele sempre foi brilhante, mas o seu brilho não esparge luz à sua volta. Pode-se dizer que é um brilho concentrado. Quando digo que César não tem hinterlândia — Cícero prosseguiu sem tomar fôlego, não fosse alguém interrompê-lo —, quero dizer simplesmente que ele não tem um verdadeiro senso do passado, não tem simpatia pela maneira de pensar dos outros, não tem sensibilidade por afeições imemoriais. Talvez sua própria limitação seja uma das razões do seu sucesso. É uma idéia interessante, que vale a pena explorar. Pode-se até perguntar: um dos critérios para um certo tipo de sucesso mundano será o homem nunca parar para considerar o outro lado, o outro lado da questão, jamais contemplar, digamos, o outro lado do vale que divide o presente e o passado?

— Não compreendo... — disse Marco. — César está sempre falando sobre seus ancestrais.

— Ancestrais remotos — respondeu Cícero. — Tão remotos que chegam a ser irreais. Mas a realidade da República... Ah!, ele prefere desviar o olhar desta realidade!

Longina suspirou, interceptando o meu olhar. Devia estar pensando em quão mais divertida era a companhia de César num jantar.

Pórcia disse:

— Meu pai dizia que César não passava de um oportunista, que não se importava com coisa alguma além da sua posição, absolutamente sem escrúpulos quando se tratava de sua carreira.

— Isto confirma precisamente o que eu estou dizendo — disse Cícero. — Certamente eu não esperaria outra coisa além de bom senso e acurada observação da parte de Marco Cato. César é incapaz de sentir a afeição que liga os homens uns aos outros e aos seus antepassados. Nunca lhe ocorreu que a sociedade é uma parceria entre os vivos, os mortos e os que ainda vão nascer.

— Ouvi dizer que César nega a própria existência da sociedade — eu disse. — Na sua opinião, a sociedade é um conceito inventado que permite aos homens se isentarem da inteira responsabilidade pelas suas ações.

— Exatamente! — disse Cícero. — Eu já havia lhe falado, Décimo Bruto, da grande ameaça que chamo de individualismo... que, por sinal, é a minha pobre tentativa de encontrar um equivalente latino para um termo filosófico grego... a ameaça que isto representa para a comunidade de Roma, e por comunidade eu gostaria que vocês entendessem que eu quero dizer todo o legado recebido dos nossos ancestrais, que forjaram a República e as possibilidades da grandeza de Roma, e que o dever nos obriga a transmitir aos nossos filhos e netos. Estou velho, chegando ao fim da vida, ou pelo menos chegando ao fim natural dos meus dias, e vejo claramente que, por mais consciente que cada um de nós possa estar de si mesmo, das próprias exigências e desejos engendrados, somos colhidos por uma rede de circunstâncias e conexões que, no nosso caso, é Roma... sua história, estrutura política, os deveres que ela nos impõe. Portanto, em última instância, digo que quem ofende Roma ofende a mim, ofende meus amigos, ofende a todos que considero amados e respeitáveis!

Cícero saiu cedo, explicando que, na sua idade (que ele gostava de exagerar, talvez para se fazer mais notável, ou num esforço para atrair simpatia), precisava de mais horas de sono — "não que eu durma bem, compreendam, mas pelo menos estou em repouso no leito" — do que rapazes vigorosos ou beldades, como Longina e Pórcia.

Aliás, era um absurdo insinuar que Pórcia era uma beldade. Muito magra, tinha o queixo do tipo chamado, creio, de "lanterna": fino e longo. Além disto, seus olhos eram parados, sem brilho. Bastava olhar para ela para saber quão despida era de imaginação!

— Como ele é chato! — disse Longina. — Fico me beliscando para me manter acordada e não bocejar na cara dele — ela riu. — Acho que ele não gostaria muito.

Marco franziu a testa novamente.

— É um homem da maior distinção. Confesso que às vezes encontro dificuldade em acompanhar sua conversação, em parte por ser tão copiosa, mas nunca deixo a companhia de Cícero sem me sentir enriquecido.

— Sim — disse Pórcia. — Ele é um grande homem, mas é um livre-pensador, não um homem de ação. Como o meu pai dizia, o grande Cato:

"A ação é que põe o homem à prova". É a pura verdade. Afinal, qualquer um é capaz de falar virtuosamente, até os maiores hipócritas, até César, quando quer, mas agir virtuosamente, conforme o exemplo dos nossos ancestrais e de acordo com os deveres impostos pelos deuses, é outra coisa.

— Meu primo, gostaria de consultá-lo sobre algo estranho e deveras perturbador — disse Marco. — Não sei o que significa, nem como devo reagir.

— Sim?

— Fui informado, por fonte segura, de que foi encontrado um documento sob a estátua do nosso grande antepassado que destruiu os tarquínios, com as palavras: "Oh, se houvesse agora um Bruto! Oh, vivesse tal Bruto neste momento!". E hoje, quando tomei meu lugar de pretor no tribunal, havia uma mensagem à minha frente, dizendo: "Bruto, dormis. Não sois um vero Bruto se não despertardes do sono infame". Estou intrigado quanto ao sentido disto.

— Marido... — disse Pórcia, enquanto eu deliberava qual seria a melhor resposta a dar a meu primo cabeça-dura — Marido, sua modéstia excessiva torna-o lento... Esta mensagem que lhe soa tão estranha não deveria intrigá-lo! São flechas atiradas à sua consciência, clamando para que você imite a ação do nosso grande antepassado e liberte Roma de um tirano!

— Tirano? César?

Longina se mexeu no divã. Acho que, como eu, ela suspeitava que havia o dedo do seu pai nessas mensagens...

— Sim. — disse Pórcia. — Um tirano! Um tirano que asfixia a liberdade de Roma tão certamente quanto destruiu meu nobre pai! Assim, o povo recorre a você, Bruto, cuja virtude é reconhecida por todos.

Ela parecia ter esquecido a nossa presença. Estava absolutamente concentrada no seu marido.

— Mas César tem sido generoso comigo! — disse Bruto. — Nada tenho contra ele, nada tenho a reprovar em César. Comparado aos que vieram antes, como Mário e Sila, César tem demonstrado admirável clemência para com seus adversários. Não posso esquecer nem ignorar isto. Que me diz, Ratinho?

— Que digo? Digo que devo tanto a César quanto você, mas devo mais a Roma. Quaisquer que sejam as virtudes de César, e ninguém mais cônscio delas que eu, sua posição no Estado tornou-se vil. Ainda que não tenhamos nada contra a pessoa de César, ele terá herdeiros...

E com infinita paciência, voltei a enunciar, ainda mais detalhadamente, em atenção à morosidade de entendimento do meu primo, os argumentos que eu havia empregado com o próprio César. E concluí:

— Pense em César como ele sendo um ovo de serpente. Um ovo não faz mal, mas produz víboras cujas presas envenenarão Roma. Assim, o que você faria quando encontrasse um ovo de serpente? O esmagaria.

— Marido amado... — Longina murmurou mais tarde no meu ouvido, depois que os nossos convidados haviam partido e estávamos na cama, depois de fazer um terno amor. — Marido-Ratinho, estou com medo...

Acariciei seus seios, corri os dedos pelo seu ventre e por entre suas pernas. Rocei meus lábios nos dela.

— Meu medo não morre com beijos.

Mas ela se agarrou em mim e me beijou com desejo. E eu senti um tremor percorrendo o seu corpo.

— Não vou questioná-lo, mas continuo a temer a influência do meu pai sobre você. No momento é tudo imaginário, está somente na sua cabeça, Ratinho. Deixe como está, por favor, não traduza em ação... Não é em César que eu estou pensando, embora ao pensar nele, tão cheio de vida, me horrorize com o que vocês estão tramando! Mas não é César, é você! Meu pai é inconseqüente. Seus planos não se concretizam. Tenho medo de que dê tudo errado!

— Existe outro medo que você não está considerando — eu disse. — Suponha que eu fique de fora. Suponha que eu conte a César o que está sendo planejado. Haverá outros planos, e um deles será bem-sucedido, pois César se recusa a tomar precauções. E então? Qual será o destino de alguém conhecido como aliado de César? Quanto tempo eu sobreviveria nestas circunstâncias?

Capítulo 18

Minhas noites são inquietas. Acordei hoje gelado de terror. César me visitou em sonho. Pelo menos tenho certeza de que era um sonho, e não seu fantasma — pobre consolo! Eu estava na cama com Longina chorando copiosamente em meus braços, invadida pela tristeza que se segue ao desejo e sua efetivação. Sua dor era tanto maior porque me revelava que nosso filhinho estava morto: "esmagado no ovo", ela dizia vezes sem conta. Não sei se é verdade, pois não recebi notícias de Longina. Seu silêncio me atormenta, apesar de dizer a mim mesmo que ela não deve ter meios de saber onde estou, talvez não tenha recebido minhas cartas e se aflija com a minha ausência, como me aflijo com a dela. As dores do amor, um dia satisfeito e hoje negado, são ainda mais agudas que a pontada do desejo irrealizável. Perder o que se conhece e em que se confia é ainda mais cruel do que jamais ter tido o que se queria.

César estava ao pé da cama, mostrando suas feridas. Não falava, mas seus gestos, tocando a primeira cutilada, depois outra e outra e, por fim, a que havia sido obra minha, eram de dar pena!

Eu queria gritar que era inocente da inveja, que não tinha sido este o meu motivo, mas sim (como vejo agora) o de Cássio, mas encontrava uma obstrução na garganta e, embora formasse as palavras, era incapaz de pronunciá-las.

César chamou Longina com um aceno. Ela se separou de mim, deslizou prateada como Diana nos raios do luar, lançou os braços em torno de César e beijou-o em cheio na boca. Eu me senti compelido a olhar enquanto eles se retiravam com muitos gestos lascivos, ambos subitamente esquecidos da minha presença, dos meus direitos, da minha existência. O luar deslizou com eles e eu fiquei na escuridão, num longo silêncio, quebrado por gargalhadas casquinadas e depois por um som que eu sabia ser dos meus próprios soluços, embora o meu corpo não se mexesse e os meus olhos estivessem secos.

Um sonho? É claro! Não acredito em espectros... Mas me deixou como a última formiga solitária num formigueiro estraçalhado.

Quanto a Longina, sem dúvida o meu sonho revelou a verdade. Ela havia me abandonado em favor da memória de César. Hoje eu sei que, se algum dia voltássemos a nos encontrar, ela me rejeitaria. E que diferença faria? Despertaria o meu ciúme? Acho que não, nunca fui ciumento. Este pensamento provoca mais uma resignação serena e sombria, uma espécie de distanciamento.

Ocorreu-me que, se nos encontrássemos novamente, ela poderia ceder aos meus desejos, alguma coisa dos antigos sentimentos poderia reacender nela, mas, ainda que não fosse o caso, mesmo que o meu amor não fosse correspondido, não teria mais importância! Se estivéssemos novamente juntos, poderíamos retomar os velhos hábitos, ou não. De qualquer maneira, eu não deixaria de amá-la.

Quando penso que me casei por conveniência, por um ato político, e de como a desprezava, tenho motivos para me envergonhar.

Minha preferência por Otávio em detrimento dela. Quanta insensibilidade, que estupidez. Que absurdo a idéia dos gregos, da superioridade do amor entre um homem e um rapaz! Talvez refletisse apenas a inferioridade das mulheres gregas? Não creio... Não há nada semelhante ao amor por uma mulher que se entrega totalmente.

E se hoje tanto Otávio como Longina pensam em mim com desprezo, é somente o desprezo dela que me entristece.

No entanto, tendo escrito isto com a mais profunda sinceridade, devo confessar que há três semanas escrevi a Otávio, pedindo que ele intercedesse para salvar a minha vida. Eu me envergonho desta carta agora, dos termos em que me expressei. Mas se um homem atirado ao mar está se afogando, ele se importará em que termos foi socorrido? Na minha mente há duas vozes em conflito. Assim:

Repreensão: "Tal pedido é uma negação da virtude. Está aquém do decoro do homem".

Resposta: "Idealizamos demais a virtude. Fizemos papel de bobo em prol do conceito de virtude. Foi a virtude que me trouxe ao presente estado".

Repreensão: "Ah, então você nega a virtude do ato? Teria voltado atrás?".

Fez-se silêncio.

Otávio não respondeu. Talvez ainda não tenha dado tempo. Talvez, ao receber minha carta, com raiva, ele a tenha rasgado em mil pedaços. Talvez — uma idéia pior! — ele a tenha lido em voz alta à mesa de jantar, para divertir seus amigos, provocando o riso maldoso de Mecenas.

Por outro lado, sedento como estou de notícias, minha carta pode ter sido em vão, tarde demais! O próprio Otávio talvez não esteja mais em posição de poder fazer alguma coisa por alguém.

Este pensamento não me aflige.

Artixes está mais distanciado. Não pede mais que eu leia minhas memórias para ele. Ou o pai dele está desconfiado da nossa amizade ou ele criou aversão à minha pessoa e à minha história. Agora estou realmente só.

História... acho que há chance de que este manuscrito sobreviva a mim. Escrevo, em parte, para preencher o tempo, relembrar e evitar pensar no futuro (mas o pensamento irrompe a toda hora), e em parte como um ato de justificativa própria. É o meu testemunho.

Quem o ler me entenderá, ou todos continuarão a me repreender com aquela única palavra que Otávio me dirigiu: "traidor"?

Muito bem, aceito a palavra, acrescentando apenas que eu tinha por César uma afeição mais profunda e verdadeira que a de Otávio. Minha vida foi intensamente dedicada à vida de César. Servi a César com a mais extrema lealdade. Otávio acha que não me custou colocar um dever maior acima da dívida para com César? Ademais, eu me rendi ao seu charme... seu famoso charme!

Outro sonho: areias do deserto se estendem em todas as direções, cinza-púrpura no resto de luz do sol que acabou de escorregar para trás de montes longínquos. Estou só. À minha volta, mostras de calamidade: cavalos mortos, pedaços de armaduras, espadas e lanças abandonadas, grandes carros pesados de bagagens. Mas não há legionários mortos. É como se eu contemplasse os escombros de um exército sem soldados.

Caminhei tropeçando, exaurido, com sede, com medo. A lua surgiu, os cantos começam. Do alto de um banco de areia olho para um espaço côncavo abaixo, onde figuras nuas dançam em torno de um altar de pedra, num ritmo bárbaro e compulsivo. Amarrada sobre o altar há uma figura em permanente mudança: ora parece jovem, ora velha, uma mulher, um rapaz. Uma forma acocorada se destaca dos dançarinos e segue pulando agachada em direção ao altar. Apenas a cabeça da figura amarrada está livre, virando-se de um lado para outro. Sua boca está aberta como se gritasse, mas não sai nenhum som dos seus lábios cinzentos como que mortos. Então a figura acocorada se levanta. Volta-se para mim e vejo que usa uma máscara. Todos estão em silêncio, um lobo uiva ao longe. Uma nuvem de pássaros — corvos ou abutres — desce sobre o altar com a lenta batida de asas pesadas. Cobrem a figura de modo que só posso ver a boca cinzenta escancarada, emitindo gritos que não soam. Neste momento mãos arrancam meus trajes, unhas afiadas rasgam minhas carnes, e acordo emitindo os gritos que a figura do altar não conseguia soltar.

Nas palavras do pobre Catulo:

"Miser a miser, querendum est etiam atque etiam, anime!"

(Alma duas vezes miserável, anseio mais e mais por gritar minha tristeza!)

Capítulo 19

Chega de sonhos negros, que chegam furtivamente, me trazendo temor ao próprio sono.

Deixem-me retomar a narrativa.

De todas as tradicionais cerimônias romanas, a mais estranha, e talvez por isso mesmo a mais fascinante, é a Lupercália*. Sua origem e finalidade são desconhecidas, perdidas nas brumas do tempo. Acontece dois dias depois dos idos de fevereiro, no meio dos dez dias de cerimônias em honra de nossos finados ancestrais, mas se tem conexão com estes, ninguém, nem mesmo os sacerdotes, sabe dizer com certeza.

Concentra-se na cova de Lupercal, no lado sudoeste do íngreme e arborizado Palatino. Foi neste local que uma loba veio em auxílio de Rômulo, nosso fundador, e de seu irmão, Remo. Esta associação e o nome do festival indicam que, de alguma forma misteriosa, é uma comemoração deste evento. Se for assim, muitas mudanças devem ter ocorrido desde a primeira celebração, pois não há qualquer semelhança entre os ritos e a amamentação de Rômulo e Remo.

O festival é iniciado com sacrifícios de bodes e oferendas de bolos sagrados, feitos pelas virgens vestais, com espigas de trigo da última colheita. As cabeças de dois jovens da nobreza são salpicadas com o sangue da faca usada nos sacrifícios, que em seguida é limpa com lã embebida em leite. Então, os jovens devem rir. Envoltos nas peles dos bodes, eles fazem uma lauta refeição, após o quê conduzem dois grupos de jovens nobres ao caminho que

* Festa anual celebrada em 15 de fevereiro em honra ao deus Pã. (N. do R.)

circunda a base do Palatino. Todos carregam *februa*, tiras de pele de bode purificada, que usam para açoitar as mulheres que encontram. É desnecessário dizer que os mais empreendedores procuram as mais bonitas. Estas, entendendo os açoites como uma honra e um bom augúrio, fazem pouco esforço para escapar. Sou fascinado pela Lupercália desde que fui um dos dois jovens escolhidos, e sei que isto gera uma misteriosa excitação. A cerimônia convida os participantes a deixar emergir por um momento os emblemas de uma civilização altamente valorizada em outros tempos.

Naquele ano Casca me acompanhou.

— Gosto dessa selvageria! — ele disse. — Você sabe, queridinho, que guardo distância dos meninos bem-nascidos. Raramente são flexíveis o bastante para o meu gosto. Mesmo assim, sempre há um ou dois rapazes formosos participando dos folguedos que me despertam a fantasia com uma pitada da antiga excitação. Portanto, vou sim.

Era um dia claro e frio, com neve nos montes. A confusão era a de sempre, gritos, animação, risos e provocações. César estava sentado num trono dourado no meio da dança dos sacerdotes de Pã. Vestia uma túnica púrpura e tinha na cabeça uma tiara de ouro. Devido ao frio, usava um xale em volta do pescoço. Parecia não prestar atenção ao que estava acontecendo. Deixei meu olhar vagar.

Casca cutucou minha costela.

— Olhe, olhe...

Uma figura avantajada, vestida com peles, subia altaneira em direção a César, levando uma coroa. À primeira vista não reconheci Antônio. Ajoelhou-se diante de César, estendendo-lhe a coroa. César não reagiu.

A coroa de Rômulo?, pensei.

A multidão fez silêncio, todos os olhares se fixaram em César. Ele estendeu a mão, tocou a coroa, deixando os dedos pousados nela enquanto seus olhos passeavam pela massa compacta do povo. Então, sem olhar para Antônio, empurrou a coroa e deixou sua mão cair. A multidão explodiu em aplausos.

Antônio não desistiu. Permaneceu de joelhos, ainda oferecendo a coroa a César, como um suplicante implorando uma graça. Desta vez os dedos de César se fecharam em torno da coroa, enquanto seu olhar mais uma vez se desviava e varria a multidão. Mais uma vez deixou a mão cair. Nova explosão de aplausos.

Antônio não se moveu. Mantinha a coroa estendida no nível de seus olhos. Levantou-a um pouquinho mais. César estendeu a mão novamente. Pegou a coroa. Antônio afrouxou a mão. Por um momento, a coroa ficou somente com César. O silêncio perdurou, até ser quebrado por brados de desaprovação. César sorria, ainda olhando para a coroa e não para o povo. A coroa tremeu em suas mãos. Colocou-a de volta nas mãos de Antônio, quase derrubando-o de costas, tal o vigor do empurrão. As vaias e os assobios que haviam começado (como se o povo estivesse num teatro e César fosse um ator que não estava agradando) foram traduzidos em vivas.

César se levantou um pouco vacilante, apoiou sua mão na cabeça de Antônio e tirou o xale, deixando-o cair. Apontou seu dedo indicador para a garganta nua. Sua boca se movia, mas não se ouvia o que ele falava no alarido ensurdecedor. Pelo seu gesto deduzi que ele convidava aqueles a quem sua resposta desagradava a cortarem sua garganta. O convite não foi aceito. Vivas mais altos retumbaram. César oscilou e desabou no chão.

Casca cochichou:

— Deve ter sufocado com o hálito fedorento da ralé tão perto dele!

— Não — eu disse. — É o velho achaque, a doença da queda!

Uma voz próxima a meu ouvido me disse:

— Não é César que sofre da doença da queda; somos nós! Sim, Casca também. Todos temos a doença da queda!

Não foi preciso eu me virar para identificar o meu sogro.

— Charada interessante... — ele disse. — Vamos conversar sobre isto. Venham à minha casa quando a festa acabar.

César havia se recobrado e já estava de pé, muito pálido e ainda trêmulo. Levantou a mão, pedindo silêncio.

Foi obedecido, o que diz muito de sua autoridade e presença.

— Bom povo — sua voz era sumida.

— Coitadinho... — murmurou uma jovem meretriz ao nosso lado.

— Bom povo! — disse César mais uma vez — Perdão por afligi-los com esta minha estranha enfermidade, que, como lhes dirão meus veteranos de guerra, sempre precede meus maiores triunfos. Se hoje os ofendi de alguma forma, não levem a mal, e atribuam a ofensa ao ataque da moléstia.

Dito isto, César se apoiou ostensivamente no ombro de Antônio e seguiu em passos lentos, soberanos, abrindo caminho entre a multidão em direção ao Fórum.

— Coitadinho! — disse a jovem novamente. — Dá para ver como ele sofre!

— Ele não devia ter vindo hoje. Vi que estava mal assim que botei os olhos no coitado — disse uma amiga dela. — Mas ele veio, um mártir do dever!

— Pois é — disse outra. — Ele sabia que se não viesse iria nos decepcionar...

— Coitadinho! — a primeira repetiu. — Olhe só como é cansativo para ele!

— Ainda bem que ele recusou a coroa!

— Ah, era uma coroa? Não deu para ver direito...

— É, ainda bem, mas eu acho que se tem alguém que merece uma coroa é César!

— Mas você sabe o que ele disse quando alguém o chamou de "rei"? Ele disse "Meu nome não é rei, é César!"

— Ah, ele é esperto! Ninguém pega o nosso César!

— Não mesmo, ele é o máximo! Com César, temos segurança!

— Não sei o que deu na cabeça daquele Antônio.

— Devia estar bêbado... Quase caiu de bunda por causa de um empurrãozinho de César!

— O que estava acontecendo àquela hora?

— Acho que ele estava apenas provando que não queria a coroa. Para ele basta ser César!

— Já é demais para muita gente...

— Ele não está bem. Às vezes passo a noite inteira preocupada com ele.

— Coitadinho...

Bombardeados por estes comentários, com os louvores a César ecoando em nossos ouvidos, tomamos o caminho da casa de Cássio.

— Existe um grau profundo de afeição por ele, é quase amor, não devemos nos esquecer — eu disse.

— Eu não esqueço — disse Cássio. — Isto pesa na minha mente!

— Conversa mole! — disse Casca. — Essa gentalha é volúvel. Podem crer, eu conheço esse povo... Conheço muito bem! Esse foi o clima de hoje. Se César mandasse que fossem para casa esfaquear a mãe, teriam obedecido. Mas isto foi hoje. Amanhã vão aplaudir da mesma maneira um novo herói. O povão é assim. Lixo. Não tem de se guiar por eles.

— Espero que você tenha razão — eu disse.

❀ ❀ ❀

Cássio mandou um escravo trazer vinho quente temperado com especiarias.

— Bebam! Está frio lá fora... — ele disse, passando-nos as taças e sorvendo seu vinho de um só gole.

— Agora está melhor. E então?

— Como você diz, está melhor. E novamente como diz, e então?

— Eu tinha esperanças — disse Cássio — de que a popularidade de César entrasse em declínio. Mas continua aumentando.

— Eles teriam aplaudido tanto se ele tivesse aceito o presente de Antônio? — perguntei.

— Igualzinho! — disse Casca.

— Se a popularidade dele — disse Cássio — ainda está em ascensão, chegará o dia em que não haverá nada fora do seu alcance, pois não haverá nada, nem a opinião pública para impedir...

— E então?

— Então temos de fazer o que decidimos. Então, também, Ratinho, é ainda mais necessário recrutar seu primo Marco. É preciso convencê-lo. Mandei chamar o jovem Cato para discutirmos a maneira de resolver a questão. Ratinho, não adianta fazer beicinho. Pense em nós três aqui. Não tenho ilusões a respeito da minha situação: sou detestado pelo povo, sou considerado a própria expressão do orgulho aristocrático. Eles odeiam o que entendem — e entendem mal — da filosofia que conforma minhas ações. Você, Casca, é respeitado? Acho que não. E você, Ratinho, é popular? Se fizer um discurso no Fórum, o povo o aplaudirá? Quantos morrerão por sua causa?

— A Nona Legião é muito dedicada a mim. Foram conduzidos por mim à fama e à vitória, defendem minha província outorgada da Gália Cisalpina e, creia-me, Cássio, não existe melhor corpo de infantaria.

— Ratinho, Ratinho, soldados são soldados... seguem a quem quer que os pague...

— Não, eles têm lealdades mais profundas. A força de César deriva do exército, não se esqueça.

— A força de César deriva de ser César, e da nossa fraqueza. Não, por mais que lhe desagrade, precisamos de Marco Bruto. É o único homem tido em alta conta pelo povo e pelo Senado que temos a esperança de recrutar. É o único que pode fazer nossa causa... — ele fez uma pausa e sorriu; havia sarcasmo no seu sorriso — "respeitável" — e encerrou com uma risada alta e seca.

— Seria melhor Antônio — eu disse.

— Antônio? — disse Cássio. — Depois da comédia de hoje?

Argumentei longamente a favor de Antônio, desconsiderando o que acabáramos de ver. Não conheceríamos os motivos de Antônio enquanto não discutíssemos o caso com ele, como eu me inclinava a fazer. Antônio era cônsul, eu disse, o que bastava para dar autoridade à nossa causa. Isto significava que poderíamos tomar quaisquer medidas necessárias para assegurar a ordem dentro da legalidade. Enfatizei a importância da legalidade. Era verdade, admiti, que Antônio havia sido partidário dedicado de César — mas não mais dedicado que eu. Ele raramente questionava as ações de César. E quantos de nós questionavam? Mas ele não tinha grande entusiasmo por César; ficara aborrecido por César ter-lhe negado apoio em sua briga com Dolabela no ano anterior. Antônio era muito querido pelo povo e, como cônsul, podia assumir legalmente o comando das legiões. Admiti suas fraquezas, mas insisti em que eram inferiores à sua capacidade. Pelo menos deveríamos sondá-lo. Sua adesão iria fortalecer imensamente a nossa causa.

— Antônio não é respeitável — disse Cássio.

— Posso ser acusado da mesma coisa, queridinho... — disse Casca.

— Seu caso é diferente, até porque você consegue até manter um segredo quando está bêbado, e já Antônio é incapaz disto. Ratinho, ainda que eu concordasse com tudo o que você diz, e você defendeu o caso de Antônio com uma eloqüência de fazer inveja a Cícero, resta uma objeção insuperável: se Antônio fizer parte do plano, nunca teremos a adesão de Marco Bruto, pois Antônio encarna tudo o que Bruto despreza e detesta.

— Mande Marco se foder! — eu disse.

— Não comigo, querido — disse Casca. — Arrume outro candidato para este serviço.

Minhas dúvidas aumentaram quando o jovem Cato chegou, cheio de frescor, bonito, curioso. Sua irmã, Pórcia, estava lançando mão de todos os seus encantos ("Pouquíssimos, a meu ver", murmurou Casca) para persuadir seu marido. Bruto estava quase se convencendo. Ele tinha escrito algumas páginas de um ensaio sobre as virtudes da República. O título provisório era *Contra o governo de uma só pessoa*.

Observei que isto não nos adiantaria muito.

— Além disso, é mais fácil aplaudir a República do que conquistá-la — disse.

— E tenho mais novidades! — disse Cato. — Os partidários coroaram as estátuas de César com diademas de rei. E o povo os ovacionou.

— Isto é um aviso — disse Cássio — de que é arriscado adiar. Cato, você quer me acompanhar numa visita a Bruto? Já é tempo de puxar-lhe a orelha para soltar a obstrução que impede seu nobre espírito de passar à ação.

Ainda hoje não sei o que Cássio achava realmente de Bruto. Ao falar nele, era raro não haver um toque de ironia na sua voz; no entanto, julgava que não havia ninguém cuja adesão desse maior peso ao nosso partido. A verdade é que Cássio simultaneamente o admirava e desprezava, valorizava e desaprovava, não confiava na sua capacidade e, ainda assim, sentia necessidade de sua reputação de virtuoso. Talvez Cássio também tivesse as dúvidas que me assaltavam quanto à moralidade do nosso plano e, sentindo esta incerteza, achava que somente se livraria dela se Bruto, de cuja virtude ninguém duvidava, colaborasse conosco. Não sei. Sei apenas que a sua insistência em recrutar Bruto foi a causa principal do nosso fracasso, como demonstrarei, se houver tempo.

Casca e eu saímos juntos da casa de Cássio com nossos espíritos oprimidos. Nuvens pesadas vinham de nordeste, ameaçando nevar. Ambos sentíamos que estávamos comprometidos com um plano incerto. Nossa confiança em Cássio havia diminuído. Ainda assim...

— Ratinho, já lhe ocorreu que ainda podemos estourar essa coisa toda? Contar a César o plano e... Sim, claro que você pensou nisto, e não vamos contar, vamos?

— Não, não vamos. Seja qual for o risco, nós dois já chegamos até aqui. Aquela charada hoje de manhã... Viu como, na terceira vez, ele agarrou a coroa?

— Vi.

— Há uma palavra grega...

— Deve ter.

— Megalomania!

— É foda!

— Se você diz...

— Não, é que eu acabei de ver uma coisa. Até mais, fofinho! Cuide-se.

Casca me deixou e saiu dançando atrás de um epiceno de cabelos encaracolados. Pegou o rapazinho pelo cotovelo e os dois desapareceram numa viela.

A neve chegou e deitou-se na cidade por dois dias, silenciando o barulho dos carros. A umidade e a ventania permaneceram pelo resto de fevereiro. Cássio deu a notícia de que Marco ainda estava em luta com sua consciência, mas tanto ele como o jovem Cato confiavam em que Pórcia, a razão e o interesse público iriam prevalecer. Ele achava que Bruto era como um general forçado a ceder uma posição após a outra.

— Acabará encurralado numa cidadela, com uma única saída! — disse Cássio.

Sem recorrer à autoridade de Cássio, fui sondar Marco Antônio, que admitiu estar preocupado com o estado mental de César.

— Aquela puta da rainha é um vício! Ele já não é capaz de sequer pensar direito!

Eu tinha certeza de que ele entendia o meu propósito, mas fingia que não. Entretanto, colocou um dedo ao longo do nariz. Este gesto parecia indicar que ele não teria participação no movimento, mas que também não tentaria colocar obstáculos.

— César não é imortal — ele disse quando saía. — E é muito mais velho do que nós! Essa campanha da Pártia provavelmente acabará com ele... sua saúde não é mais a mesma! Então as coisas voltarão ao normal, seja lá o que for isto.

Trebônio pressionava Cássio para incluir Cícero em nossos planos. Teve algum apoio de Metelo Zimbra, mas os demais nos opusemos.

— Vamos precisar de Cícero depois — eu disse. — Alguém duvida da aprovação dele? Mas até o momento final é mais provável que ele seja um estorvo do que um auxílio para o nosso plano.

Minha opinião era importante e Trebônio desistiu de tentar nos convencer.

Voltaram a aparecer diademas nas estátuas de César. Desta vez, dois nobres tribunos, Flávio e Marulo, homens de virtude republicana exemplar, os arrancaram com as próprias mãos e os atiraram ao chão. Este ato recebeu o beneplácito do povo, embora alguns dissessem depois que os dois tribunos tomaram providências para que o desacato fosse testemunhado apenas por aqueles que eles sabiam ser favoráveis e, na verdade, a presença deles fora proposital. César ficou furioso com a insolência. Exercendo sua autoridade de Ditador Perpétuo, depôs os tribunos e, depois que voltaram a ser cidadãos comuns, não mais protegidos pelo cargo, meteu os dois na prisão. De todos os seus atos tirânicos este foi o que causou maior impressão aos indecisos que ansiavam pela restauração da República mas que não ousavam por temor a César. Pois então viram que se César era capaz de ameaçar o mais honroso cargo do tribunato com tamanha arrogância autoritária, ele seria capaz de qualquer coisa.

Casca riu, e disse:

— Vale a pena lembrar que a causa ostensiva da Guerra Civil foi o tratamento infligido pelo Senado aos tribunos que apoiaram César.

— Sim — eu disse. — E o tema das memórias de guerra de César foi a insistência em "com que grande zelo busquei a paz". O que ele está querendo agora?

A pergunta pairou sobre as nossas deliberações e as respostas de que suspeitávamos fortificou muitos espíritos.

— Seu primo avança lentamente na direção de uma resolução — disse o jovem Cato. — Ficou muito impressionado com essa história dos tribunos.

As calendas de março anunciaram a primavera. A leveza do ar conclamava à ação. O céu era de um azul suave e o ar, fragrante. Minha alma se encheu de disposição. Acordei cedo, deixando Longina linda em seu sono feliz, à procura de Cássio.

Desculpei-me por chegar muito cedo.

— Não se desculpe, sempre acordo ao raiar do dia... Estudo filosofia durante uma hora, depois pratico esgrima ou faço ginástica. Na minha idade é preciso exercitar tanto o corpo quanto a mente, senão a deterioração é rápida! As coisas estão caminhando bem, você não acha?

Sua leviandade me aborreceu. Não condizia com a sua reputação. Cássio era considerado por muitos um homem amargo, soturno, pessimista.

— Estamos chegando lá — ele disse. — Jantei com Marco Bruto ontem. Está a ponto de aderir. E então teremos de agir rapidamente.

— Antes que ele mude de idéia ou perca a coragem?

— Se você quer colocar assim... Mas, eu já lhe disse, você o subestima.

Ele é escrupuloso, o que é um mérito. O Senado deverá se reunir nos idos de março, ironicamente, no Teatro de Pompeu.

(Devido à reforma em andamento na Casa do Senado, em conseqüência de um incêndio.)

— Parece-me um dia apropriado.

— Muito bem — eu disse. — Mandarei Longina para o campo.

— É necessário? Não levantará suspeitas?

— A gravidez dela servirá como pretexto!

— Você parece atormentado...

— Então minha aparência trai meu estado de espírito.

O que me preocupava, como já lhe explicara diversas vezes, era a falta de preparativos para após o ato. Agíamos na suposição de que tudo voltaria confortavelmente ao seu lugar. Eu não acreditava. Havia riscos. Talvez precisássemos de tropas para manter a ordem. Não se podia supor que todos os partidários de César se submetessem à nossa vontade. Era preciso considerar a posição de Antônio. Sugeri colocar a Nona Legião, que era leal a mim, em estado de alerta. Eu estava pronto a ordenar que ela deixasse o quartel de inverno, em Bolonha, e marchasse para Roma.

— Uma ordem dessa natureza não despertará suspeitas em César? É possível fazer esse movimento sem confirmar suspeitas? Além disto, logo depois os cônsules Antônio e Dolabela assumirão legalmente o comando dos exércitos.

— A legalidade terá de ser posta de lado. Talvez Antônio tenha de ser posto de lado também... Dolabela não tem importância; ficará correndo em círculos como uma galinha degolada.

— Bem... — disse Cássio — Sua proposta é arriscada. Será preciso ponderá-la e discuti-la em profundidade. Convoquei uma reunião para daqui a uma semana. Até lá Marco estará pronto a aderir.

Longina protestou quando eu lhe pedi que deixasse Roma. Formou um biquinho delicioso com os lábios, e seus olhos estavam marejados de lágrimas. Recebeu minha contida explicação da necessidade com a cabeça inclinada para o lado e fez muitas perguntas. Depois, um desafio. Ela não se convencia, não me obedeceria. Se eu a amasse, não pediria isso. Seus seios adoráveis arfavam. Tomei-a nos meus braços e tentei alegrá-la com beijos. Ela se desvencilhou de mim, dizendo:

— Eu o preveni contra o meu pai. Não perguntei o que vocês estão tramando, porque não precisava. Tem medo de que eu o traia?

— Não.

— Então eu não entendo!

— Tenho medo — eu disse — sim... Se você sabe que é melhor não falar a respeito, vou confessar meu medo. Tenho medo, um medo terrível, de que não dê certo! Tenho medo de falhar, mas quanto a você, o fracasso não a colocaria em perigo. Quanto a você, tenho um medo maior ainda do sucesso. Meus amigos estão cegos para a devoção que "esse homem" inspira ao povo. Assim, não pensam nas possíveis conseqüências do sucesso. Violência, revoltas, vingança... é o que eu temo! E quero você a salvo! Quero que você esteja a salvo, para que eu cumpra a minha função como um homem de virtude!

— Muito bem — ela disse. — Mas é preciso cumprir esta função? Venho pensando sobre isto...

Ela pegou uma maçã verde numa bandeja e a mordeu. Um fiozinho de suco escorreu-lhe no canto da boca.

— Ah, tenho um desejo por maçãs! Segundo as comadres, significa que será uma menina.

— Será um menino e, por mim, apenas o primeiro.

— Se você ficasse de fora, quando tudo acabasse estaria numa posição forte, não? Principalmente se o meu pai e os outros estão tão mal preparados como você diz.

Esta idéia havia me ocorrido. Claro que sim! A tentação não cessa de se oferecer: César morto, eu inocente do seu sangue e na posição de mediador entre dois partidos. Visões de autoridade acenavam com a tenacidade de uma prostituta oferecida.

— Já entrei fundo demais para sair— eu disse.

Era verdade. Se eu voltasse atrás, só ganharia o desprezo daqueles a quem dera a minha palavra. Nos extremos não há lugar para o homem que quer tirar o palmito sem sujar as mãos. Era tarde demais para o que Longina sugeria.

— Você pode adoecer...

— Vão julgar que me faltou coragem! Acha que um homem com a perspicácia de seu pai se deixa enganar por um fingimento de doença?

— Você não entende! — ela gritou. — Tenho medo porque o amo, seu tolo! Tenho medo por você e pelo nosso filho!

Longina se desmanchou em lágrimas. Ajoelhei-me para consolá-la. Seus braços envolveram o meu pescoço. Senti uma faca penetrar minhas costas levemente, logo abaixo do ombro esquerdo.

Por acaso eu acabara de me curvar para beijar sua boca, que ela desviava de mim, de maneira que o punhal não penetrou, causando apenas um ferimento superficial. Mas a lâmina saiu suja de sangue e senti seu jorro quente. Longina olhava para o punhal ainda suspenso em sua mão enquanto pingava sangue no mármore do piso. Nós nos afastamos. Ela segurava o punhal entre nós, com sua ponta para baixo.

— O que foi que eu fiz?

— O que você tentou fazer? — disse. Acho que sorri; espero ter sorrido! — É a primeira vez que sou apunhalado por amor! Tolinha!

Tirei o punhal de sua mão trêmula. Ela não opôs resistência. Corri os dedos pela lâmina e toquei os lábios de Longina com o meu sangue.

— Tolinha — tornei a lhe dizer.

— Eu podia ter matado você!

— Com esse brinquedinho? Improvável! Foi só um arranhão! Ferimentos profundos sangram mais devagar.

— Venha, deixe-me lavar a ferida. O que eu fiz!

— Não há necessidade de lágrimas!

Sua vergonha e horror — também desnecessários, na minha opinião, pois seu motivo somente me fez amá-la ainda mais — serviram ao meu propósito. Ela desistiu de se opor ao meu plano de mantê-la em segurança. Mostrou-se humilde e submissa. Vendo-a assim, eu me repreendi e estive mais próximo dela do que em qualquer outro momento de aceder ao que ela queria. Nosso plano parecia supérfluo, irrelevante para as coisas realmente importantes da vida. Que me importava a virtude pública ou a velha República decadente, corrompida, em comparação com a revelação que me fora concedida?

— Afinal — eu disse para mim mesmo — não existe nada, nem o incitamento da batalha, que se compare à satisfação possível com uma mulher que ama de verdade.

Mas o amor morre quando o respeito morre, e isto depende do respeito próprio da pessoa amada. E se transforma nesta emoção debilitada: a piedade.

Um paradoxo: o amor de Longina a levava a temer o caminho que tomei. Eu temia que o seu amor se extinguisse juntamente com o meu respeito próprio caso eu abdicasse deste respeito.

Dois dias depois, eu a acompanhei pela Via Ápia até a saída da cidade. O sol brilhava, a luz fulgia e os pinheiros negros tinham toques de ouro. Na quarta pedra de milha paramos, nos abraçamos, língua buscando língua, como se assim expressássemos não apenas desejo, mas unidade da palavra, da ação, do espírito.

Pousei minha mão em seu ventre.

— Ela se mexeu ontem à noite — disse Longina.

— Ele.

— Como queira, mas talvez você se decepcione...

— Nada que você faça, nada que você produza pode me decepcionar.

— Não creio muito.

— Lembre-se — eu disse — que o que eu faço é pelos nossos filhos, para que eles possam crescer livres, e não escravos. Não é por mim. Como poderia, se cresço à luz de César? Mas o rumo que ele escolheu promete apenas escuridão aos filhos de Roma, aos nossos filhos e aos filhos deles. Gostaria que você acreditasse nisto.

— Acredito que você acredita. É suficiente, embora continue sendo retórica para mim. Ratinho, meu marido, que os deuses estejam com você!

— E com você também!

Ela riu como não ria há muito tempo, uma risada cheia, vinda do fundo da sua garganta, que era uma de suas glórias.

— Como se acreditássemos nesses deuses que invocamos...

— Ah, Longina...

Montei meu cavalo. Inclinei-me ao lado da carruagem para beijá-la mais uma vez. Prolonguei o beijo, sugando mel e conforto dos seus lábios. O cavalo refugou e nos separamos.

Tento agora reter este momento na minha lembrança.

Contemplei a carruagem se afastar lentamente. Ela se virou uma vez, acenou, depois virou-se novamente para a frente, baixou a cabeça, e eu sabia que lágrimas cegavam seus olhos. A carruagem passou pelas tumbas que margeavam a estrada. Tornou-se cada vez menor até virar um cisco no horizonte, e não ser mais nada. Virei o cavalo e voltei à cidade e ao meu destino.

Assim, rindo dos deuses, chorando por necessidade, Longina foi embora. Desde então nunca mais a vi, exceto em sonhos, dormindo ou acordado. Enquanto escrevo, ela retorna; e a distância entre nós zomba de mim!

Capítulo 20

Conforme combinado, nos reunimos na casa de Cássio, entre as calendas e os idos.

Não recordo a data precisa, mas recordo, como se estivessem enfileirados agora à minha frente, as feições dos meus amigos e companheiros. Eu tinha motivos para não confiar em alguns deles: Quinto Ligário e Galba eram movidos por ressentimentos de ordem pessoal. Achavam que César os tinha insultado. Cina era um homem vil, não confiável em horas de crise. Trebônio, embora amigo, era ao mesmo tempo precipitado e irresoluto, uma perigosa combinação de qualidades...

Muitas pessoas, ausentes naquele momento, estavam cientes das nossas intenções. Quando sondados, tinham oferecido apoio verbal, e caso tivéssemos sucesso, estariam do nosso lado. Os doze reunidos àquela noite eram os chefes do que suponho que os historiadores chamarão de conspiração. Não aceito o termo: segundo o meu modo de pensar, tem conotação criminosa. Não éramos criminosos, e sim executores por justa necessidade.

De todos os presentes, Cato parecia o mais nervoso. Ansioso dias antes, conclamando à ação com um entusiasmo que jamais seria igualado pelo seu pai, agora ele parecia pálido, fatigado, cheio de apreensão. Confessou-me que não conciliava o sono há várias noites. Sentia-se oprimido pelo medo do fracasso — e da inevitável vingança de César.

— Se tivermos coragem e resolução, não falharemos.

Falei com mais confiança do que sentia. Isto também era necessário. A dúvida é contagiosa, logo se transforma em pânico. Lembrei como Catilina e seus amigos perderam o controle quando foram confrontados com Cícero.

(Meu pai, na qualidade de cônsul designado, fora o primeiro a pleitear a pena de morte — para consternação deles.) Pois bem, não éramos Catilinas, nem marginais, e nos situávamos entre os principais homens de Roma. A maioria de nós tinha o nome ligado a grandes feitos, a heroísmos de guerra, a uma tradição de bom julgamento. No entanto, César era mais que Cícero, e que meu pobre pai.

Casca deu-me coragem, apoiando minha equanimidade. Por diversas vezes seu bom senso havia me fortalecido; Casca sempre foi sangüíneo. Quando, a caminho da reunião, mencionei a possibilidade de fracasso — em termos muito diferentes dos que empreguei com Cato —, ele escarneceu dos meus temores:

— César é apenas um homem, um simples mortal. Sangra tão depressa quanto você ou eu.

Contudo, o que eu mais receava eram as conseqüências!

Marco tinha reunido coragem para aderir. Sua longa procissão de dúvidas chegara ao fim. A meu ver, sua decisão foi determinada tanto pelo temor ao desprezo com que Pórcia veria sua recusa como pelo senso de dever que ele pregava incansavelmente. Neste caso, que seria dado o devido crédito à família de Cato, não fosse a influência maligna que Marco teve sobre o nosso plano.

Cássio pediu silêncio. Seu pronunciamento foi breve. Sua postura era marcial, seu tom, firme. Esboçou as razões irrefutáveis que nos moviam. Deplorou a decadência do espírito público que havia reduzido a República à sua triste condição.

— Se o sistema de governo de César for ratificado, tudo o que conhecemos de Roma, tudo o que amamos em Roma fenecerá, tudo aquilo por que nossos pais lutaram e morreram terá fim à medida que, pouco a pouco, passo a passo e sem remorso, Roma desaparecer, naufragada sob o peso de um despotismo oriental. Nossos ancestrais, os antepassados imediatos dos que estão aqui presentes, conquistaram o direito de não se dirigir a homem nenhum como "rei", "senhor" ou "amo". Fomos chamados a agir para evitar que os nossos descendentes nos desprezem, que nos odeiem como a geração que, por apatia ou covardia, perdeu esse direito, condenando assim a nobreza romana à perpétua ignomínia e subserviência... — disse Cássio. E concluiu: — Se algum homem discorda do que eu digo, não discutirei, mas peço que se retire agora!

Ninguém se moveu, embora o jovem Cato tremesse, com uma aparência de quem iria vomitar a qualquer instante.

Metelo Zimbra se levantou.

— Você falou por todos nós, Cássio. Temos as mesmas convicções.

Houve um murmúrio de assentimento.

— Contudo... — disse Zimbra, e meu sogro estremeceu ao ouvir esta palavra — eu gostaria de sugerir mais uma vez que Cícero seja convidado a se unir a nós. Tenho duas razões e peço que as considerem com atenção.

Zimbra tossiu. Marco olhava para ele de boca aberta, um sinal, conhecido por mim desde a infância, de seu esforço total de concentração.

— Em primeiro lugar — Zimbra prosseguiu —, os cabelos brancos de Cícero servirão para dar à nossa causa uma aparência absolutamente respeitável. Sua presença convencerá os indecisos, pois dirão que, se um homem com a experiência, a virtude e a reputação de Cícero está associado a nós, nosso empreendimento deve ser justificado. Se dispensarmos seu apoio, as pessoas se perguntarão por que ele não está conosco e provavelmente nos condenarão como jovens impetuosos, repudiados pelo bom senso de Cícero.

— Jovens, dificilmente, Zimbra — eu disse. — Poucos aqui podem ser chamados de jovens e a maioria de nós, inclusive você, tem grande experiência militar e uma carreira de atos de bravura ligada a seu nome. Não creio que alguém possa nos menosprezar neste sentido.

— Muito bem — disse Zimbra. — Esse é apenas o primeiro ponto e, com todo o respeito por Décimo Bruto, mantenho minha opinião. O segundo ponto é ainda mais forte. Após a conclusão, teremos de justificar nossa ação no Senado e na tribuna. Alguém duvida de que, entre todos os homens, Cícero é o mais indicado para defender o nosso plano?

Era um argumento válido, e concordei.

— Ainda assim — acrescentei —, penso que sua ansiedade é exagerada. Não duvido de que obteremos o apoio de Cícero, até mesmo seu apoio irrestrito, quando houver passado o momento de perigo e as palavras se fizerem mais necessárias que a ação. Assim, proponho reconhecer a justeza de muito do que diz Metelo Zimbra e concordarmos em chamar Cícero na ocasião oportuna. Suspeito que ele mesmo preferiria que fosse assim. Afinal, ele é um ancião, e nunca se destacou pela coragem.

Marco tossiu.

— Não há motivo para convidar Cícero a se reunir a nós — ele disse. — Ele certamente recusará; jamais seguirá um curso de ação traçado pelos outros. Conhecemos sua vaidade e arrogância.

Eu sabia que Marco era ciumento e adivinhei seu temor de ser eclipsado por Cícero, que passaria a ter a primazia no plano, por força do seu talento e reputação. E Cássio certamente havia prometido esta primazia a Marco para persuadi-lo a nos apoiar.

Cássio acenou com a cabeça, convidando-me a falar, como havíamos combinado.

— Tenho uma questão a propor. É uma questão séria, que exige cuidadosa consideração. Nenhum homem será tocado além de César?

Casca disse:

— Antônio e Lépido. Está se referindo ao nosso virtuoso cônsul e ao Chefe da Cavalaria?

— Em princípio, sim... temos de definir a nossa posição.

— Não somos loucos para não defini-la — disse Casca.

— Realmente é um ponto importante — disse Cássio de modo interrogativo, como se ainda não tivesse se decidido. — Antônio é leal a César. Muitos de nós o sondamos com cuidado, e não recebemos uma resposta satisfatória. Se ele sobreviver a César, não estaremos arriscando a nossa posição? Quanto a Lépido, talvez ele não seja tão importante, mas tem o comando de todas as tropas aquarteladas nas cercanias da cidade.

Fez-se silêncio. As pessoas se viravam para cochichar com os vizinhos. Alguns, visivelmente agitados, não esperavam aquela proposta. Outros assentiam com a cabeça, mas ninguém ousava ser o primeiro a manifestar aprovação.

— Não, não, não — era Marco, é claro. — Não somos açougueiros, Cássio. Pense no horror que nos despertaram Mário e Sila nos expurgos vergonhosos que efetuaram. Repito: não somos açougueiros. Na verdade somos sacerdotes da República. A morte de César será um sacrifício. Um sacrifício necessário. Gostaria que não fosse necessário. Como sabem, refleti longamente sobre o assunto. Não sou afeito a um julgamento apressado, mas hoje estou convencido. Entretanto, amigos, se estenderem a lista de vítimas a um nome que seja além do de César, não terei participação nessa empreitada. Matemos César, e nosso motivo será reconhecido pelo que realmente é: um ato necessário de virtude. Se matarmos os amigos de César, parecerá que não passamos de bandidos, degoladores, assassinos comuns. Seria um convite à retomada da Guerra Civil. Após o ato, devemos praticar a clemência e buscar a reconciliação com os amigos de César. Repito: ou César e somente César ou Marco Bruto não participará do movimento!

Casca resmungou, mas Marco ganhou a aprovação dos presentes. Minha segunda proposta, de colocar a Nona Legião em alerta, de prontidão para sufocar a desordem subseqüente em Roma, também foi rejeitada pela argumentação de Marco.

— Seria uma mensagem errônea — ele disse. — Não se trata de um golpe militar, mas, como frisei, um ato de sacrifício. Não posso, portanto, consentir. E no exercício da minha liberdade de julgamento, caso eu não possa dar o meu consentimento a qualquer proposta, não poderei, por uma questão de honra, participar da ação. Ademais, você é muito pessimista, Décimo Bruto. Não haverá desordens subseqüentes, pois todos os homens de bem aplaudirão a nossa ação. Não seremos considerados vilões, mas heróis da restauração da liberdade em Roma.

Assim, o mau conselho firmou a decisão. Somente César deveria morrer. E depois tudo correria às mil maravilhas.

Os idos de março, o Teatro de Pompeu e uma aclamação geral dos libertadores.

Deixando-se, por fim, convencer, Marco parecia ter descartado todas as dúvidas.

Cássio via o peso dos meus argumentos, mas apoiou a recusa porque deu mais valor à participação de Marco do que à razão.

Capítulo 21

Na véspera dos idos de março, Lépido me convidou para jantar. Hesitei em aceitar. Era natural. Afinal eu havia sugerido que ele sofresse o mesmo destino de César. Após o conclave formal argumentei que ele e Antônio deveriam, no mínimo, ser presos. Cássio se negou a considerar esta modesta proposta (apesar de o seu julgamento aprová-la), também por receio de dar a Marco motivo para retirar seu apoio à causa. Reconheci a fraqueza de Cássio nesta decisão. Apesar de todos os seus méritos, de sua grande força de vontade, pois ele era realmente a fonte inspiradora do movimento, sofria de um defeito obverso às suas singulares qualidades. Caía rapidamente vítima do que só posso classificar de monomania; desde que metia uma idéia na cabeça, nada o convencia a alterá-la. Essa idéia fixa era a necessidade da participação de Marco. Nada que eu fizesse poderia demovê-lo. Assim, por necessidade, aquiesci.

Por outro lado, eu estava cônscio de que aceitar o convite de Lépido criava uma situação delicada. Tanto mais porque eu preferiria me concentrar para o grande momento em recolhimento e privacidade. Mas havia inegáveis motivos para aceitar. Mesmo porque eu não saberia que dúvidas e receios minha ausência poderia suscitar.

Fiquei atônito ao descobrir que César era um dos convivas. E Trebônio! Sua presença me alarmou porque eu conhecia seu nervosismo e, portanto, temia que a sua postura despertasse suspeitas. Metelo Zimbra também estava presente, o que desagradava a César, pois Zimbra esperava ansiosamente que o decreto de banimento de seu irmão fosse rescindido. César cumprimentou Zimbra com o semblante carregado, como que fazendo uma advertência de que o momento não era propício para levantar a questão do irmão. Ao observar esta cena tomei o braço de Zimbra e avisei-lhe que ficasse em silêncio. Lembrei-lhe também, com um sussurro urgente, que ele e o seu irmão tinham um papel vital no dia seguinte.

— Está bem — ele disse —, mas me ofendo ao ver a tranqüilidade do ditador quando me lembro da injustiça, da indignidade imposta ao meu pobre irmão, da adversidade que ele sofre neste momento.

— Deixe estar — eu disse. — Em breve o seu irmão estará com você.

Lépido nos convidou para cear. Se eu não o conhecesse bem, não teria percebido ansiedade na sua conduta. Lépido sempre fora agitado como uma galinha velha. Era esquisito. As mulheres o consideravam o homem mais belo de Roma. De fato, em repouso, ele seria um modelo admirável para uma estátua representando a Virtude. Mas ele raramente estava em repouso. Naquele momento, por mais que estivesse acostumado aos modos de Lépido, César estava irritado com o seu alvoroço, e terminou explodindo:

— Deixe-nos em paz, Lépido. O jantar não vai estragar se demorarmos um pouquinho a ir para a mesa. De qualquer jeito — agora ele disse baixinho, para não ofender o anfitrião —, um jantar é apenas um jantar. Não vou me incomodar com esses que tratam um jantar como se fosse um ritual sagrado!

Era verdade. César era indiferente ao que comia e bebia. Diversas vezes eu o ouvi rir do cuidado que seus ex-colegas, Crasso e Pompeu, tinham com o estômago.

— Nesse aspecto, sou como os gregos — disse César. — Sento-me à mesa mais pela conversação do que pela comida. Quanto ao que como, tanto me satisfaz um naco de pão com queijo quanto os acepipes que os companheiros teimam em servir.

Por um acordo tácito evitamos os assuntos políticos e de guerra, embora Lépido, revelando falta de tato, tenha introduzido a questão da campanha da Pártia. César se encarregou de descartar o assunto.

— Se quiser maiores esclarecimentos, Lépido, procure-me no horário de trabalho...

César, então, se voltou para mim e perguntou pela saúde de Longina.

— Ouvi dizer que você a mandou para o campo. Espero que não seja um sinal de problemas.

— Não — eu disse. — O ar de Roma não é dos melhores. E o leite do campo é melhor. Na sua condição, ela desenvolveu uma preferência especial pelo bom leite.

César estalou os dedos para chamar um secretário que o acompanhava sempre e que, no momento, ocupava um banquinho no estreito corredor que levava a uma antecâmara.

— Anote aí... — disse César. — Quero um relatório completo sobre a qualidade do leite vendido na cidade. Devem constar as condições de criação das vacas, o tempo decorrido até a venda do leite à população e se há necessidade de novos regulamentos de controle. Por exemplo, se precisamos impor um limite ao número de vacas criadas num determinado espaço, e tudo mais que for apropriado. Gostaria de um relatório preliminar para daqui a sete dias e um projeto completo no fim do mês. Certamente vamos descobrir que há necessidade de fazer várias reformas.

César se voltou para mim.

— Obrigado por trazer o assunto à minha atenção, Ratinho. Cada vez mais eu me convenço de que o segredo da boa administração está em compreender que o povo sofre muito com problemas que parecem insignificantes a pessoas como nós, mas que assumem outras proporções nas condições em que eles vivem. A qualidade do leite é mais importante para uma jovem da classe pobre do que a questão de ser cônsul para seu sogro em 42, conforme ele deseja, ou esperar até o ano seguinte.

Enquanto César se preocupava com o suprimento de leite na cidade, a conversa em torno da mesa havia passado a questões filosóficas. Alguém — não me lembro quem — discursava sobre o platonismo e sobre a Teoria das Idéias. Falava num tom de aprovação. Metelo Zimbra discordava.

— Sou um soldado, um homem simples. Não tenho tempo para essa confusão! No meio de uma batalha de nada adianta parar para discutir se uma lança enfiada na sua barriga é apenas uma representação ilusória da verdadeira idéia de uma lança. Não adianta nada. É baboseira dos gregos, que um romano devia se envergonhar de levar a sério!

— Isto é forte demais, Zimbra — eu disse. — Estou de acordo com você a respeito da lança, mas o pensamento de Platão tem certo encanto. Em se tratando de conceitos abstratos, como a justiça, ou mesmo o amor... você deve admitir que há certa força na noção de que a nossa experiência nessas áreas é sempre imperfeita.

Lépido sacudiu a cabeça várias vezes na minha direção, apontando-me para Zimbra e depois para quem havia introduzido o assunto. Ele sempre gostou de discussões intelectuais à sua mesa, apesar de sua própria incompetência para participar dos debates.

César, geralmente alerta nesse tipo de conversação, parecia um pouco ausente, e eu me envergonhei do que disse. Afinal, pensei, homens como César e eu conhecíamos exigências da realidade que, muito provavelmente, eram estranhas a Platão. Portanto, eu disse:

— No entanto, comparado ao conhecimento da realidade dado pela experiência da guerra, tudo isso são frivolidades. Por isso os romanos são superiores aos gregos de hoje. Ele falam; nós agimos!

Agora, eu me pergunto: os homens ainda vão ler e discutir Platão quando César e Décimo Bruto não forem mais que o tilintar de um nome, ou talvez mesmo esquecidos?

A conversa passou ao tema da morte.

Alguém perguntou a César que tipo de morte ele escolheria.

— Súbita!

A seguir, ele assinou uma pilha de documentos oficiais que um escravo trouxe à mesa.

Caminhei de volta para casa na companhia de Trebônio e Metelo Zimbra. Eles estavam animados com a resposta de César à última pergunta.

— Parece até uma premonição.

— Sim — disse Zimbra. — Tem havido uma série de acontecimentos estranhos... Ouviram falar de pessoas que viram homens de fogo lutando no céu? Disseram-me também que um adivinho... alguns dizem que foi Espúrnia, outros afirmam que foi Artemidoro... avisou César para ter cuidado nos idos de março.

— Ouvi falar — eu disse. — E o mesmo homem... foi mesmo Espúrnia... avisou-o com o mesmo zelo para ter cuidado nas calendas de dezembro passado.

O clarão de um relâmpago nos ofuscou. O trovão que se seguiu pareceu sacudir o teto do Capitólio. Corremos para nos refugiar num portal. A tempestade foi passageira. Depois, muitas pessoas relataram ter visto coisas estranhas e maravilhosas aquela noite: disseram que uma leoa deu cria na rua, que havia fantasmas perambulando e que choveu sangue! Puro disparate, provocado pela excitação e pela repentina experiência de um temporal intenso, mas ordinário. Nada perverte tanto a razão como a credulidade engendrada pela superstição!

A tempestade abrandou tão abruptamente quanto havia despencado. Retomamos o caminho, até que nossas rotas divergiram, quando nos abraçamos desejando uns aos outros uma boa noite e um coração intrépido na manhã seguinte.

Mas eu relutava em me recolher. Temia que o sono me fugisse. Eu ansiava por Longina. Pisando as poças nas pedras da rua, me lembrei da noite anterior à travessia do Rubicão. O clima, então, era de euforia.

Pouco depois, encontrei-me perto da casa de Marco. Um servo atendeu à porta e conduziu-me a Pórcia.

— Tudo bem? — ela perguntou.

— Exceto a noite. — respondi.

— Marco está estudando e não quer ser interrompido. Está trabalhando na tradução de *Fedro*. É bom para acalmar a mente. Ele está decidido.

— Muito bom! Diga-lhe que passei por aqui. Diga-lhe que tudo está bem, tudo está preparado. César não suspeita de nada.

Mais tarde encontrei Casca em minhas andanças. Tinha jantado com Antônio, deixando-o bêbado.

— Não estou a fim de dormir, querido. Vamos a uma taverna.

Levei-o a uma birosca mal-afamada sob uma rocha do Quirinal. Alguns soldados de folga jogavam dados, rindo das chances da campanha da Pártia.

— Só quero minha fazenda, uma mulher bonita e uns filhotes — dizia um deles. — Há anos que me prometem e agora dizem: depois da Pártia. Meu pai foi lutar contra a Pártia com o gordão do Crasso e nunca mais voltou.

— Dizem que ainda há romanos lá, em cativeiro.

— Estão tão longe da aposentadoria numa fazenda quanto se estivessem mortos.

Então nos reconheceram e o veterano se desculpou pelos termos.

— Às vezes ficamos meio desanimados, pensando no futuro — ele disse. — Lutei em 37 batalhas. Acho que já chega!

— Não precisa se desculpar — disse Casca. — Todo homem tem direito a falar. É uma das glórias de se viver num Estado livre.

Todos riram, e Casca mandou trazer mais vinho.

Sua atenção se desviou para um menino que veio nos servir. Casca agarrou a coxa do rapazinho, subindo a mão por baixo de sua túnica.

— Você é uma gracinha... — ele disse.

O menino baixou a cabeça e sorriu. Casca fez um sinal ao proprietário do estabelecimento e sumiu com o menino atrás de uma cortina.

— O general está em boa forma! — disse o veterano, inclinando-se para mim.

— Casca é sempre Casca! — eu disse.

— É bom saber!

Voltei às ruas. Uma prostituta me abordou. Eu a possuí contra um muro, paguei mais do que ela cobrou mas não senti alívio.

Eu ainda estava acordado quando a manhã trouxe luz ao meu quarto.

Levantei-me, banhei-me, deixei-me barbear e vesti uma toga limpa. Escondi um punhal entre as pregas da toga, com a bainha presa ao cinto.

Capítulo 22

A manhã era cinzenta. Um vento balançava os galhos das árvores e desencadeava pancadas de chuva enquanto eu percorria com passos firmes o caminho para o Teatro de Pompeu, onde o Senado iria se reunir. Corria um boato de que uma coroa seria oferecida novamente a César, ou exigida por ele. Tanto melhor; emprestava autoridade ao nosso ato. A sessão estava em andamento; nossos colegas pretores ouviam e julgavam casos. Admirei a postura resoluta com que despachavam. Até meu primo Marco mostrava ter valor. Quando alguém ameaçou apelar a César para rever uma sentença, Marco disse: "César não me impede, nem me impedirá, de agir e julgar em conformidade com a lei". Sua voz tinha um tom ligeiramente petulante, mas seu sentimento provocou aplausos e ele sorriu. (Havia quem dissesse que o seu sorriso era "doce". Um admirador chegou a ponto de compará-lo à luz do sol depois da chuva. De minha parte, sempre o achei presunçoso. Contudo, me agradava ver Marco sorrir naquela manhã, pois eu temia que a sua coragem falhasse, como tantas vezes ocorrera.)

Cássio me abraçou. Seu filho mais velho vestia pela primeira vez a *toga virilis*[*].

— Não poderia haver dia mais propício. — disse Cássio. — Pois é pelos nossos filhos e pelos filhos deles que agiremos hoje.

Cássio circulou entre seus amigos, distribuindo sorrisos e incentivo. Casca deu um tapa nas minhas costas.

---

* Ao terminar a *pueritia* (pelos dezessete anos), o rapaz depõe a *toga praetexta* (toga de púrpura), alcançando a maioridade, e recebe a *toga virilis*. Cerimônia realizada, geralmente, em março, nas *Liberalias* (festas de Baco). (N. do R.)

— O que aconteceu com você ontem à noite, meu querido?

— O mesmo que a você, mas com um ser de gênero diferente, com maior brevidade e, provavelmente, menor prazer.

— Nada melhor para você. De minha parte, sinto-me indescritivelmente bem. Talvez ainda um pouco bêbado... Olhe para Antônio... ele ainda está cambaleando! Veja só, não consegue mais beber como antigamente, pois eu o acompanhei a cada taça!

De fato Antônio parecia completamente tonto. Num certo momento ele se afastou para vomitar atrás de um pilar. Depois chamou um escravo para limpar a sujeira e outro para buscar uma jarra de vinho. Vendo o meu olhar, piscou para mim.

Cássio respondeu:

— Eu disse a Trebônio que grude em Antônio quando César chegar e que fique conversando com ele.

— Trebônio?

— Sim, ele tem resolução suficiente para esse papel, caso não tenha para outro.

— Acabei de passar um mau momento... — disse Casca. — Estão vendo aquele idiota ali? Não lembro o nome dele, sei que é aparentado com os Dolabela. Ele veio a mim e disse: "Permita-me congratulá-lo! Você guardou bem o segredo, mas Marco deixou escapar". Logo pensei se não seria melhor servir o linguarudo... ou, quem sabe, os dois... com uma nas tripas, mas ele continuou: "Então... gostaria de saber como você ficou tão rico de repente para se candidatar a edil*. Sabe que envolve enormes despesas?"

— E o que foi que você respondeu?

* Antigo magistrado romano que era incumbido da inspeção e conservação dos edifícios públicos. (N. do R.)

— Ah, eu disse: "Pergunte aos meus credores, queridinho!"

Este não foi o único susto, pois Pompílio Lena, notório fofoqueiro, nos abordou e desejou boa sorte.

— Estou com vocês em coração e em espírito — ele disse. — Mas sejam rápidos, pois receio que o seu segredo tenha vazado.

Cássio virou o rosto, sem saber o que dizer. Ocorreu-me tranqüilizar o velho, dizendo-lhe que tudo estava correndo bem e que éramos gratos por ele expressar sua solidariedade.

E nem sinal de César.

Um servo de Marco Bruto se aproximou, agitado.

— Onde está o meu senhor?

— Lá. Despachando justiça.

— Houve uma calamidade!

— Conte-me!

— Não, preciso contar primeiro ao meu senhor — e saiu correndo para Marco, puxou-lhe a manga da túnica e segredou algo em seu ouvido. Marco encerrou o caso em julgamento o mais rápido possível e declarou suspensa a sessão.

— Preciso sair... — ele disse. — Recebi uma notícia terrível! Pórcia teve um colapso! Talvez esteja morta!

— Se ela estiver morta — eu disse —, sua presença não terá propósito. Seu lugar é aqui!

— Não, não, eu preciso ir!

Perguntei-me (é claro) se isto não seria um ardil premeditado por Marco, dando-lhe um pretexto para abandonar o campo. Estaria de acordo com seu caráter. Por outro lado, se ele abandonasse o plano, Pórcia iria açoitá-lo com a língua e duvido que ela julgasse apropriado que ele fugisse, ainda que por sua causa. Aquela mulher odiava César tão profundamente que seu ódio superava até o seu egoísmo. Certamente eu seria o último homem capaz de convencer Marco. Assim, passei a questão a Cássio, apesar da convicção de que resolveríamos melhor o assunto sem a presença do meu primo. E eu tinha boas razões. Como resultado da insistência dele, negligenciamos as precauções que eu julgava necessárias. Não me sentia confiante no sucesso, mas havia decidido que, se falhássemos, Marco não escaparia das conseqüências do que ele nos impusera.

Cássio começou a argumentar com ele, mas fez poucos progressos. Se César chegasse logo... mas não chegou. Alguém murmurou que ele não viria ao Senado aquele dia.

— Não é possível! — eu disse. — Por acaso, sei que seu velho tio, Júlio Cota, vai tornar pública a descoberta da profecia dos Livros Sibilinos*, de que os romanos só conquistarão a Pártia sob o comando de um rei. Não me diga que César vai perder a ocasião de ver a cara dos seus inimigos quando esta novidade for divulgada?

— Dizem que Calpúrnia teve um sonho, e por isso César não vem.

— Conversa mole! — eu disse. — Está por vir o dia em que as ações de César serão controladas pelos medos de uma mulher!

Entretanto eu tinha dúvidas, pois conhecia muito bem aquele estado de lassidão que às vezes o assaltava.

Marco se desvencilhou de Cássio.

— Preciso ir! — ele gritou. — Não há nada mais importante para mim do que a minha esposa.

* Coleção de antigos oráculos atribuídos à Sibila de Cumas. (N. do R.)

Felizmente a ação provocada por este sentimento — tão indigno de um nobre romano — foi subitamente interrompida, pois tão logo ele se afastou, deu de encontro com um segundo alforriado de sua casa, que chegava botando os bofes para fora.

O homem balbuciou que Pórcia tinha recobrado os sentidos. Fora apenas um desmaio. Insistia que o marido não abandonasse o trabalho que tinha a fazer.

Foi a preocupação que deixou Marco tão taciturno?

Estava confirmado: César não viria.

— A questão terá de ser adiada para outro dia — disse Marco.

— Não podemos adiar — eu disse.

— Nem por uma hora! — disse Cássio, bruscamente. — Ratinho, vá imediatamente a César e o convença a vir. Só você é capaz disto. Se ele não comparecer hoje estaremos perdidos! Um segredo conhecido por Pompílio Lena não é mais um segredo. É um milagre que César ainda não saiba.

— Talvez saiba... — eu disse. — Talvez por isso ele não esteja aqui. Bem, vamos tentar. Se César conhece o nosso plano, não tenho mais nada a perder...

A ação trouxe alívio. Fiquei feliz por me livrar da atmosfera altamente carregada do Senado. Nada nas ruas indicava a excitação febril que corre por uma multidão quando pressente que um evento momentoso está prestes a se desenrolar. Os barraqueiros anunciavam suas mercadorias aos berros, como sempre. As tavernas se enchiam, como sempre. O povo cuidava da vida, como sempre. Passei por um grupo de gladiadores escoltados para se exercitarem na arena. Tinham o semblante hostil, como sempre. Eu me apressei, contornando a base do Capitólio, e entrei no Fórum. Talvez tivesse menos atividade que o normal, mas isto era comum em dias de reunião do Senado. Passei pela Via Sacra em direção à Via Régia, à casa em frente ao templo das virgens vestais onde César fixara residência recentemente, e que lhe cabia por direito, dado seu ofício de *Pontifex Maximus*.

— Décimo Bruto está aqui! — a voz de Calpúrnia era estridente, quase histérica. Havia marcas de lágrimas na sua face.

— César, Calpúrnia — eu disse. — Concedo-me a honra de acompanhar César ao Senado.

— Obrigado, Ratinho, mas receio que você passará sem esta honra hoje. Não posso ir. Não, não é verdade, e seria ainda menos verdade dizer "não ouso ir". Portanto, leve apenas a mensagem de que eu não irei.

— Diga que ele está doente — disse Calpúrnia.

— Não, eu não estou doente e não vou onerá-lo com uma mentira, Ratinho! Diga somente que eu não irei.

— Pode me dar um motivo? O Senado se ofenderá se eu retornar com uma mensagem tão abrupta. Dirão que César... bem, não importa o que eles dirão. Você sabe tão bem quanto eu.

— Não tenho a intenção de comparecer. É razão suficiente para o Senado, que não tem o direito de questionar as minhas ações. Mesmo assim, Ratinho, devo ser mais explícito com você. Calpúrnia teve um sonho perturbador. Em consideração a ela, decidi ficar em casa.

— Não imagina que sonho eu tive! — disse Calpúrnia, a voz afobada se elevando a um grito. — Vi uma estátua que sangrava... O povo, plebeus fedorentos vinham banhar as mãos no sangue, esfregavam sangue no rosto. Estou com tanto medo que implorei a César para ficar em casa! E não é só isto. Ontem à noite viram fantasmas se lamentando nas ruas e homens ensangüentados lutando no céu. Depois foi aquela história do sacrifício... Você ouviu falar, não é? Quando mataram a coruja, descobriram que ela não tinha coração! São portentos tenebrosos, que só um ímpio pode ignorar!

Sentei-me, interpretando o papel de um homem imerso em concentração.

— Ontem à noite andei pelas ruas e não vi fantasmas. Estou vindo do Senado. O clima lá está animado, sem dúvida. Seu velho tio, Júlio Cota, está espalhando que vai revelar algo momentoso que descobriu nas suas pesquisas nos Livros Sibilinos. Quando perguntam o que é, ele pisca um olho e diz: "Quando César chegar, será revelado". Ainda mais importante, há uma proposta em votação para outorgar-lhe uma coroa e o título de Rei, de uso legítimo fora da Itália e em todas as partes do Império, salvo Roma. Nem os republicanos mais renhidos são avessos à idéia, e corre o rumor de que Cícero irá ao Senado. Imagino que ele vai encenar o maior drama quando souber que você está no Senado, a fim de apoiar a moção. Você, que conhece Cícero melhor do que ninguém, sabe que a notícia de que César não tem a intenção de comparecer hoje será um tremendo golpe em sua vaidade. Temo que a proposta seja arquivada e que não seja mais ressuscitada. Como você disse várias vezes, a arte da guerra e da política é aproveitar o momento. É chegado o momento, mas se César decidir não comparecer, ora, o momento terá passado...

— Então — prossegui, vendo que as minhas palavras surtiam efeito — o sonho de Calpúrnia... talvez eu, não o tendo sonhado e não sentindo o medo que lhe causou, possa oferecer uma interpretação melhor. Essa história de romanos esfregando o rosto com o sangue de uma estátua parece-me, de fato, que estão bebendo o sangue de César. Mas isto significa que Roma o sugou, como bem sabemos, e que o seu sangue trouxe a Roma um novo vigor. O significado deste sonho é regeneração, e não horror!

— Por fim, você sabe que pode confiar no meu silêncio quanto às suas razões para não comparecer. Mas sabe também que os homens especulam e que os boatos voam. Assim, não duvido de que essas razões serão reveladas, ou adivinhadas, ou mesmo que um cínico as descubra por acaso e lance o brado: "Adiemos a sessão até o dia em que a mulher de César não se deixe perturbar por pesadelos e tenha uma boa noite de sono". E outro, com idéias semelhantes, pode bradar que César não tem chance de conquistar a Pártia enquanto ficar preso em casa pelos terrores de sua mulher.

— Perdoe-me se a minha linguagem franca é ofensiva, mas você sabe, César, que sempre aconselhei falando o que penso, pois sou um simples soldado rude. Perdoe minha falta de tato e de belos talentos retóricos, pois saiba que a minha ansiedade procede do... amor... que eu sinto por você...

Assim, eu o convenci, e, deixando Calpúrnia entregue aos seus terrores (mais justificados do que ela imaginava, pobre puta), deixamos sua casa.

Ao entrarmos no Fórum, um grego esbelto, com cara de louco e longos cabelos grisalhos e sujos se aproximou de César berrando algo que eu não entendi. Certamente era grego, mas, devido à sua agitação, suas palavras me escaparam.

César sorriu para ele:

— Então, Espúrnia, os idos de março chegaram e eu estou bem!

— Sim, César, mas o dia ainda vai longe...

Desta vez eu entendi. Ele respondeu em latim, e o seu ciciar dava às suas palavras um tom curioso.

Colocou na mão de César um pergaminho enrolado, e lhe disse:

— Suplico-lhe que leia!

Eu disse:

— Tenho um documento em que deve passar os olhos também: um processo aberto por Trebônio.

— Leia o meu primeiro! — disse o velho. — Está intimamente ligado a você!

— Então ficará em segundo lugar — disse César, entregando-o a mim.

— Você fez bem em me convencer a vir — disse César, ao nos aproximarmos do Teatro de Pompeu. — Calpúrnia me pressionou. Ela acordou muito estranha, com uma intensidade desequilibrada. Agora que César está longe dela, ele é César novamente.

Ao entrarmos no teatro, escapuli. Cássio sorriu para mim. Agora que era chegado o momento, ele estava calmo como o céu de uma noite quieta. Mas mantinha Marco ao seu lado. Um olhar ao semblante de Marco revelou que não era preciso tomar tal precaução. Ele havia reunido coragem a tal ponto que só poderia encontrar alívio na ação. Sua mão apertava o braço de Cássio. Seguindo seu olhar, vi que Pompílio Lena se acercara de César e o engajava em profunda conversação. Murmúrios impacientes corriam pelo Senado. Júlio Cota, tio de César, remexia na bainha da toga. Todos haviam ficado tempo demais à espera. Corri o olhar em torno. Cícero não estava presente.

Trebônio conquistara a atenção de Antônio. Pouco depois, deixaram o teatro.

César sorriu. Pompílio Lena deu um risinho nervoso e se afastou.

Metelo Zimbra se aproximou e caiu de joelhos diante de César. Falou por algum tempo, em voz baixa, de modo que eu não pude ouvir as suas palavras.

César franziu a testa, fez um gesto dispensando-o. Zimbra agarrou a barra de sua túnica e César a sacudiu, livrando-se da mão de Zimbra.

Cássio e Marco se aproximaram. Cássio se ajoelhou, apoiando o pedido de Zimbra, conforme o combinado. Marco se mantinha ligeiramente afastado. Ele se recusava a ficar de joelhos.

Mais uma vez César passou o braço pelo rosto, em sinal de recusa. Se acedesse, não faria a menor diferença, mas sua recusa a tão razoável solicitação teve um valor de justificativa definitiva ao nosso intento. Aproximei-me o suficiente para ouvir César dizer:

— Não, definitivamente não! Mantenho o decreto de exílio! Ainda que todos se ajoelhem abanando a cauda, rejeito este pedido como enxotaria um cão vira-lata. Quando vocês aprenderão que César é constante como a estrela do norte, fixa como nenhuma outra ao firmamento?

— Quando você vai aprender que os homens são sempre homens? — disse Casca, apunhalando a nuca de César.

Cássio foi o segundo a atacar, depois Marco o golpeou. O punhal resvalou na toga de César, ficando espetado.

César lutou para se manter de pé, mas caímos sobre ele.

— Este é por Pompeu...

— Ditador vitalício...

— Tirano...

— Pelo meu irmão...

Seus olhos encontraram os meus. Por um instante, horror e censura encheram o teatro.

— Até você, Bruto, meu filho?

Enfiei o punhal debaixo do seu osso esterno.

O horror se insinuou na sua fisionomia. César puxou a toga para cima da cabeça e desabou no chão de mármore. Suas mãos agarraram o pedestal da estátua de Pompeu. César jazia no chão. Outros se acercaram e o apunhalaram. Ele esperneou e depois se aquietou. Sangue corria pelo chão, em direção à tribuna.

Formávamos um círculo em torno do corpo de César. Acho que todos estávamos pasmos com a facilidade do feito.

Num momento, César. No momento seguinte, um monte de carne sangrando, sua autoridade e majestade desapareciam como uma porta fechada pelo vento. O som do gaiteiro que nos convidou a entrar na Itália ecoou por um instante em minha imaginação, e depois silenciou.

Um senador não pertencente ao nosso partido pegou um punhal caído no chão, se ajoelhou sobre o que César tinha sido e acrescentou ferimentos aos muitos recebidos.

Cássio o deteve.

— Não somos açougueiros! — ele disse. — Você não compartilhou o risco. Portanto, não partilhará a honra!

Meu braço esquerdo sangrava, lanhado por um golpe destinado a César. Eu o envolvi num pedaço de pano.

Marco se adiantou até o espaço em que os atores representavam e alteou a voz:

— Não temam, Pais Conscritos! Ninguém mais será atacado! Peço que retornem aos seus lugares!

Foi o mesmo que pedir ao vento que parasse de soprar! Cheios de medo e ansiedade, todos acorreram à porta, acotovelando-se no afã de escapar dali.

Num átimo, ficamos a sós com César.

Trebônio chegou.

— Onde está Antônio?

— Ele fugiu, aterrorizado, por mais que eu lhe dissesse que não corria perigo. Mas nas ruas a consternação é geral, beirando o pânico! Não consegui segurar Antônio.

Marco disse:

— Muito bem, fizemos o que foi planejado. Agora vamos levar a espada ensangüentada ao Capitólio para proclamar a restauração da liberdade em Roma!

Marco falava como um ator. Não protestei. Foi neste momento que Cássio havia defendido com tanto ardor que Marco fosse um dos nossos: veríamos se ele tinha razão.

Fui o último a sair de cena. Virei-me para olhar o cadáver de César. Tão pequeno, tão insignificante. Tantas batalhas vencidas, tantas distâncias percorridas, tantas glórias, tão grande renome! Tudo silenciado, expurgado, concluído numa rajada de punhaladas.

Desejei ter uma lágrima para derramar por César.

Permaneci ao lado do que fora o Ditador Perpétuo.

— Cruel necessidade... — disse para mim mesmo, e acompanhei os outros naquela cinzenta manhã de março.

CAPÍTULO 23

Marco nos conduziu do teatro ao Capitólio para dar graças a Júpiter por libertar a cidade da tirania. Agia como se encenasse uma cerimônia. À sua moda, era impressionante. Eu teria preferido seu reconhecimento de que, na realidade, havíamos dado um *coup d'état* que cabia a nós sedimentar. Se não segurássemos a situação imediatamente, nossa vantagem seria transitória. Alguns amigos e colegas brandiam os punhais ensangüentados, gritando: "Liberdade! Liberdade!"

De minha parte, preferi permanecer em silêncio e alerta. A multidão abria caminho por onde passávamos, muda, abalada, talvez reprovadora. Mas ela não me incomodava. Eu não esperava que o vulgo fosse nos aplaudir.

Demos graças a Júpiter e aos outros deuses da República, como era adequado. Depois esperamos, sem saber ao certo como agir. Ainda era a quinta hora do dia.

— Alguma notícia de Antônio?

Cícero apareceu, trazido pelos ventos da novidade e nos congratulou pela libertação de Roma.

— Mas eu gostaria que tivessem me consultado — ele disse. — Deveriam saber que os meus conselhos são inestimáveis.

Sua permanência foi curta, imagino que por estar incerto quanto ao correr dos acontecimentos e relutante em se associar intimamente às conseqüências de um ato do qual não participara.

Outros simpatizantes chegaram e foram embora com a mesma pressa, nervosos, divididos entre o júbilo e o terror.

Casca bocejou e mandou um escravo buscar vinho.

— Que faremos agora, hein? — ele disse. — Dou rabo a quem souber!

Eu me sentia tonto em conseqüência do ferimento, incapaz de pensar com clareza. Dois corvos alçaram vôo do telhado do Templo de Júpiter, batendo suas asas lentamente em direção ao Tiber.

Dolabela chegou ataviado com as insígnias do consulado que, em outras circunstâncias ele assumiria apenas quando César partisse para os Bálcãs. Ele também não sabia o que dizer ou se deveria estar conosco.

— Viu Antônio? Onde ele está? Alguém sabe o que foi feito dele?

Lá embaixo a multidão engrossava no Fórum. Um vozerio confuso chegava aos nossos ouvidos. Tentei ouvir um tom de alegria.

Eu disse a Cássio:

— Corremos o risco de perder a vantagem. A hora é nossa, precisamos agir. Não podemos ficar aqui parados, admirando nossa obra.

Concordamos que Marco deveria falar. Esta proposta o deixou desconcertado.

— Por que eu? A idéia não foi minha. Quem sabe, Cássio?...

— Marco — eu disse —, é você que eles querem ouvir. Foi você que aceitou provar que é digno dos seus antepassados. Agora mostre que é. Cássio foi nosso líder. Sem ele não teríamos chegado até aqui. Mas você, primo, é um homem de reputação ilibada. Portanto, vá em frente, ou eu juro que misturo seu sangue ao de César no meu punhal.

A vaidade e o medo, duas forças altamente motivadoras, se agarraram aos calcanhares de Marco na descida para o Fórum.

O povo explodiu em vivas. Ele chegou à tribuna entre brados de "nobre bruto" e asneiras que tais; muito estimulantes nas atuais circunstâncias.

Levantou sua mão, pedindo silêncio. O burburinho decresceu. Alguém gritou: "Ouçamos Bruto... vamos ouvir o que ele tem para nos dizer!"

E ele começou a falar. Admito que falou bem. A oratória é um estranho dom... Não era de esperar que Marco o possuísse. Certamente não tinha a classe de Cícero — não havia música na sua voz — nem a eloqüência de Antônio, mas ele era eficaz. Quem não o conhecesse — e o populacho conhecia sua reputação, não o homem — diria "eis um homem honesto! Posso confiar na verdade do que diz". A oratória beira a arte teatral!

— Amigos! — ele disse. — Concidadãos! Este é um dia de sol e de chuva, um dia de luto e um dia de júbilo! Conclamo todos a me escutar antes de julgarem o que ocorreu neste dia. Muitos aqui amam César. Eu me incluo entre eles...

Bem lançado! Voltei minha atenção para o povo. Logo abaixo de mim, um homem avantajado, de barba negra, suado, com cara de açougueiro, soluçava; seu peito arfava. Rasgou um trapo que trazia em volta do pescoço e enxugou suas lágrimas. Quando Marco fez uma pausa, ele levantou a cabeça e emitiu um urro de dor, raiva, tristeza, sei lá o quê. Um companheiro lhe passou uma jarra. Ele tomou um gole e um filete de vinho branco escorreu-lhe da boca ao queixo. Lambeu o vinho escorrido, limpou o queixo com o trapo e tomou outro gole.

Marco ergueu um punhal, balançando-o acima da cabeça.

— Esta faca que abateu César está pronta para ser usada contra a minha própria pessoa se os bons homens de Roma exigirem a minha morte.

Teria minha ameaça inspirado este lance dramático? A multidão urrava, enlouquecida, cheia de desprezo. Marco era o herói do momento: severo, justo, nobre, altruísta, tudo o que ele gostaria de ser considerado. Não pude deixar de refletir que a mesma multidão aclamaria com o mesmo vigor se nos visse pendurados num poste, nus, pelos tornozelos.

Cina, que nunca foi brilhante, respondeu ao que ele julgava ser o pensamento da plebe.

— César era um tirano sanguinário! — ele berrou. — Não se esqueçam disto!

De repente um bolo de estrume atingiu o seu rosto. Outros projéteis se seguiram e nos retiramos em debandada para o Capitólio.

Antônio não tinha ficado ocioso. Quando se recobrou do instante inicial de terror — muito compreensível, na minha opinião, e justificado, caso me tivessem dado ouvidos — e entendeu que a sua vida não corria perigo imediato, correu à casa de César. Encontrou Calpúrnia em paroxismos de dor, ou talvez de fúria. Não perdeu tempo tentando consolá-la, tarefa tanto vã quanto desnecessária. Calpúrnia não tinha importância naquele nomento. Antônio jamais gostara dela e sabia que aquela vagabunda logo acharia outro homem para atazanar. E o pobre infeliz estaria em pior estado do que César, pois teria de aturar comparações com o herói morto. Assim, Antônio passou por ela e se apossou de todos os documentos de César, agindo em conformidade com sua capacidade de cônsul. Nem Calpúrnia poderia se opor, mas imagino que ela tenha tentado.

Antônio convocou uma reunião com Balbo, o banqueiro, Hírtio, que não somente era secretário de César, mas também cônsul designado para o ano seguinte, e Lépido, o Chefe da Cavalaria. Assim, garantia a posse do dinheiro, da respeitabilidade — pois ninguém era mais respeitável do que Hírtio, que, como César asseverava, nunca se escandalizava com uma piada indecente, porque era virtuoso demais para entendê-la — e de importância mais imediata, de soldados, dado que Lépido comandava as tropas aquarteladas nas imediações de Roma. A seguir, Antônio nos enviou uma mensagem propondo um "armistício" e uma conferência de paz. Como prova de boa-fé, confiou a entrega da mensagem a seu filho de dezoito anos.

Impossível não reconhecer a coragem de Antônio. Comparei sua energia e confiança à pusilanimidade dos meus confederados.

Passei parte da noite escrevendo cartas: para Longina, Otávio e Cícero. Pode-se imaginar com que eloqüência defendi nossa posição. Mas eu estava ciente de que, antes do cair da noite seguinte, eu poderia estar morto.

Fui despertado com a notícia de que Lépido havia colocado três coortes de prontidão no Fórum e reforçado a guarda nas portas da cidade. Roma, libertada por nós, seria agora a nossa prisão caso não chegássemos a um acordo com os herdeiros de César. Lépido teve a delicadeza e o senso político de me enviar um bilhete explicando que o seu único desejo era o de poder assegurar a ordem e evitar tumultos nas ruas. Enviou um bilhete semelhante para Marco, que não teve dificuldade em acreditar.

Em seguida, antes que eu me vestisse, chegou outra mensagem, desta vez de Antônio. Seu tom era amigável, mas, por motivos óbvios, desconsiderei isto. Comunicava-me que tinha convocado uma reunião do Senado para o dia seguinte, no Templo de Télo*: "É necessário manter a lei e a ordem". A palavra "lei" estava sublinhada duas vezes, com traços grossos. Convidava Cássio e a mim para jantarmos com ele aquela noite, e acrescentava que Lépido faria o mesmo convite a Marco e a Metelo Zimbra. Um pós-escrito dizia: "Não se alarme com as medidas tomadas por Lépido. Se eu soubesse da sua intenção, eu as teria evitado, mas o pobre coitado quer bancar o Grande Homem. Você sabe como ele é, Ratinho".

---

* Télo, do latim *Tellus*, chamada também *Terra mater*, era a deusa romana da germinação, da vegetação, dos seres vivos, do nascimento e da morte. (N. do R.)

Armei com pedaços de pau os escravos que me escoltaram à casa de Antônio. Tinha havido distúrbios na cidade. Um poeta que tinha a infelicidade de se chamar Cina foi confundido com o nosso confederado e foi morto a pauladas num beco. Mais tarde eu soube que ele era um poeta medíocre, mas a pobreza dos seus versos dificilmente justificaria um assassinato.

Antônio estava sóbrio, mas pediu vinho tão logo fui anunciado e bebeu uma taça antes de iniciar a conversação.

— Nunca imaginei que você fosse tão tolo, Ratinho.

— Entendi, pelo tom da sua carta, que não haveria recriminações.

— Certo.

— Além disso, eu lhe dei indicações suficientes. Só faltei convidá-lo abertamente a se unir a nós.

— Está bem.

— Ouviu o que Cícero anda dizendo?

— Pode me interessar?

— Deve. Ele anda perguntando se existe alguém além de Antônio que não desejava a morte de César e se existe alguém além de Antônio que não esteja feliz com o que aconteceu. Não sei se ele tem motivos para fazer esta exceção.

— Pode ser... Ainda não entendi como foi que você se deixou levar. E pelo seu sogro ainda por cima. Julguei que você tinha bom senso demais para se deixar envolver nessa embrulhada!

— Obrigado, Antônio. Se vocês tivessem escutado os meus conselhos, teriam resolvido melhor certos detalhes...

— Isto é, se eu tivesse partilhado o destino de César?

— Isto é, se você fosse tirado de circulação, digamos assim.

— Obrigado! Mas como eu continuo circulando, acho que cabe a mim dar um jeito na situação e restaurar algum grau de controle racional.

Apesar de conversarmos como velhos companheiros, o jantar transcorreu num clima pesado. Era como se o corpo de César jazesse nu, sangrando sobre a mesa enquanto disputávamos sua herança. Hírtio estava à beira das lágrimas.

— Nunca imaginei que você fosse capaz disso... — ele repetia sem cessar. Antônio sorriu e estendeu a mão, fechando os dedos com força.

— Eu seria capaz de atirar todos vocês da Rocha Tarpeiana, com o povo berrando de alegria. Não pensem que eu não seria capaz. Como cônsul, tenho o comando dos exércitos de Roma!

— Juntamente com o seu colega Dolabela — observou Cássio.

— Não me venha com essa. Pergunte ao Ratinho qual de nós dois os soldados iriam obedecer.

— Não há dúvida...

— Não se esqueça de Lépido!

— Se você acha que eu não posso controlar aquele idiota, idiota é você. Nunca houve trapalhada maior que a de vocês.

— Não concordo... — disse Cássio. — César está morto.

— E as suas vidas estão nas minhas mãos. Admito que é uma tentação... Mas relaxe. Pelo menos por enquanto... Mesmo porque tenho amigos entre a sua corja ignara, a começar pelo Ratinho. Agradeça às estrelas em que você não acredita, Cássio, por Ratinho estar do seu lado! Caso contrário...

Antônio abriu uma castanha. A casca ficou esmigalhada.

— Todos vocês têm família, parentes. Não desejo imitar Sila. Como César, repudio este exemplo. E eu garanto que vocês também. Senão não teriam parado em César. Portanto, nada de condenações. Roma está enfarada do sangue de cidadãos. Além disso... Hírtio ficará escandalizado... eu não era louco por César.

Ele deu um sorriso luminoso e tomou mais uma taça de vinho.

— Ele era um gênio, sem dúvida, e me fascinava, como fascinava a todo mundo. Mas eu não era louco por ele. Nem ao menos gostava dele.

— Gostar é uma palavra vã em se tratando de César — eu disse.

— Correto. Ah, eu sentia seu charme. Repito: quem não sentia? Mas... Ratinho sabe... pois eu concordava com ele que o velho estava fora dos eixos. Essa campanha da Pártia... Bem, obrigado por nos salvarem desta. Mas, então, por que continuei ao lado dele? Por que fingi não entender as insinuações do Ratinho? Simples: ele estava a caminho de se tornar um tirano, mas ainda não era. E mantinha a ordem que, apesar da minha vida privada, valorizo como o primeiro bem público. A tirania é mais tolerável que a Guerra Civil. Já tivemos guerras demais! E por isso vocês estão aqui, para pensarmos numa maneira de evitar uma Guerra Civil, e numa maneira de dividir o Estado. Concordam?

Cássio fungou como se Antônio exalasse mau cheiro.

— É muito plausível — ele disse. — Por isso mesmo acho difícil confiar em você. Mas tentarei, desde que me responda: aquela... aquela charada na Lupercália. Pode explicar aquilo?

Antônio deu uma risada. Na ocasião eu me perguntei se alguém mais ria em Roma.

— Claro! Fiz papel de palhaço! Foi idéia dele para testar o povo. Se desse certo... para ele... qual seria a diferença? Qual é a importância de um nome... Rei, César, Ditador Perpétuo... é tudo a mesma merda. Além disso eu estava de porre. Não podem me culpar...

Nesses momentos eu adorava Antônio. Pela sua vitalidade, pela sua recusa a se levar absolutamente a sério, por ser o oposto de Marco e... sim, não vou negar... por ser um homem muito melhor, muito mais digno. Marco não sabia rir. Eu sou melancólico; Antônio me supria uma falta.

Depois ele esboçou seu plano. Cássio ficou surpreso porque, como o desprezava, não foi capaz de compreender.

— Vai funcionar — eu disse — se você for sincero.

— Sincero? — Antônio riu. — Duvida de mim, seu bosta?

Ao sairmos, Hírtio tocou o meu ombro.

— Por quê? Por quê? Por que, Décimo Bruto? Se César amava a todos (e era um grande "se"), amava você também! Gostaria de confiar em Antônio, mas seu julgamento, seu caráter... ah, é lastimável! Mas quem mais há?

— Pode confiar em mim, Hírtio. Sempre fomos amigos!

— Sim — ele disse —, mas você diria as mesmas palavras a César.

— Nunca me atrevi a chamar César de amigo.

Indignação, suspeita, medo e rancor envenenavam o Senado.

Tibério Cláudio Nero, partidário na linha de sucessão de Pompeu e César, instável como a água, levantou-se para propor "honras públicas e exemplares aos nobres tiranicidas". Alguns aplaudiram, outros se remexeram na cadeira, alguns vaiaram. Eu estava pronto a repudiar a moção para apaziguar os amigos de César, mas Antônio se manifestou primeiro, silenciando Nero com um gesto que rejeitava a moção sem debate: "Nem honras, nem punição". Estava feito, o ato fora cometido; nada de bom adviria de prolongar o assunto. Devíamos olhar para a frente, a fim de restaurar a estabilidade da República. Portanto — ele afastou uma madeixa de cabelos — o cargo de ditador deveria ser abolido para que nunca mais nos encontrássemos nessa situação. Todos seriam mantidos em seus cargos e obrigações, atuais e designados. Por fim, embora se aceitasse que César fora morto por cidadãos patriotas e dignos, todos os atos de César — mesmo os projetos ainda não publicados — teriam força de lei.

Antônio sorriu para nós.

— Devo avisá-los, amigos, que caso não aceitem esta última medida, cairemos nas malhas da lei.

Marco se coçava de tanta vontade de falar. O silêncio era penoso para ele. Ele se levantou tão logo Antônio se sentou, mas foi incapaz de fazer mais do que reiterar os sentimentos que já havia expressado no Fórum (mas havia passado o momento propício e, de qualquer forma suas palavras soaram tanto mais vazias por estarem endereçadas a uma platéia mais inteligente) e apoiar todas as propostas de Antônio.

Cícero tampouco conseguiu ficar quieto. Defendeu uma anistia geral, incluindo até Sexto Pompeu e sua turma. Também apoiou as medidas propostas, mas a sua antipatia por Antônio era tão grande que ele deu um jeito de fazê-lo sem mencionar seu nome nem seu título e ainda conseguiu dar a impressão de que as propostas haviam partido dele, de Cícero. Impossível não admirar sua arte na retórica, e até Antônio se divertiu mais do que se ofendeu com a insolência.

O pai de Calpúrnia, Lúcio Calpúrnio Piso, lembrou a necessidade de divulgar o testamento de César e de que fosse concedido um funeral público ao ditador.

O clima era de tamanho alívio que deu lugar até a essa proposta arriscada e Cícero mais uma vez se levantou para apoiá-la.

— Pais Conscritos! Devemos criar a concórdia na República, a começar pelo Senado — ele disse.

Era a velha cantilena, tão conhecida, que trazia segurança. Infelizmente ele falhou, como vinha falhando há quarenta anos, em explicar o meio de alcançar a desejável consumação.

❀ ❀ ❀

Tudo corria com facilidade demais, como se César pudesse naufragar sem deixar sinal. Marco, inchado de fatuidade complacente, presidiu a sessão no Templo de Télo. Senadores, cavaleiros e cidadãos comuns se amontoaram em torno dele, entoando o refrão "nobre bruto".

— Idiota rematado! — disse Casca. — Ele acredita neles! Fizemos merda, não foi, queridinho?

— Sim.

— Ora, achei que não iríamos conseguir! Mas tinha de ser feito!

— Sim — eu disse. — Fizemos merda.

Perdemos a chance de assegurar nossa ascendência no Senado, embora, a meu ver, tivéssemos a maioria dos votos. O destino do infeliz poeta Cina mostrou os sentimentos do povo. Como não tínhamos tropas sob o nosso comando, dependíamos da continuidade da boa vontade de Antônio, e até mesmo de Lépido. Seríamos castigados não apenas pela nossa falta de visão, mas também por nosso excesso de escrúpulos: deixamos até de subornar Dolabela. Cássio poderia ter se encarregado disto. Segundo ele, Dolabela era um intrigante e, como toda a família dele, não confiável.

— Eles se portaram muito bem — disse Marco, quando a multidão debandou em direção ao lar ou à taverna.

Foi esta a sua opinião sobre a sessão do Senado em que Antônio tomou para si a primazia na República.

Não compareci ao funeral. Teria sido de mau gosto. Ademais, a julgar pelos acontecimentos, minha vida correria perigo. Trebônio, que compareceu afirmando que não havia tocado em César, foi reconhecido e quase linchado. Um verdureiro atirou um repolho no seu rosto, outro lhe acertou um golpe de bastão, um terceiro arrancou-lhe a toga e a rasgou, e Trebônio fugiu, aterrorizado e seminu, para pedir abrigo ao amigo mais próximo. A multidão que o perseguia teria ateado fogo à casa desse amigo se Lépido não tivesse enviado tropas a tempo de deter a turba.

Antônio proferiu a oração fúnebre. Cássio e Marco haviam concordado. E nada poderiam fazer para impedir. Segundo os relatos, Antônio deu início ao discurso dizendo que nada tinha contra os assassinos de César, pois eles haviam agido conforme sua opinião própria, pelo bem da República. Eram homens de honra que temiam a ambição de César. Tirou o melhor partido da palavra "honra" e cometeu perjúrio ao negar a ambição de César. O sarcasmo deliciou a multidão, que explodiu em vivas, pedindo mais.

A seguir, deu o golpe de mestre ao mostrar a toga ensagüentada de César, apontando cada rasgão, identificando cada punhalada, entre pausas, para dar mais ênfase. Não passava de uma representação, é claro. Nenhum de nós poderia assumir a responsabilidade por este ou aquele buraco. Mas a multidão urrava.

Ao ouvir o barulho, ordenei que os meus escravos trancassem as portas e erguessem barricadas em torno de casa.

Antônio leu o testamento, falando dos benefícios que César trouxera ao povo, e ninguém se lembrou de que ele viveu trinta anos com dinheiro emprestado e com dívidas cada vez mais elevadas, até enriquecer com a pilhagem dos inimigos de Roma. Tampouco lembraram que César tivera o controle do Tesouro do Estado durante cinco anos, circunstância esta que havia provocado algumas das palavras mais ácidas de Cícero.

A malta avançou, pegou o corpo de César e o sepultou no Fórum, bradando que César era um deus. Insufladas por um agitador chamado Herofilo, que se dizia filho bastardo do velho Caio Mário, ergueram um altar e um pilar no Fórum, onde disseram preces e ofereceram sacrifícios ao espírito de César.

— Os assassinos sangüinários serão o melhor sacrifício! — bradou Herófilo, recebendo gritos de aprovação, e saíram todos ateando fogo às casas de quantos podiam identificar. A fumaça me encheu as narinas durante toda a noite, mas as precauções que tomei me mantiveram a salvo, a despeito do terror dos meus escravos.

Na manhã seguinte as notícias me convenceram de que havíamos perdido Roma e que estávamos em perigo mortal.

Antônio, ainda simulando civilidade, e mesmo amizade, me enviou um bilhete informando que o testamento me nomeava guardião de Otávio.

> *Dado que você conviveu em termos tão íntimos com o rapaz, confio que usará sua influência para mostrar-lhe que é ainda muito jovem, inadequado para a vida pública. Faça-o, e serei seu devedor; e Roma também, mais do que nunca!*

A intranqüilidade de Antônio, seu medo evidente de que Otávio pusesse em questão sua liderança do partido de César, contribuiu para restaurar a minha esperança de que nem tudo estava perdido. Portanto, escrevi a Otávio nos termos apropriados.

A frágil unidade dos idos de março se desintegrou. A coragem de Marco se desintegrou simultaneamente. Ele fugiu da cidade para buscar abrigo, segundo Cássio, na municipalidade do Lácio. Meu sogro não tardou em segui-lo. Nos despedimos sem remorsos, cada um culpando o outro pelos nossos erros e infortúnios. Minhas acusações foram justificadas. Ele era o criador do plano e o maior responsável pelo seu fracasso. "Se tivesse me ouvido...", disse. Cônscio de seus erros, partiu sem sequer pedir notícias da filha.

Dois dias depois, parti para a minha província da Gália Cisalpina. A Guerra Civil não tardaria muito. Recebi a notícia de que Otávio desembarcara em Brindisi e tinha o apoio das legiões estacionadas no local. O herdeiro de César estava a caminho.

Eu teria ido à Arícia ver Longina, mas não me atrevia a me demorar. De todos os cantos chegavam notícias desastrosas. Pobre Longina!

Indiferente ao perigo, Casca foi o único de nós que se recusou a alterar sua vida. Foi surpreendido num bordel por um grupo de veteranos de César. Empurraram o aterrorizado proprietário, invadiram o quarto. Casca estava nu e sua única defesa eram os punhos. Recebeu 23 punhaladas, o mesmo número que César recebera. Creio que a maior parte foi infligida após a sua morte. Depois mutilaram um garoto sírio que estava deitado com ele e arrastaram o corpo de Casca para um beco, onde ele foi descoberto pelos sentinelas ao amanhecer.

Capítulo 24

Chorei por Casca. Temia pela minha vida. Assim, parti imediatamente para a minha província. Ao chegar, encontrei legiões desorientadas e quase amotinadas, municipalidades descontentes, poucos subordinados confiáveis, medo e incerteza por toda parte.

Não me amofinei. Recebi cartas desalentadoras de Cássio e de Marco, ambos asilados no Oriente, em suas respectivas províncias outorgadas de Cirene e Creta. Cássio declarava que a Guerra Civil era inevitável e desistira de esperar a vitória. Marco admitia que as minhas opiniões eram corretas, e as dele, erradas: "Confiei demais na virtude e na benevolência; você, meu primo, com o seu cinismo, foi mais sábio do que eu". Eu o teria respeitado pelo resto da vida se ele não houvesse misturado a confissão do seu erro com este renovado protesto da superioridade da sua virtude. Mas eu andava ocupado demais para dar atenção a estas questões.

Minha primeira tarefa seria a de montar um exército. O grosso das legiões experientes aderira a Antônio, embora alguns tenham optado por Otávio. O rapaz havia chegado a Brindisi anunciando que, como herdeiro de César, doravante seria chamado de César Otaviano.

A Gália Cisalpina oferecia um bom campo de recrutamento e não tardei a reunir uma força de bom tamanho. No entanto, eu não podia me iludir, pois conhecia muito bem a diferença entre recrutas e veteranos de muitas guerras. Além disto, fui forçado a diluir a qualidade da minha melhor legião (a Nona) ao destacar centuriões e veteranos para novos batalhões, encarregando-os de dar treinamento e elevar o moral das tropas.

Eu precisava de tempo, mas ele me foi negado. Primeiro, Antônio indicou a si mesmo para tomar o meu lugar na Gália Cisalpina no final do ano consular. Depois, com incomparável insolência, realizou um plebiscito nas calendas de junho para legitimar o seu direito de assumir o comando imediato da minha província. Esta proposta, não sancionada por qualquer precedente, despiu a máscara de amizade da face de Antônio. Sua ambição fora desnudada: assegurar sua ascendência absoluta na República.

Esta atitude alarmou Otávio, que finalmente me escreveu em termos amigáveis, propondo um encontro. Sua carta me alcançou enquanto eu movia uma guerra contra as tribos dos Alpes. Essa guerra, necessária em si mesma, tinha ainda maior valor pela experiência de combate que daria às minhas tropas, cujo desempenho foi melhor do que eu me atrevia a esperar. Foi, portanto, com renovado otimismo que fui ao encontro de Otávio em Orvieto, ignorando a ordem peremptória de Antônio para que eu lhe entregasse minha província dentro de um mês.

Nós nos encontramos numa *villa* pertencente ao seu padrasto, nas montanhas perto da cidade.

— Quantos soldados, Ratinho! Espero que você tenha suprimentos. Não vamos poder alimentá-los.

Ele hesitou em aceitar meu beijo. No fundo, Mecenas deu um risinho sarcástico. O jovem Marco Agripa, que serviu sob o meu comando na Grécia e a quem eu respeitava como um oficial competente, me olhou, carrancudo. Eu esperava que Otávio e eu ficássemos a sós.

— Ah, não! — ele disse. — Sou muito suscetível ao seu perigoso charme, querido! Mecenas e Agripa ficam.

Mecenas sorriu com afetação. Vestido à moda grega, ele tinha as sobrancelhas depiladas e exalava um perfume forte, doce e picante.

Foi oferecido vinho, servido com bolinhos de amêndoas. Nos sentamos num terraço mirando um vale dourado. As oliveiras reluziam ao calor do meio-dia.

— E então?

— Então — eu disse — nos encontramos em estranhas circunstâncias...

— Muito estranhas...

— Você fez bem — eu disse. — Antônio está furioso e você ganhou a aprovação de Cícero. Merece a minha admiração.

— Cícero é respeitável — ele disse.

— E você é um aventureiro.

— Sou o herdeiro de César.

— Antônio contesta...

— Naturalmente.

Ele estava perfeitamente à vontade. Custava a crer que tinha apenas dezenove anos. Ainda conservava a aparência do menino que se deleitava com as minhas carícias. Seus lábios tinham a mesmas curvas tentadoras. Sua pele mantinha o mesmo brilho. Esticou uma perna nua e coçou a coxa.

— Você se saiu extraordinariamente bem — eu disse.

— Não entendo nada de guerra, é claro — Mecenas interveio, para a minha irritação. — Não é minha área! Mas, politicamente, estamos ganhando o jogo.

Ele deu uma risadinha.

— Mas a guerra virá — eu disse. — E então, como você estará? Mesmo politicamente, as coisas não são bem o que você imagina. Está orgulhoso por ter obtido o apoio de Cícero e, como eu disse, foi uma boa jogada. Mas não pode confiar nele. Ninguém jamais se deu bem por confiar em Cícero. E sabe o que ele anda dizendo? "O garoto será bajulado, decorado e descartado". É o que ele pensa de você.

— Talvez.

Ele mordeu um pêssego. O sumo escorreu pelos cantos dos lábios. Ele os secou com um guardanapo.

— Cícero acha que está me usando — ele disse. — E eu acho que estou usando Cícero. Um de nós está enganado. Provavelmente ele. Tenho um exército, como você sabe.

— Sim — eu disse. — Mas nenhuma experiência de guerra, nenhum general experiente.

— Está se oferecendo, Ratinho?

— Nossos interesses são os mesmos.

— Ah, francamente, meu bem, esta é um pouco demais — disse Mecenas. — Você matou César, não? Esqueceu? E estamos aqui para vingá-lo. Pelo menos é o que os homens pensam.

— Há uma certa dificuldade aí, Ratinho. Você deve perceber que há — Otávio sorriu. — A longo prazo, sem dúvida.

— A preocupação imediata é Antônio — eu disse. — É inimigo seu e meu. Ordenou a mim que entregasse minha província e, a você, que entregasse suas legiões.

— Ah, você sabe disto, não? Mesmo assim posso lidar com Antônio, quando ensiná-lo a me temer.

— E como você vai fazer isto?

— Usando todos os meios necessários. Aprendi com o meu pai.

— Quer dizer, com César?

— Sim, com César, é claro! Agora eu o chamo de pai. Calha bem com os homens...

A sombra de César caiu sobre a mesa entre nós. Seu perfil, cinzelado contra as montanhas distantes, prendeu o meu olhar. Observei o que nunca observara antes: a forma do seu maxilar.

— Ele agora é um deus! Decretei oficialmente. Em todo o Império erguem-se altares para ele. Até em sua província, segundo ouvi dizer.

— Sim — eu disse. — Insânias. Até César teria achado graça.

— Não creio. Ele estava preparado para a deificação. Você chama de "insânias", Ratinho, mas tenho legiões para sustentá-las. E o Senado me apóia. Fui eleito cônsul duas semanas atrás. Não teve notícia?

— Um evento e tanto — disse Mecenas. — Você perdeu, querido. Na hora dos auspícios, doze corvos sobrevoaram a cabeça do nosso menino. Imagine! O povo ficou extasiado, principalmente porque alguém logo se lembrou de que Rômulo foi agraciado da mesma maneira.

— Insânias — repeti. — Quem soltou os corvos?

— Que importa? — disse Otávio. — Eles voaram!

— E há outra coisa que você não sabe — Agripa falou pela primeira vez. — Vamos rescindir a anistia concedida aos assassinos de César. Você é um deles. Está na lista.

— Mais vinho? — Otávio empurrou a botija na minha direção e sorriu.

— Sabe o que mais Cícero disse? — Mecenas pôs sua mão no meu braço e resistiu ao meu esforço para retirá-la. — Ele perguntou: "Que Deus enviou esse jovem divino ao povo romano?"

— Como você pode ver — o jovem divino sorriu novamente —, o jogo está a meu favor, Ratinho. Não creio que você tenha alguma coisa a me oferecer.

A esperança quase me abandonou então, mas continuei a lutar. Antônio marchou contra mim, forçando-me a recuar para Mutina, onde enfrentamos um terrível cerco no inverno. O sucesso de Antônio assustou Otávio, que convenceu o Senado a declará-lo inimigo público. Alarmado, Otávio deu-me nova abertura. Respondi como se confiasse nele, mas a confiança tinha morrido ao sol do começo do outono, nas montanhas de Orvieto. Mesmo assim, foi construída uma aliança de interesses mútuos, nada mais. Os cônsules eleitos, Hírtio e Pansa, marcharam contra Antônio, obrigando-o a levantar o cerco. Meus soldados, famintos e esfarrapados, saíram da cidade onde esperávamos a morte.

Se eu tivesse uma cavalaria, se as minhas pobres legiões não estivessem tão enfraquecidas pelas privações, se, se, se... eu teria perseguido Antônio e ainda conseguiria arrebatar a vitória. Mas o máximo que consegui foi persuadir Otávio a eliminar o lobo de Antônio, Públio Ventídio, quando marchava de Picenum com três legiões de veteranos. E o menino fracassou, ou preferiu fracassar...

Minha última esperança era efetuar uma união com Lúcio Munátio Planco, governador da Gália Comata*. Ele era conhecido como um puxa-saco, mas me escreveu deplorando o estado da República e qualificando Antônio como "salteador". Segui para o Norte, acima do passo de São Bernardo Pequeno. A cada etapa da marcha escapuliam desertores. A comida escasseava e o dinheiro também. Chegou um correio enviado por Cícero, apontando-me como a última esperança da República no Ocidente. Invectivava contra Antônio, contra Otávio, contra o Destino. Li sua missiva enquanto a esperança despencava como as pedras que rolam das encostas alpinas.

Chegando a Grenoble, encontrei Planco. Ele me recebeu com sorrisos e palavras amáveis. Suas tropas gordas olharam meus espantalhos com interrogação, horror e desprezo. Planco sorria ao insultar os meus inimigos. "O jovem César é um monstro odioso de ingratidão e ambição; Antônio,

*A "Gália dos cabelos compridos", região Norte e Oeste do macoço, quase ao sul da França atual. (N. do R.)

um escroque sem princípios; Lépido, um bufão leviano cuja palavra vale menos que a de uma puta grega".

E menos que a de Planco. Como confiar num homem que não fala bem de ninguém, a não ser de si mesmo?

No oitavo dia, soaram as trombetas. Anunciavam a chegada de Cássio Asínio Pólio com duas legiões. Pólio era um velho companheiro. Estava comigo quando cruzamos o Rubicão e lutou ao meu lado na Espanha. Quando o cumprimentei, ele disse:

— Venho de Antônio.

— Ah! — eu disse. — E Planco estava à sua espera.

— Isto mesmo!

— Lamento muito... — disse Planco — mas não tenho escolha senão me aliar a Antônio e Otávio.

Tentei defender a minha causa. Eles não se interessaram. Quando disse que Antônio e Otávio haviam se unido numa conspiração criminosa contra a República, Pólio respondeu:

— Basta!

Retirei-me para o meu acampamento, surpreso de que me permitissem tal liberdade.

À noite, fugi acobertado pela escuridão, o vento e a chuva. Apenas dois centuriões me acompanharam. Os restantes receberam minhas ordens com muda insolência e eu estava impotente para puni-los.

O que remanescia dos meus planos era fazer um circuito amplo pelos Alpes e seguir para a Macedônia, onde Cássio estava formando um exército. Sem possibilidade de destacar batedores (pois eu temia que eles também desertassem), fomos surpreendidos, cercados, capturados. Quando os gauleses souberam quem eu era, me olharam com espanto.

Capítulo 25

E assim a noite se fechou sobre mim.

Escrevi para Antônio e para Otávio, mas estou resignado com a morte. Meu último desejo é evitar a desonra. Por isso narrei minha história de participação na morte de César. Caso esta história sobreviva, confio que a posteridade me julgará um leal servo da República.

Avisei Antônio para ter cuidado com Otávio. Disse-lhe: "O rapaz será seu senhor e você será nada mais nada menos que seu cúmplice na destruição da liberdade, a única coisa que dá sentido à vida".

Meu último laivo de esperança é semear a dissensão. Assim, lembrei a Otávio que Antônio o descreveu como "um simples garoto que deve tudo a um nome".

Se pelo menos isto fosse verdade... mas o garoto não é uma sombra de César. Mais cuidadoso, mais judicioso, irá exceder César na tirania. Quisemos salvar a liberdade; deixamos Roma ameaçada de maior confinamento, de uma escravidão mais degradante.

Não tenho notícias de Longina. Nem mesmo sei se o nosso filho ainda vive.

Não importa como um homem acaba. O que importa é como ele viveu, e eu vivi com honradez.

Encarregarei Artixes da custódia destas minhas memórias. Não creio que ele se negue, embora ele não possa compreender a importância que associo a estes escritos.

Pela manhã ele me anunciou um mensageiro que reconheci como homem de Lépido. A onda de esperança que me invadiu foi grotesca: qual seria a possibilidade de alguém como Lépido oferecer esperança?

Ele me comunicou que o seu senhor havia se aliado a Antônio e Otávio. Que eles estavam reunidos numa ilha de um rio perto de Bolonha. Decidiam assuntos de Estado. Não haveria clemência. Todos concordavam que a política de César fora errônea. Divulgariam uma lista de pessoas proscritas.

Assim, recebi minha sentença de morte. Pedi vinho a Artixes.

— Presumo — eu disse — que o seu pai recebeu a mesma mensagem...

Ele assentiu, incapaz de falar.

— Diga-lhe que eu entendo e que aceito o meu destino!

Ele me olhou com horror e admiração.

Então eu me despedi dos meus poucos e leais ajudantes. Entreguei ao mais confiável deles uma carta para Longina, reiterando-lhe meu amor e agradecendo-lhe por tudo...

Mesmo enquanto escrevia, eu me perguntava se ela encontrou um novo amante. Ainda sinto seus lábios nos meus.

Artixes trouxe um estojo contendo meu próprio punhal, incrustado com jóias. Trouxe também uma mensagem do seu pai. Tenho até amanhã. É uma conduta mais honrosa do que eu esperava de um bárbaro. Mas eu sei que ele ficou impressionado com a dignidade com que suportei meu infortúnio. Há algo na alma dos bárbaros que responde nobremente à nobreza.

A morte é a extinção de uma chama; nada mais.

Não creio nos poetas que prometem... mas não é bom remoer estas questões. De nada serve.

Escrevi mais uma vez a Otávio, pois sua imagem enchia minha mente:

Lembra-se do jantar em casa de Cícero, quando nos conhecemos? (Aliás, aposto que Cícero está incluído em sua lista de proscritos, por insistência de Antônio, e que você lavou as mãos quanto ao destino dele; estou certo?) Naquela ocasião você disse: "Um homem é apenas um homem; não deve se ver como uma figura trágica". Concordo.

E lembra-se que conversamos sobre o perigo que a busca de interesses próprios prenunciava para a República?

Pense nisto agora que você está pronto a ser assaltado pelas tentações que conduziram César à morte. Lembre-se do seu amigo e amante cujo único crime foi se interessar mais pela República do que por si mesmo ou por César. Reflita que, se a virtude e o amor à liberdade não forem extintos em Roma, outros Brutos surgirão.

Você destruirá Antônio. Será mais sábio do que César e não assumirá a aparência do poder absoluto.

Mas o possuirá.

O exercício desse poder irá corromper e obliterar o menino que amei?

Suplico-lhe que cuide da minha mulher, Longina. Como filha de Caio Cássio e esposa de Décimo Bruto, ela sofre de parentescos que podem prejudicá-la. Imploro que nem ela nem nosso filho sofram tormentos por minha causa.

É duro acabar, é duro terminar tudo confessando fracasso. No entanto, Crasso, Pompeu, César e os grandes homens da minha ju-

ventude e da minha maturidade, todos tiveram morte sem glória.

Acautele-se contra o ciúme dos deuses, Otávio...

Lembre-se de mim enquanto a vida estiver em você. A seu tempo, também você estará desfeito no ar.

A manhã cinzenta acolhe o toque de dedos róseos. À porta da minha tenda respirei ar livre, leve, das montanhas. Galos cantam no vale.

Quais foram as palavras de Clódia?

"O frio aperto cinzento da morte...", alguma coisa assim. "Não podemos brincar de deuses", ela disse.

Ao executar César, ousamos tudo o que cabe a um homem.

O punhal com que o esfaqueei está à mão.

Não há mais nada a dizer.